真田忍者の系譜

中野学校 情報戦士たちの挽歌

蒲生 猛
GAMOU TAKESHI

真田忍者の系譜　中野学校　情報戦士たちの挽歌　◉目次

真田忍者の系譜　中野学校　情報戦士たちの挽歌

囚人列車の窓から見える風景は昨日と変わらず、遥か地平線の彼方までどこまでも続く白い雪原だった。時たま雪に覆われた森林地帯を通ることはあっても、民家は全く見当たらなかった。

どんよりした鉛色の雲の下で、人の住む気配のないツンドラを覆う白い雪の風景を眺め続けている草影史朗は、この列車が地の果てまで突き進んでいくような錯覚に、しばしばとらわれるのだった。このように果てしなく続く静寂の世界の中で、列車の走行する単調で規則正しい音だけが、この白い風景にリズムを与えていた。

しかし五一歳で敗軍の将となり疲れ切った草影には、この列車の走行する音も、虚ろに響くだけだった。

（一）収容所での過酷な尋問

草影は、三か月程前から昨日までの間、ソ連軍の最重要の捕虜として、ハバロフスクに近い捕虜収容所に拘束されていた。

その収容所の尋問室での度重なる尋問と、その尋問を拒否したときに繰り返される拷問に、彼の体は確実に蝕まれ、自分自身にもはっきりわかるくらいに衰弱してきていた。

収容所で草影を尋問したのは、ソ連の内務人民委員部が管轄する秘密警察の極東責任者である大佐と、日本語通訳官の二人だった。

大佐の外見は、スマートで整った顔立ちをしていた。しかし、その顔は能面のように表情が無く、一片の人間性も感じられず、諜報関係者の中に少なからずいる、瞳の中に狂気を宿した殺人の常習者の目付きをしていた。大佐は、昼夜を問わず長時間にわたり、能面のような表情を崩さずに、冷酷無比に徹底して草影を追求してきた。

大佐が尋問において特に重視し、入手しようとした機密情報は、三つあった。

それは第一に、終戦間近の時期に特務機関長だった草影が、どのような方法でソ連の内部情報を入手し、スパイ活動を指示していたのかという機密情報だった。

そして次に大佐が知りたがったのは、ソ連のスパイだったリヒャルド・ゾルゲの逮捕後の自白情報だった。ゾルゲは、表の顔はナチスの党員資格を持ったドイツの新聞記者となり、巧みに日本で極秘情報の収集活動に従事していた。しかし昭和十六年（一九四一）には逮捕され、その後は軍事法廷で裁かれ、昭和十九年（一九四四）には処刑されていた。このゾルゲの逮捕から処刑までの期間、特高が自白を強要することで、どこまでソ連の諜報機関の情報を入手したのか、大佐はひどく気にしており、繰り返し尋問してきた。

そして三つ目に大佐が知りたがった情報は、太平洋戦争の直前に情報戦士を養成するために設立された陸軍中野学校に関する情報だった。その初代所長であった草影が、どのように中野学校を作り上げていったのか、という日本陸軍の将官さえも知らなかった機密情報を知ろうと、大佐は何度も追求してきた。特に、日本人と同じ黄色人種で外見が似た民族が住むモンゴルや中央アジアに潜入し、ソ連に対する反乱工作をしていないかどうかを、聞き出そうとした。

大佐は、大きくはこの三つの機密情報を入手すべく、執拗に尋問を繰り返し、草影を追いつめようとしたのである。しかし情報戦のプロである彼は、この大佐の厳しい尋問を受けながらも、当初は、この尋問をつなぎ合わせ、ある一つのことを推理する余裕を持っていた。

そのある一つのこととは、アメリカの諜報機関が、軍事裁判に召喚するなど非常手段を使って草影を奪還し、自分の豊富なソ連に関する知識を軍事的に利用すること、そのことを大佐が極度に警戒していることだった。しかし草影はこのことを推理できたがゆえに、ソ連とアメリカが対立し、アメリカが日本を占領している限り、打ち消しても、打ち消しても頭をもたげてきた、日本に帰還できるのではないかという僅かな可能性も全くないことを、あらためて思い知らされた。

その後も昼夜を問わず長時間にわたって、大佐による過酷な尋問が続けられた。草影は、その尋問方法がソ連秘密警察の常套手段だとわかっていても、次第に精神的余裕を失い、極限状況に追い込まれていった。

実際の尋問方法は、草影を眠らせないために、大佐と別の将校が交代で間断なく尋問に当たった。その結果、草影が睡魔に襲われると、その頭髪を鷲掴みにして裸電球を顔の前に近付け、眠らせないようにした。草影はこうした拷問により、時間の感覚さえも無くなり、次第に意識が混濁するようになっていった。それでも当たり障りのない会話はしても、肝心の機密情報に関する尋問には、黙秘を続け屈しなかった。

大佐は、同じ方法では、目の前にいる筋金入りの情報将校が、決して屈しないとわかると、数日前からこれまでにない別の二つの方法で、落としにかかってきた。

第一の方法は、日本陸軍の将官としての自尊心を、粉々に打ち砕くような情報を突きつけ、屈服させる方法だった。

まず大佐は、日本から送らせた九月十二日付の朝日新聞の記事を、突然つきつけてきた。

その記事には、記事発行の前日の「十一日に、太平洋戦争開戦時の最高責任者であった東条元首相が、拳銃自殺を図ったが、未遂に終わった」と、書かれていた。大佐は得意げに、

「『生きて虜囚の辱めを受けず』と命令していた東条が、自殺未遂でアメリカ軍に捕まるとは、日本のファシストの指導者は、見苦しいな！」

と、見下した言い方で動揺させようとした。しかし草影は、東条元首相であれば、さもありなんとしか思わなかった。

草影にあまり動揺がないことに苛立った大佐は、次に関東軍の将官の中に、ソ連に情報提供する協力者がいると話し始めた。しかし、その協力者が富原中将と聞いて、富原の人格を知っていたことから、当然予想されたことだと思い、全く動揺しなかった。

そこで業を煮やした大佐は、切り札とも言える予想外の情報を突きつけてきた。それは、ソ連軍の捕虜となった三人の大本営参謀だった佐官が、早々とソ連軍への協力を約束したという内容だった。しかもその中の一人は、すでに戦時中に共産主義者になっていたという信じられない情報だった。

草影は、今年に入って近衛元首相が「陸軍の中枢は、共産化している」と心配していたと伝え聞いていた。そのときは聞き流したが、この発言が根拠のない警告ではなかったことが証明されたようで驚愕せざるをえなかった。そのため、この予想外の情報に一旦は動揺した。しかし統制派の「軍主導の統制経済」とソ連の「党主導の計画経済」が、「エリート専制の指令経済」ということでは酷似しており、あるいは相通じるものがあったのだろうと推測した。この推測により自分を納得させ、絶対に屈しないという姿勢は変えなかった。

そこで大佐は、一八〇度変えた第二の方法に切り換えてきた。

長時間の尋問は同じだったが、その最中に突然大佐は態度を豹変し、表情を和らげて、「ソ連に協力しさえすれば、必ず日本に帰還できる」と、やさしく語りかける方法に、切り換えてきたのだ。

そして一方的に作成してきた文書にサインを求めてきた。

「全世界の働く労働者・農民の祖国――わがソ連の共産党に協力しさえすればいいのだ。この文書にサインすれば、尋問は直ちに終了し、模範囚として、衣食住共に満足な生活が保障される。そして日本に帰還できるぞ」

と、猫撫で声で語りかけてきたのである。

草影は、この大佐の甘い誘惑の言葉に、ふと日本に残してきた妻の淋しげな顔が思い出され、望郷の念で胸が一杯になった。このように体力の限界から精神的に挫けそうになりながらも、必死に耐え続け、自らに、

「確かに、わが祖国日本は敗北した。だからといって日本陸軍の将官だった矜持まで捨てるわけにはいかない。自らやってきたことの責任をとるために、この甘い誘いに絶対に屈してはいけない」

と、言い聞かせた。それに加えて、これまでの情報収集により、仮に大佐の甘い誘いに屈したとしても、自分の囚人としての立場は決して良くはならないと、朦朧とした意識の中でも、冷静に判断することができた。

なぜなら、長年の対ソ諜報活動とソ満国境を越えて亡命してきた赤軍の将兵や民間人の情報から、ソ連内部で起きている恐るべき事態を知っていたからだった。

特に昭和十三年（一九三八）、満州へ亡命してきたソ連の中枢にあって秘密警察の最高幹部だったリシュコフ大将から、多くの情報を得ていたため、その掲げる理想とはおよそかけ離れた恐怖政治が支配するソ連の実態を、詳細に把握していた。そのことから、大佐の発言が決して実現しえないと、確信を持って判断できたのである。

一九三〇年代にソ連共産党の権力を掌握し、独裁者となったスターリンは、自分の派閥以外の共

産党員を、想像を絶する人数――百や千ではなく数万人の規模で粛清していた。さらにトハチョフスキーはじめ優秀な赤軍の指導者を何人も抹殺してきたが、その手口を、リシュコフ大将から直接聞いていた。そのため自分に対しても同じ手口で協力させ、絞るだけ絞って全ての情報を聞き出そうとしていることがわかった。

そして利用価値が無くなれば、最後はファシズム国家のスパイ組織の指導者として、ぼろ雑巾のように抹殺しようとしていることが、容易に想像できたのである。そのためスターリンの直系の部下として血の粛清に手を染めてきた大佐に同意することなど、はじめからありえない選択肢だったのである。

草影は、こうした思考経路を辿って、はっきりと「拒否する！」と発言した。

それを聞いた大佐の能面のような顔は、凄まじい形相に一変した。端正なマスクはみるみる赤くなり地獄の赤鬼のような顔になっていった。能面という仮面をかなぐりすてたX大佐、その地獄の処刑人のような恐るべき正体を見て、草影は驚愕し、失禁しそうな恐怖心が腹の底から突き上げてきて、体全体が震えだすのを押さえることができなかった。

「悔い改めないファシストのサムライ！　おまえが、いくら黙秘を続け否定しても、おまえが、反ソ連のスパイ組織の責任者であり、札付きの『人民の敵』だったことは明白なのだ。人民の国＝ソ連の法律では、スパイ工作の罪が最も重い。おまえが今後も罪を告白せずにあがいたとしても、拷問に苦しみ抜いて、最後は死刑になるしかないのだ！」

と、激しく机を叩いて怒鳴りつけた。

そして追い打ちをかけるように、椅子から立ち上って、

「おまえが、うまく逃がしたと思っているリシュコフは、大連で死んだぞ。それに白衛軍のセミヨ

ノフ中将はじめ特務機関の主要メンバー八名は、全て逮捕した。彼らはソ連に対するスパイ活動の罪で、全員死刑になる。おまえは、情報戦・謀略戦でも完敗したのだ」

と、凄まじい形相で勝ち誇り、仁王立ちになった。

その後は、どのような尋問方法にも屈せず負けを認めない草影に、大佐は怒りを爆発させ、人間としての誇りを切り裂くように、聞くに堪えない罵詈雑言を浴びせかけた。そして何度も何度も殴り続けたのである。

この繰り返される暴力に、意識を失った草影は、椅子から転げ落ちた。それを見た大佐はすぐに監視兵を呼んだ。入ってきた二人の監視兵は、大佐の指示で、床に横たわる草影を両脇から抱えあげた。その後はモノを扱うように引き摺って、尋問室から独房へと移動させたのだった。


翌朝、草影が体中の痛みに耐えながら独房から尋問室に連行されると、日本語通訳官の姿はなく、大佐だけが一人ぽつんと座っていた。

大佐は昨日とは打って変わって能面のような冷徹な表情に戻っており、草影が椅子に座るなり、いきなりロシア語で切り出してきた。

「草影少将、対ソ謀略戦の最高指導者であるあなたはとぼけているが、あなたが流暢にロシア語を話せることは、最初からわかっている。あなたが陸軍士官学校を卒業後、東京外国語学校でロシア語を学んだことも、我々の諜報機関が調査済みだ。正確に尋問し、正確に答えさせるために、日本語通訳を同席させた。しかし今は、その必要がなくなった。今日は面倒だからロシア語で話そう」

と静かに語り、一呼吸おくと、権威ぶった態度で厳かに宣言した。

「昨晩、ソ連共産党への協力を拒否し続けた草影少将に対し、機関決定がなされた。今後は、反省のない草影少将の思想改造を目的に、内務人民委員部直轄の収容所に移動させることが決定された」

大佐は、こう宣告し、何の成果も上げられなかった腹いせからか、最初から草影に関心がなかったかのように、無表情のまま椅子から立ち上がり、尋問室を出て行った。

大佐が去ると、入れ替わりに監視兵が入ってきた。監視兵は、独房まで連行すると、独房にある所持品をまとめるよう、銃で威嚇しながら指示した。草影が数少ない所持品をまとめると、収容所の入り口まで連行され、しばらく待たされた。

その後、別の監視兵に窓のない護送車に乗せられ、シベリア鉄道の駅まで連行されたのである。そして昨日の昼に、この囚人列車に乗せられたのだった。

草影は今、鉄格子の嵌められた囚人列車の窓から外を眺めながら、体中の痛みと睡眠不足から、自らの肉体の確実な衰弱を自覚せざるをえなかった。しかし白い雪原を眺める敗軍の将の心象風景は、この日の空のように陰鬱な色彩で全て塗り込められているわけではなかった。むしろ精神的には思いのほか安定していたためか、その心象風景は、自身にとっても全く意外なことに、微かだが明るい光に照らされていたのである。

それは長時間にわたる尋問に、特務機関の責任者として、決して屈しなかった満足感もあったのかもしれない。しかし、それ以上に昨日、収容所で車を待つ間に、教え子の風間徹に会うことができたからだった。

草影は昨日の風間徹との再会時の会話を反芻することで、自らの表情が和むのが、はっきりとわかった。さらに連日の尋問の緊張感から解放されたためか、昨日の風間との再会を思い出すのをきっかけに、草影の記憶は八年前の過去にまで、一気に遡っていった。

「そうだった。風間のような教え子を育てることができたのは、あの冬の日からだった」と、かすかに呟くと、それに続いて八年前の中野学校創設に至るまでの日々が、走馬燈のように次々と蘇ってきたのである。

（二）情報戦士養成機関＝中野学校の設立

戦争の危機が迫りつつあった昭和十二年（一九三七）、陸軍兵務局に所属する当時は中佐だった草影史朗は、同じ構想を持つ同世代の二人の中佐——虎岩真悟と福西哲夫と共に、情報戦・謀略戦を戦う情報戦士の専門学校を、早急に設立すべきだと、陸軍上層部に強く働きかけていた。

三人が、このように積極的に働きかけた一番の理由は、世界の主要国が、すでに本格的なスパイ組織を作りあげていたからであった。

近い将来に敵になるかもしれないイギリスやアメリカは、すでに充実したスパイ組織を作りあげていた。また前年に防共協定を結んだドイツも、ゲシュタポ（＝秘密国家警察）と緊密に連携したスパイ組織を持っていた。

さらに長年の最大の仮想敵＝ソ連が、日本の内部に、見えざる強力なスパイ網を築いている可能性が極めて高いことが、複数の情報から明らかになってきていた。

こうした各国の動きに比較して、日本軍においては、総力戦を戦う上で不可欠のスパイ網が未だ脆弱だった。このことに三人は、危機感を募らせていたのである。

三人の積極的働きかけの二つ目の理由は、日本が欧米の植民地支配を打倒し、東アジア各国の独立による東アジアの経済共栄圏を構築する上でも、情報戦士の育成が不可欠だと考えたからだった。三人は、近い将来に想定される総力戦において、欧米列強に対し単に軍事力で対抗するだけでは、決定的に限界があると判断していた。

その限界を超えるためには、広く政治・経済・社会面で、東アジア各国の民衆の中に入って、新たな工作を行うことのできる戦士を養成すること。すなわち、従来のスパイの水準をはるかに超えた、見識の高い情報戦士を育成することが、絶対に必要であると、三人の意見は、完全に一致していた。

この二つの理由に基づく三人の熱心な働きかけに、陸軍省初代の兵務局長だった阿南惟幾少将は心を動かされ、次第に三人の考え方に共鳴するようになっていった。

その結果、参謀本部の強い反対にもかかわらず、阿南少将が強く主張したことで、昭和十二年春、兵務局に「防衛課」が新設された。その「防衛課」において、防諜に関する事務を全て掌握することが決定された。

そして木枯らしが吹き始めた同じ年の年末には、三人の粘り強い働きかけが遂に功を奏することになる。兵務局内に情報戦士養成の専門教育機関＝中野学校の設立事務所の設置が許可されたのである。

兵務局長である阿南少将は、

「遂に、君らに説得されてしまったな。私にも、情報戦の重要性がわかってきた。君らは、前例のない学校設立で苦労することになると思う。しかし今後の緊迫する世界情勢を考慮するならば、絶対に成功させねばならない必要不可欠の学校である。これからも三人協力して、従来の防諜の枠を超えて、積極的に情報収集できる強い情報戦士を、しっかりと育ててほしい」

と、簡潔ではあるが、心に染みる言葉で三人を激励した。

三人はこの阿南少将の言葉に感激し、

「何があっても、必ず中野学校設立を成功させよう！」

と、固く誓い合ったのである。

草影は、寒風吹きすさぶ雲一つない澄み切った青空だったこの日の情景を、あらためて懐かしく追想していた。

その追想の中で、自分達に理解を示してくれた阿南兵務局長――人格高潔で陸軍の将官の中でも最も自制心が強いと信頼されていた阿南将軍の温顔を、懐かしく思い出していた。同時に、今年になって陸軍大臣となった阿南陸相が、つい三か月前に敗戦の責任を一身に受けとめて自決するに至ったことを、痛恨の気持ちで、思い出さざるをえなかった。

（三）〝あるべき情報戦士〟とは何か？

翌年の昭和十三年（一九三八）から三人は、中野学校設立に向けて精力的に動き出した。三人は、正月明けの一月四日には、三宅坂にある陸軍省の会議室に集まった。

三人は、それぞれ強烈な個性と変わった経歴を持っていた。

まず草影史朗中佐。陸軍第一のソ連通にして、情報戦に最も精通していると言われた草影中佐は、かつては柔道で鍛えた引き締った体形だった。しかし、もともと健啖家だったこともあり、今や肥満気味の体形になっていた。

しかも挙止動作がゆったりしていたため、とても情報戦や謀略とは無縁な、隙だらけの人間にしか見えなかった。さらに醸し出す雰囲気も、周囲の人間からは、些事に動じない「春風駘蕩たる大人」と映り、のんびりした性格に見えた。

しかし、その一見すると茫洋とした表面上の顔は、仮面なのかもしれなかった。

草影中佐は、陸軍士官学校卒業後に東京外国語学校に公費留学するほど、卓越した語学の才能を持っていた。ロシア語・中国語・英語・ドイツ語で、自在に会話することができた。

加えて、日頃から軍事に限定せず、社会全般にわたる幅広い読書を心掛けていた。その読破した本の数は、陸軍将校の中でも群を抜いて多かった。その結果、独特の高い見識と緻密な戦略性を併せ持つに至った。

しかし決してそれを表面に出すことはなかった。

これに対し虎岩真悟中佐は、自分が才気煥発な軍人であることを隠すことなく、草影中佐とは正反対によく喋った。性格も豪放磊落で、上官が間違っていれば、平然とそれを指摘する勇気と大胆さを持っていた。しかも底向けに明るい性格と端正な顔立ちがかもしだす独特な雰囲気から、女性によくもて、常に浮名を流していた。

虎岩中佐は、このように一見すると野放図な性格に映るが、内面は違っていた。虎岩中佐は若い頃から、経済戦争も含めた総力戦の必要性を強調していた。そのため自らも軍事だけでなく政治・経済の知識を貪欲に吸収し、「謀略のプロ」と言われるようになっていた。こうした日々の研鑽もあり、「東アジア共栄圏」を陸軍将校として最初に構想するほどの先見性と戦略性を兼ね備えていた。先を読んだ戦略性は、すでにこの時期に、日本に亡命していた複数のインド独立運動の志士達と交流することで、インド独立に向けた布石を打っていたことに、端的に示されていた。

さらに福西哲夫中佐も、独特の個性と経歴の持ち主だった。

福西中佐は、他の陸軍将校に抜きん出て論理思考に長けた頭脳の持ち主で、陸軍士官学校を卒業後、東京帝大法学部に公費留学していた。陸軍将校としての経歴は、憲兵畑が長かった。二・二六事件の際には、「皇道派の黒幕」と言われた真崎大将を取り調べたことで知られていた。しかしその取り調べは、極めて紳士的なものだったと言われている。

このように福西中佐は、憲兵が持たざるをえない圀っ引き的性格や陰湿さはなく、いつも笑顔を絶やさない穏やかな性格で、バランス感覚に富んでいた。しかも実務能力に長けていたが、他方で、発想の柔軟性も兼ね備えていた。

この個性豊かな三人が集まり、中野学校設立に向け、具体的検討を開始したのである。

まず三人は、解決しなければならない課題を、次々と黒板に書き出していった。

そこでまず書き出されたのは、

「〝あるべき情報戦士〟とは、いかなる性格を持つべきなのか」

という課題であった。次に書き出されたのが、

「中野学校のカリキュラムの策定」という課題であった。

さらに中野学校設立に向けた予算の確保、学校の土地と建物の取得、講師の選定等々、黒板に収まらない程に、幾つもの課題を抱えていることが、明らかになった。

しかし多くの課題のうち、最初に解決しなければならない課題は、第一の課題だった。なぜなら〝あるべき情報戦士〟の性格を決めない限り、講師もカリキュラムも選定できないからである。

三人は、この第一の課題に集中して真剣に議論したが、この課題が一番難しく、なかなか〝あるべき情報戦士像〟を描くことができなかった。ただ三人の意見が一致したのは、日本陸軍の軍人としての発想の延長線上では、決して〝あるべき情報戦士像〟は描けないということだった。

そこで中野学校の初代所長となることが内定していた草影中佐が、三か月間の期限を設けて〝あるべき情報戦士像〟を描ききることが決定された。

併せて、虎岩中佐と福西中佐は、予算の確保、土地・建物の選定など、実務を担当することが決定された。但し二人も、時間の許す限り草影中佐を補佐すべく〝あるべき情報戦士像〟を描いてみることも決定された。

また、中野学校の設立そのものが日本陸軍の最高の機密事項であるため、今日を限りに三人共に軍服を着用しないことを決定した。同時に、表向きの仮の姿として、背広服を着た民間人になりきることを決定した。

翌日から、草影の図書館通いが始まった。

起床して朝食を終えると、妻が毎日工夫して作ってくれる弁当とノートを鞄に入れて、背広姿で家を出た。図書館に開館時間の朝九時に着くと、夕方五時の閉館まで、古今東西の軍事書から情報戦の部分を抜き書きしていった。さらに抜き書きの横に、自分なりのコメントを付け加えまとめていった。

そして夜は自宅に帰り、好きな日本酒を控え目にして夕食を終えると、その日に作成したノートを再読し、再整理していった。

特に、各時代に活躍した情報戦士の実像を探り当て、それに基づき〝あるべき情報戦士像〟を創りあげようとした。そのため毎晩夜遅くまで、知的試行錯誤を繰り返していった。こうした知的格闘を積み重ね、自分なりの情報戦史をまとめあげ、幾つかの興味深い史実を明らかにすることができた。

まず軍事書の古典では、十九世紀ヨーロッパの代表的軍事理論家——カール・フォン・クラウゼヴィッツの『戦争論』が、思いのほか情報戦を否定的に描いていることに気付いた。これに対し、中国の古典『孫子』の兵法が、情報戦を極めて重視していることを明らかにできた。その結果、両書の対照的な構図を、浮き彫りにすることができた。

次に眼をイギリスに転じ、最も秘密情報戦に長けたイギリスが、強力なスパイ網を作りだしてきた歴史をまとめていった。そうした歴史の積み重ねにより醸成してきたのか、英語で「情報」を示す単語として、「インフォメーション」と「インテリジェンス」という二つの単語が創りだされていることに着目した。

「インフォメーション」は、戦争で言えば軍隊の配置や戦闘機の保有台数といった「生情報」を意味していた。これに対し、「生情報」を抽出・加工して戦略的に意思決定できる状態に「加工された知識に近い情報」が、「インテリジェンス」なのだとわかってきた。

イギリスにおいて、「スパイこそ、最高の知識人であり、紳士でなければならない」という鉄則がある。草影には、この鉄則と「インテリジェンス」という単語が、密接に関係しているように思え、さらに思索を重ね深めていった。

すると一月のある寒い晩の深夜、突然に頭の中で閃くものがあった。

「そうだ！　我々の情報戦士は、単に窃盗術を身に付けて、『インフォメーション』を集めるだけの忍者であってはならないのだ！　我々の育てる情報戦士は、『最高の知識人』として、何にでもなりすまし、その仮の姿で『インテリジェンスを創出できる現代の忍者』でなければならないのだ！」

という〝あるべき情報戦士像〟の基本となるコンセプトが、頭の中ではっきりと形となっていったのである。

翌日、草影中佐は、一刻も早くこの基本コンセプトの評価を聞きたくなり、二人と会合を持った。なぜなら、二人が賛同してくれるかどうか、とても不安でならなかったからだった。しかし虎岩中佐も福西中佐も、当時の軍人としては例外的に柔軟で合理的な思考様式を身に付けていたため、二人共にこの提示した基本コンセプトを即座に理解し、全面的に賛同してくれた。

草影は、その日、二人の賛同を得たことで、自信を深めることができたため、帰宅したときにも、明るい表情をしていた。

そのため妻の麻千子は、夕食のときに控え目に、「何か良いことがあったのですか？」と聞いてきた。普段は寡黙な麻千子が口に出すくらいに、自分の顔は明るかったのかと思い、

「この間に学んできて、それをまとめた私の見解を、仲間の二人が支持してくれたのだ」

と、ぼそっと言った。これを聞いた麻千子は嬉しそうに、

「それは良かったですね。これまで熱心にがんばってきた甲斐がありましたね。それでは明日の晩の料理は、少し贅沢をして、あなたの大好きな天麩羅を作って、祝杯をあげましょう」

と、我がことのように喜ぶのだった。

翌朝、いつも通り妻の作ってくれた弁当を鞄に入れると、「今晩の天麩羅、楽しみにしているよ！」

と言って、図書館に向かった。図書館ではこれまでのコンセプト創りのノートを整理していった。

帰り道では、寒風が吹きすさぶ中を、家路を急ぐ男たちにまじって歩きながら、今夜は久しぶりに妻の作った天麩羅を食べながら好きな日本酒をじっくり飲もうと思った。そう思うとほのぼのとした気分になり、ふと麻千子と知り合ったときのことを思い出していた。


草影が、陸軍士官学校を卒業し、東京外国語学校に公費留学して以降、二〇代も後半になると、幾つかの縁談が持ち込まれるようになった。それは、陸軍の将官の娘であったり、政界であれば政治家、経済界であれば経営者や重役の娘のことが多かった。

しかし彼は、その全ての縁談を、相手に会うこともせずに、断っていた。

あえてそうした理由は、二つあった。

一つは、情報将校としての自分の評価が高まれば高まるほど、平穏な人生を望むことなどできないと予感したからだった。自分のような情報将校は、たとえ大戦争が勃発しなくても、特殊な情報戦・謀略戦を異国の地で担わねばならず、遅かれ早かれ妻となる女性を不幸にすると、思わざるをえなかったのである。

もう一つの理由は、自分のこれまで歩んできた人生が、幸せな家庭で経済的にも豊かに育った女性には、決して理解できないと強く感じていたからだった。

そんな折、浅草の雷門に近い間借りしていた下宿屋の世話好きな婆さんが、突然に質問してきた。

「草影さん、あんた来る縁談、来る縁談、断っているようだね。どうしてなんだい？」

このあまりに直截な聞き方に、かえって正直に、

「私は軍人の中でも、特殊な仕事をしなければなりませんから。それに私は、金持ちの恵まれた家

庭で育ったわけではないので、そうしたお嬢さんとは、同じ屋根の下で、うまくやっていく自信がないので……」

と、答えてしまった。草影は、そうした答えをしたことで、婆さんはその会話をやめると思った。しかし下町育ちの婆さんは、そんなことであきらめはしなかった。それどころか、突然に予想外の提案をしてきた。

「やはり、そうだったね！　私は何となくそんなことだろうと思ったよ。じゃあ、この家にたまに来て、料理を作っている麻千子さんはどうかね。あの娘は、金持ちの恵まれた家庭のお嬢さんではないよ」

と言うと、麻千子の薄幸の人生を話し出した。

「あの娘は、山形の貧しい農家の出身で、早くに両親を亡くしている。その後は苦学して医者になった兄を頼って上京し、その兄が学資を出して、女学校を卒業したらしい。ところがその兄が、昨年亡くなって、東京で一人になってしまった。でも、あの娘は、女学校で洋裁を習ったのか、婦人服を作る仕事で細々とだが生計を立てている。たった一人で、つらい切り詰めた毎日を過ごしているのだよ。しかし身寄りがないので、あの娘にはあまり縁談も来ないらしい」

そう言うと、草影が興味を持って聞いていることを察したのか、あけすけに麻千子を推薦しようとした。

「あの娘は美人だが、雰囲気が寂しげなので、暗い性格に見られるらしいんだよ。実際、普段会っても、あまり喋らない。ところが、この家に来て料理を作っているときだけは、ひどく楽しそうで、あんたとは自分から積極的に食事もしているよね。私は、子供が男ばかりで娘がいないので、あの娘が実の娘のようで、何とかしてやりたいんだよ。うちの亭主も、あの娘は地味だがしっかりしていると、ほめている。草影さん！　あの娘は、どうかねえ？」

　草影は、そうはっきりと言われて、悪い気はしなかった。というより、下宿屋の婆さんの話を聞きながら、実は自分が、あまりしゃべらないその娘を気に入っていることを、はっきりと自覚できた。彼には、その麻千子という娘の暗く淋しい雰囲気にかえって落ち着くことができ、一緒にいると安らぎさえ感じていた。そして時折、恥らいながら見せる控え目な微笑に接して、この薄幸な娘を幸せにしてやりたい、自分が守ってやらねばならない、と何度か切ない気持ちになったことを、思い出していた。

　草影は、その娘と波長が合うと感じ、一緒に暮らしたいと強く願った。

　こうして二人は逢瀬を重ね、三か月後には、下宿屋の老夫婦を仲人に、お互いのごく限られた友人だけを招待して、ささやかな結婚式をあげたのだった。


　草影は帰宅すると、麻千子の揚げてくれた天麩羅を堪能し、日本酒を飲みながら、この日だけは、久しぶりに夜遅くまで、夫婦水入らずの会話を楽しんだ。麻千子も日本酒を少しだけ飲むと、頬をほんのりと赤らめ、普段と違って、饒舌になった。

「あなたが背広を着て、図書館に通われ、決まった早い時間に帰宅されると、別な職業に就いたように感じます。それはありえないのでしょうが、こんな生活が、ずっと続くと私は幸せです」と、さりげなく語りかけてきた。

　草影も、そのようになればいいと、内心では共感していた。しかし、それはありえないことだとも感じた。実際には、軍人として長い戦争劇の僅かな時間の幕間にいるに過ぎないと思い、そう思うと、麻千子に何も答えることができなかった。

その翌日からは再び、昼は図書館に通い、夜は遅くまでノートの整理を繰り返した。その学習の中味は、基本コンセプトに肉付けする知的創造作業に移っていった。そのために、日本の軍事史における情報戦・謀略戦及びそこで活躍する忍者に関する資料を、古代から丹念に調べていった。

まず日本の戦争の歴史において、最初に情報戦を実行したのは、配下の忍者を使った聖徳太子であることを突きとめた。その後は、平安時代末期に平家に圧勝した源義経が、抜群に跳躍力があり、山伏に変装して逃避行したことから、「忍者の開祖だったのではないか」と推理し、ノートに記述していった。

次に鎌倉時代を経て、北条政権滅亡前後の動乱の時代まで、辿っていった。

その時代に、兵法の天才である楠木正成が歴史の表舞台へ登場する、その登場の仕方に、忍者の影を見い出した。そこで草影は、楠木正成の戦いを、謀略戦という分析視角から、丹念に調査しノートにメモしていった。

「楠木正成は、伊賀忍者四八人を召し抱えていた。その伊賀忍者に透波《スッパ》という名前を与えて、情報収集に当たらせた。さらに有名な赤阪城や千早城の攻防戦においても、透波による謀略戦を併用することで、敵の大軍を翻弄し、実質的に勝利したのである」

と、大掴みにまとめあげ、

「この楠木正成の透波の活用から、楠木正成こそ〝忍者を戦略的組織的に活用した創始者〟と位置付けることができる」

と結論付け、さらに草影は、

「新聞記者が、『スッパ抜く』とよく使うが、その語源は忍者の透波からきている」

と、言葉の由来にまで言及し、メモしていった。

楠木正成をまとめた後は、応仁の乱以降の戦国時代に、研究対象を移していった。この時代には新興の戦国大名が、それぞれ個性的なやり方で忍者を使い、本格的な情報戦・謀略戦を展開していた。草影は、この個性的なやり方を大名ごとに調べあげ、それらを比較することで、それぞれの特性を明らかにしていった。

そして次の時代――江戸時代の忍者を研究対象に、徳川幕府の成立により、忍者の活動がどのように変わっていったのか、を考察した。

特に、比較的資料が豊富にある八代将軍徳川吉宗が新設した、将軍直接の命令で秘密裡に情報収集活動を行う〝お庭番〟について、詳細に調べあげた。草影には、この〝お庭番〟の組織こそが、将来の情報戦士の組織において、最も参考にする必要があるように思えた。

こうして研究にのめり込むうちに、一か月余りが、あっという間に経過していった。

そして二月も下旬に入った春めいた日の夕方には、閉館間近の図書館の窓越しに夕陽が射し込む中で、草影の忍者の歴史研究も、ついにまとめに入ろうとしていた。その日の午前中に探り当てた最後の忍者の記録を、ノートに記入するところまで、ようやく辿りついたのだった。

「時代は経過して幕末に至り、藤堂藩の伊賀忍者であった沢村三九郎の記録が残っている。沢村三九郎は、藤堂藩の〝忍び衆〟二〇人の一人であり、普段は〝狼煙役〟を務める家柄で、同家には火薬に関する伝書が残っている。そして幕末にペリーが来航すると、藩主の命令により黒船に乗船した三九郎は、書類二通を盗み持ち帰った、と伝えられている」

と書き、

「それ以降は、忍者の活動記録がないことから、沢村三九郎が〝最後の忍者〟だったと言える」

と、締めくくった。

草影はこの幕末の最後の忍者まで調べあげることで、自分の担当する調査は一段落したと思い、それなりの達成感を味わうことができた。しかし反面、何かが決定的に欠けているように思えた。

この翌日からは、調査する場所を陸軍省に変えた。そこで日本陸軍創設から現在までの情報戦をテーマに、調査分析を開始した。しかし何かが決定的に欠けているという焦慮感がより一層募り、それが邪魔して、調査分析に没頭できなかった。

（四）石原将軍に相談する

そんな折に草影は、日本陸軍創設以来の天才参謀と言われている石原莞爾将軍（当時は少将）が上京しているという情報をつかんだ。

石原将軍は、関東軍参謀として、まさに謀略戦として満州事変を企画実行し、成功させていた。その後は、陸軍参謀本部の作戦部長として、国の軍事戦略策定に携わった。

昨年からは関東軍の参謀副長となり、満州に赴任していた。その石原将軍が、東京に出張に来ていることがわかり、直ちに面談の約束を取りつけた。

草影が面談を強く求めた理由は、将軍が、その功罪はともかく、多勢に無勢の圧倒的に不利な状況下で、満州事変を劇的に成功させていたからだった。加えて『世界最終戦争論』を構想するほどの戦略性をも併せ持った石原将軍に相談すれば、自分には思いもつかない助言を与えてくれるかもしれないと、期待したからだった。

こうして草影は、二日後の午後に一時間の約束で、陸軍省の会議室において、石原将軍と面談することができた。会議室に入り、机をはさんで二人が椅子に座ると、石原将軍は全てを見通すような澄んだ眼で草影をじっと見つめた。そして開口一番、

「草影さん、あなたは兵務局の中佐と聞いていたが、なぜ軍人であるにもかかわらず背広を着ているのですか」

と、切り出してきた。そこで草影は、

「中野学校の設立自体が陸軍の最高機密であることから、その機密保持のため、軍服は一切着用しないことにしたのです。自分は〝背広を着た忍者軍団〟を教育するのですから、まず自ら模範を示さねばなりません。そこで私は、世界を股にかけて商売をする商社勤務の背広を着た紳士に変身したのです」

と説明すると、石原将軍は豪快な声をあげて笑い出し、

「なるほど、よくわかりました。草影中佐、それは正しい服装です」

と、同意してくれたのである。続いて、

「草影中佐はやめよう。これからは、草影さんと呼ぼう」

と、親しみを込めて語りかけてくれたので、それからは緊張もほぐれ、説明しやすくなった。

草影は最初に、中野学校設立に至る経緯とその計画を、簡潔に説明した。続いて〝あるべき情報戦士像〟を創りあげるための一か月あまりの調査活動を、調査ノートを提示しながら、比較的詳細に説明していった。

石原将軍は、その間、瞑想に耽るように何もしゃべらず、背筋を伸ばした不動の姿勢で、じっと

聞き入っていた。石原将軍は、やたらと威張り散らし権威ぶって尊大にふるまう陸軍将校＝当時少なからずいた草影が最も忌み嫌うタイプの将校と、正反対の謙虚な姿勢をとり続けていた。

そのため懸命に説明する中で、それまで聞いていた、長幼の序を無視して上官に対し反抗的態度をとるという石原将軍の悪い噂が、一面的な見方でしかないと感じるようになっていった。むしろ将軍の型破りな行動が、尊大で威張りちらす人間と衝突するケースでのみ発せられるのだと、わかってきた。そして草影の眼には、何も言わずに、深い森の奥にある湖のように静謐な姿勢を保つ将軍が、壮大なテーマや長期戦略を深く追究できる学者肌の人間のように映りだしていた。

こんなふうに推測しながらも、説明の最後を、助言を切望する言葉で締めくくった。

「以上のように、私は、日本の軍事史を再学習し、情報戦・謀略戦を担う忍者の活動の中から〝あるべき情報戦士像〟を創りあげようとしてきました。〝最高の知識人としての現代の忍者〟という核となる戦士像は固めることができました。しかし、現代の忍者達に実際の過酷な情報戦・謀略戦を担わせようとすると、何かが決定的に欠けているような気がするのです。その何かが、どうしてもわからないのです」

と言うと藁をも掴むような真剣な面持ちで、石原将軍に助言を求めた。それでも将軍は、瞑想に耽るような姿勢は崩さず、二人の間にある机の一点を見つめ、塑像のようにじっと動かなかった。

まるで時間が止まったかのように数分経っても、将軍は微動だにしなかった。そのため草影は、自分の調査とそれに基づく質問が、そもそも愚問だったのではないかと動揺し、気持ちがぐらついてきた。

とそのとき、石原将軍は突然顔を上げると、静かに口を開いた。

「草影さん、あなたのやっていることは、大筋間違っていない。この一か月あまりの孤独に試行錯誤しながらの知的作業により、ここまで調査ノートをまとめたことは、高く評価できる。加えて、そのひたむきな努力に心から敬意を表したい。私からは、〝正しいあるべき情報戦士像〟を、包括的に提示することはできない。しかし三つの助言を提示することはできる」

と言って、一つ一つ丁寧に説明し始めた。

「一つは、日本の軍事史に詳しい人物の助言を受けることだ。満鉄調査部に、石崎功という人物がいる。彼は、年齢は三〇代前半と若いが、経済の専門家として卓越した能力を有している。しかも満州国建国後の五カ年計画の策定に、その主要メンバーとして関わってきた実績を持っている。加えて彼は、日本経済史にも通暁しており、とりわけ軍事史に造詣が深い。石崎君に相談すれば、必ずヒントを得ることができる筈だ」

と言うと、石崎が五族協和の理念を理解しており、現在、関東軍参謀長の東条が進めている西欧植民地主義的な保護領化には反対していることを明らかにし、将軍自身の構想を語った。

「私は、満州国を多民族からなる独立国家にしようという考え方を持っている。わかりやすく言えば『ユーラシア大陸におけるアメリカ合衆国を建設しよう』という考え方だが、石崎君はこの考え方にも賛同してくれている」

草影は、この助言に励まされ、自分の調査活動に自信を持つことができた。同時に、満州国をユーラシア大陸のアメリカ合衆国にしようという、石原将軍の型破りで壮大な構想に、度肝を抜かれるのだった。

石原将軍は、この構想に草影が圧倒され、言葉を発せられないでいることに気付かないのか、一方的にしゃべり続けた。

「二つ目の助言は、草影さん、あなた自身のよって立つべき視座を、一八〇度変えるべきだということです。私の言っていることがわかりますか」

　こう質問されたが、石原将軍の言っている意味が、さっぱりわからず、

「いや、皆目見当がつきません」

　と自信なげに答えると、石原将軍は、

「草影さん！　あなたは、中野学校の所長になるという責任者の立場にこだわりすぎて、ものの見方が、一面的になっているのです」

　と、後輩を諭すように笑いかけてきた。それに対し草影は、

「そう言われてみれば……。確かに自分は、中野学校の所長になるという立場にこだわりすぎて、自ら視野を狭めていたのかもしれません」

　と、溜息をつきながら、言葉を返した。

「その自覚さえ持てれば、私が二つ目の助言をする意味が出てきます。持って回った言い方をするのは、やめましょう。要は、草影さん！　あなた自身が、情報戦士の立場に立つことです。いや、それだけではだめだ」

　と言って石原将軍は、いきなり椅子から立ち上がると、前屈みになって部屋を歩き回り始めた。草影があっけにとられていると、石原将軍は、突然立ち止まり、

「それではだめです。それでは不徹底だ！　それよりも、あなた自身が情報戦士になりきることです。そして欧米の植民地支配に苦しむ東アジアの民衆の中に入って活動することを、想定すべきです。さらにその想定の下で、民衆のために何が必要かを考えてみるべきです」

　そう助言され、草影は目から鱗が落ちたように感じた。

　将軍の言うように、自分を完全に情報戦士の立場に置けば、〝あるべき情報戦士像〟も創りあげ

られそうだ、という強い期待を抱くことができたのである。

二つ目の助言に解決のヒントを掴めたように感じた草影は、早速三つ目の助言を受けようとした。そこで石原将軍の方に目を向けると、将軍は再び椅子に腰をおろして、沈思黙考していた。

そして静かに言葉を発した。

「草影さん、あなたは日露戦争における明石元二郎大佐の活動を知っていますか。明石大佐は、ヨーロッパを舞台に、ロシアの革命党やフィンランドやポーランドといった属国の革命党に対して、資金援助や武器調達による謀略工作をたった一人で担っていったのです。この明石大佐の工作は、日本軍の勝利に大きく貢献しました」

そう言うと、自分が、日露戦争を研究したが、個々の戦いは辛うじて勝った戦いばかりだったこと。したがって、もし明石大佐の謀略工作が無ければ、日本軍は持久戦に持ち込まれ、間違いなく敗北していたことを明らかにした。

「この明石大佐の情報戦・謀略戦を調べること、これが私の三つ目の助言です。私自身は、伝説化された明石大佐の活動を断片的に知っているだけで、詳細に調べたわけではありません。しかし明石大佐を詳細に調べれば、明石大佐の単なる謀略工作を超えた、各国革命党員に対する誠意ある活動を、見いだせるように思います。そしてそこに、〝あるべき情報戦士像〟を、重ね合わせることができるかもしれません」

草影は、この三つ目の助言にも共感するものを感じ、明石大佐の謀略工作を本格的に調べてみようと、意欲がわいてきた。

そのあと二人は、最近の社会情勢、緊迫した軍事情勢について話し合った。その会話は、雑談に近いものだったが、それでも草影は、石原将軍から多くのことを学ぶことができた。

特に「東条が率先して拡大してしまった日中戦争は、単なる決戦では収まらず、果てしない持久戦になること。そのため軍事力のみならず日本の経済力が確実に消耗させられること。その結果、日本の致命傷になりかねないこと」を、石原将軍は沈痛な表情で語った。草影は、この将軍の言葉に、心の底から共感を覚えた。それと共に、個々の戦闘の勝利に一喜一憂しがちな自らの視野の狭さを反省し、全体的視野で戦争を捉えねばならないと、あらためて自戒するのだった。

最後に石原将軍は、紹介状を書いてくれ、再度、石崎功に会うことを勧めた。

「ともかく中野学校を成功させるためには、満鉄調査部にいる石崎君に会って、よく話し合い徹底的に議論することです。この紹介状を持って、なるべく早く海を渡り、大連へ行くことです。そうすれば必ず道は開けます」

と、力強く激励してくれた。

◇　◇　◇　◇

囚人列車がブレーキをかけ、車輪とレールが軋む鋭い金属音がした。そのため、浅い眠りの中で過去を回想していた草影は、突然に囚人列車にいる現実に引き戻された。

囚人列車は、停止したようだった。

鉄格子の窓の外は、すでに冬のシベリアの長い夜がはじまっており、濃い闇に包まれていた。その濃い闇の中で、駅舎の外灯だけが幾つか淋しげに灯されていたが、周囲に建物は見当たらなかった。そのうち彼の耳に、白い雪の積もったプラットフォームの上を、集団が歩く足音が聞こえてきた。目を凝らして見ると、百人を超える囚人達が、監視兵によって隣の車両に乗り込まされているところだった。

微かに聞こえる会話から、その囚人達がロシア人であることがわかった。政治犯かどうかはわからないが、いずれにしてもスターリンの恐怖政治の犠牲者達だと推測できた。

それと共に、戦中に特務機関で、こうしたソ連の囚人の総数を推定すべく情報収集し積み上げると、千万人をはるかに超える驚くべき数字だったことを思い出していた。この数字から、この乗車する囚人の群れが、膨大な数の囚人集団のほんの一部だと思った。

そう思うと、あらためてソ連は、当初目指した人民の理想国家などではなく、大量の囚人の労働力で成り立つ自由無き監獄国家に変質したのだと、実感するのだった。

しばらくすると、窓と反対側の鉄格子の錠を開ける音がした。

「ヤポンスキー、食事だ！」

と言って、この車両の監視兵が、黒パンとわずかに野菜の浮かぶスープを差し出した。

監視兵は、今まで接したどの監視兵よりも大柄で厳つい顔をしていた。しかし意外なことに心根の優しい性格なのか、不必要に威嚇することも、暴力を振るうこともなかった。

「ありがとう」と、草影は言うと、スープを飲み、黒パンを少しずつ食べていった。

囚人列車に乗ってからは、この監視兵のお陰で落ち着いて食事を摂れるからか、自らの体力と気力を、徐々にではあるが取り戻すことができつつあるように感じた。

やがて先程の囚人達が全て乗車したのか、列車は車輪の音を軋ませて、再び動き出した。駅を過ぎると、窓の外は、灯り一つない漆黒の世界だった。

草影は、どこまでも続く漆黒の世界を見つめながら、いつしか深い眠りに落ちていった。

（五）大連へ

草影中佐は、水平線の果てまでどこまでも続く寒々とした青黒い冬の海を見つめていた。このとき草影は、満州国の玄関口にあたる関東州の大連に向かう客船の中にいた。

一週間前に陸軍省で石原将軍に会い、三つの助言をもらうと、翌日には虎岩中佐と福西中佐に会い、将軍との面談の中味を報告した。その場で二人の同意を得ると、将軍の第一の助言である満鉄調査部の石崎功に会うために、大連に向かう客船に乗り込んだのである。

そして明日の朝には大連港に着くということで、これまでの研究ノートをじっくりと再読した。その上で石崎功に対する質問事項をまとめることに集中した。

やがて水平線の彼方に、赤く燃え立つような夕陽が西方の空を染めながら沈む頃、銅鑼の音が船内に鳴り響き、ディナーの準備が整ったことを伝えてきた。

草影は客室を出て、船の中とは思えない洗練されたレストランに足を踏み入れた。すると控えていた未だ少年の面影を残す若いボーイが、四人の軍人家族が座るテーブルの横の小さなテーブルに案内してくれた。

草影はビールと共に洋食を注文したが、隣の軍人家族は高級なコース料理を注文したのか、次々と豪華な料理が運ばれてきていた。軍人は、階級章から自分と同じ中佐だとわかった。その中佐は、口髭をたくわえ、まわりを睥睨しながら尊大に振る舞っていた。

「嫌な奴だ！」と草影は呟き、この軍人家族を見ないようにした。それからは、静かで落ち着いたレストランの雰囲気を楽しみながら、ビールを飲み始めた。ところが、しばらくして突然、口髭の中佐が若いボーイを怒鳴り出した。あまりの中佐の剣幕に、若いボーイは何度も何度も頭を下げた。しかし中佐は、ボーイを許さず、レストランの客の視線が集中したことで、かえって興奮したのか、さらに激昂して怒鳴り続けた。

草影は、大変な不手際があったのかと思い耳を傾けると、単に若いボーイが、中佐のグラスに注いだビールを溢れさせ、中佐の手を濡らしたというだけのことに過ぎなかった。

レストランの支配人も駆け付け平謝りに謝ったが、中佐は許さず、おびえる若いボーイに「声を出して謝れ！」と、がなりたてていた。若いボーイは、ただただ頭を下げるばかりであったが、ようやく小声で謝った。ただその言葉は、中国語だった。

草影は、最初はなるべく関わらないようにしていた。しかし若い中国人のボーイのおびえ、謝る姿を見るうちに、持ち前の義侠心に火がつき、突然に怒りが込み上げてきた。

彼はのっそりと立ち上がりと、怒りに体を震わせながら、中佐を正面から見据え、言い放った。

「いい加減に許してやったらどうですか」

中佐は思わぬ不意打ちに一瞬たじろいたが、すぐに言い返してきた。

「だが、こいつは謝らないじゃないか」

「彼は、中国語で謝っているじゃないですか。それともあなたは、中国人の少年に日本語で謝れとでも言うのですか」

この草影の迫力に押されたのか、「もういい」とは言ったが、返す刀で「おまえは何者だ」と言って、草影自身に矛先を向けてきた。

「私は、商社の大建産業に勤めている商社マンだ」

と、乱暴に自己紹介すると、

「商売人風情が、我が帝国陸軍の中佐に盾突くのか！　お前のことは、よく覚えておこう。せいぜい満州の商売に支障がでないように気をつけるのだな！」

と胸を張り、軍人の権威を笠に着て、卑劣な脅しをかけてきた。

草影が「そんな脅しには、屈しないぞ！」と見返すと、その迫力に中佐は黙り目を伏せた。そこで席に戻ろうとしたが、怒りで腸が煮えくり返り、もう食事を摂る気にはなれず、そのままレストランを出ることにした。

廊下を歩きながら、「あれほど品性下劣な軍人が幅をきかせている日本陸軍に、明日はないのかもしれない。あのように中国人を見下すような中佐が関東軍にいるとしたら、石原将軍の目指している五族協和は、台無しになるだろう」と、暗澹とした気持ちになり、自分の船室を目指す足取りも重くなった。

ようやく船室の前まで来たとき、突然に後ろから追いかけてくる足音が迫ってきた。先程のことを根に持った髭の中佐が追いかけてきたのかと、振り向いて身構えると、その足音の主は若い中国人のボーイだった。

彼は、何度も「シィエ　シィエ」と感謝の気持ちを込めて頭を下げた。

草影は、流暢な中国語で「気にすることはない。しっかり仕事に励みなさい」と優しく労わり、ビールとつまみを注文した。

客室に戻り、若いボーイの持ってきたビールを飲んでいると、冷静さを取り戻すことができた。しばらくして気持ちに余裕が出てくると、自分が商社マンになりきることができたことに気付いた。草影は、「我ながら、うまく変身できたな」と自画自賛しながら、他の職業に変身する忍者の醍醐味を味わうのも悪くないな、と思う余裕も出てきた。

また、あの尊大な中佐は、必ず自分に復讐するために、満州の大建産業の支店を探すことが予想できた。しかしそこで自分がいないことがわかり、戸惑う姿を想像すると「滑稽で頓馬な奴だ！」と、痛快な気分になり、独りでに笑いが込みあげてくるのだった。

翌朝、客船は大連港に入港し、拡張工事により整備された第二埠頭に接岸された。埠頭には黒服を着た数多くの中国人の苦力《クーリー》達が、船荷の積み下ろしをしようと待ち構えていた。草影が客船のタラップから降りようとすると、ルネッサンス様式を採り入れたレンガ造り七階建ての巨大高層建築――大連埠頭事務所の威容が、目に入ってきた。

草影は、大連港から大連市内に向かうため、半円形の埠頭待合所玄関に出て、左右に長い列をなして客待ちをしている多数の人力車の一つに乗り込もうとした。ところが近づいて見ると、車夫達が一様に痩せており、中には人力車を引くことができるのかと思うような年老いた車夫も交じっていることに気付いた。彼らを見るうちに、中国人や満人達の貧しい生活の実態を垣間見たようで、強い衝撃を受けた。

草影は比較的若い車夫の運転する人力車に乗ったが、それでも次第に喘ぎながら人力車を引くのだった。そのため人力車に乗ったことを後悔し、途中で降りることにした。車夫には規定の倍以上の料金を払い、時間もたっぷりあったので、そこから歩くことにした。

（六）若き満鉄調査部員に会う

こうして草影は、徒歩で、洋風建築で埋められた大連市の中心街に至った。

そして一〇時前には、外観が本格的な三層構成で古典様式のヤマトホテルの前に立った。それからホテルの予約した部屋に入り旅装をとくと、しばし旅の疲れを癒すために休憩した。

その後、昼過ぎにはホテルを出て、大広場を通って、満鉄本社の前に到着した。満鉄本社は、帝政時代のロシアが建て、満鉄が改修した重厚な建物だった。

草影はその建物の威容にしばし見とれていたが、一時近くになったので正面玄関を入った。受付で、「調査部の石崎功さんと、午後一時から面談する約束をしている」と告げると、受付嬢はあらかじめ聞いていたのか、すぐに小さな会議室まで案内してくれた。

会議室で待っていると、一時きっかりにドアがノックされ、浅黒く日焼けした彫りの深い顔付きの中肉中背の男性が入ってきた。その男性は、はっきりした口調で、自己紹介をした。

「満鉄調査部に勤務している石崎功です」

石崎の第一印象は、想像していた青白きインテリというよりも、健康的なスポーツマンタイプという印象だった。それに石原将軍から聞いていた三〇代前半という年齢よりは、さらに若々しく見えた。

草影は、自分より一〇歳以上若いな、と思うと拍子抜けしてしまった。いくら尊敬する石原将軍の推薦とはいえ、こんな若造に教えをこわねばならないのかと思うと、気乗りがしなくなっていた。しかし、その感情を表情に出さずに、あくまで丁寧に挨拶し、紹介状を差し出した。

「陸軍省兵務局の草影中佐です。今回は石原将軍の紹介により、石崎さん、あなたから日本軍事史を教えていただこうと、東京から参りました。これが将軍の紹介状です」

石崎は、紹介状をさっと一読すると、

「すでに石原将軍から連絡があり、今回の草影中佐からの依頼の主旨は聞いています」

そう言うと、七三に分けた長めの髪をかきあげた。続けて、

「本題に入る前に、一つ質問させていただいて宜しいですか」

と聞いてきたのでうなずくと、思わぬ疑問を投げかけてきた。

「今をときめく日本陸軍の、その中枢にいる草影中佐が、なぜ軍服も着用せずに、背広姿なのですか」

この突然の遠慮のない率直な質問に、草影は一瞬戸惑い躊躇した。しかし、この石崎の軍にこびることのない姿勢に、あの石原将軍が全幅の信頼を置いている人物なのだとあらためて思うことができ、これまで逡巡してきたことを、瞬時に決断した。そのあることとは、依頼の真の目的を、この若い調査部員に包み隠さず話した方が、的確な助言が得られるだろうという決断だった。

そこで草影は、情報戦士育成のための中野学校設立計画と、これまでの日本陸軍の発想を超えた〝あるべき情報戦士像〟を創らねばならないことを、包み隠さず話していった。そして話し終えると、質問の答えを提示した。

「こうした経緯から、我々中野学校設立に携わる三人は軍服を脱ぎ捨てて、表の顔は背広を着た民間人ということにしたのです」

すると今まで真剣な眼差しで聞いていた石崎は、突然笑いだし、物怖じせずに指摘してきた。

「でも草影中佐、髪が中途半端にしか伸びていない状態での背広姿は、釣合いがとれず、不自然ですよ」

草影はこの一言で、変におもねらず、率直に自分の感じたことを表現する石崎に、好感を持つようになった。「この男は、オレに比べると若すぎるし、元左翼かもしれないが、信頼できる男かもしれない」と、確信に近い予感を持ち始めた。

「ははは、似合いませんか。まだまだ現代の忍者に成りきれていませんね」

と、破顔一笑し、親しみを込めて言った。

「これから草影中佐と呼ぶのは、やめてください。石原将軍もそうしてくれましたが、民間人の草影さんで結構です。私自身これから、商社マンとして表の顔を、作っていくつもりですから」

草影は、会話の内容や石崎の表情から、大分打ち解けることができた、と思い始めた。しかし石崎は、自らの過去の経歴を気にしているのか、それ以上にすんなりとは、初対面で、しかも軍人である草影に対し、胸襟を開いてはくれなかった。

「それでは草影さんと、お呼びしましょう。しかし私を信用して、そこまでお話しになってよろしかったのですか。ご心配であれば、守秘義務契約でも何でもサインしますよ」

と言って、距離をおく発言をするので、

「その必要はありません」

と、草影が答えても、

「ほんとうにいいのですか。私の前歴を調べなかったのですか」

そう言った石崎の表情は、自らの暗い過去を思い出したのか、スポーツマンタイプの健康的な第一印象とはうって変わって、陰のある鬱屈した表情に変わっていた。

石崎功は、若き経済学者として、日本資本主義論争において卓越した理論家として名をなしていた。

しかし他方で、労働組合運動の指導者としても、積極的に活動していたのである。その後、ストライキを扇動した罪で逮捕され、獄中で転向していた。

石崎は、しばらく間をおいて、ぽつりと言った。

「まして私は、転向者なのですから」

もちろん草影は、この若き才能あふれる経済学者の前歴を、全て調べて知っていた。ただ石崎の転向は、全面的に皇国史観に屈服したわけではなく、立憲君主制としての天皇制を認めただけで、一本筋が通っているように思えた。

しかし、そのことには触れずに口を開いた。

「いや、私にとって、あなたの過去の前歴など、どうでもよろしい。重要なのは、私の尊敬する石原将軍が、あなたに学問の上でも、人間としても、全幅の信頼をおいていることです。さらには日本経済史のみならず、日本軍事史のナンバーワンの専門家だと聞きました。したがって、守秘義務契約のサインなどいりません。もしあなたが、このことを他人に口外するようであれば、私があなたを見る眼がなかったと、あきらめるしかないでしょう」

と言うと、石崎は顔を上げ、草影の大胆で思い切りのよい発言が想定外だったのか、真剣な表情でしばらく考えていた。

そして一分余りが経過して、ようやく草影を正面から見据え、力強く言いきった。

「わかりました。私が逮捕歴のある元左翼だということを知った上で、そこまで信頼していただけるのであれば、男子たるもの意気に感じるべきでしょう。草影さん、あなたのお役に立つのであれば、最大限にご協力しましょう」

（七）戦争と革命の時代

そんなやりとりの後、ようやく日本の軍事史に関する本格的な話し合いが、スタートした。まず草影が、自ら作成した研究ノートを見せながら、これまでの研究プロセスを詳細に説明していった。特に〝最高の知識人として、インテリジェンスを創出できる現代の忍者〟という核となる情報戦士像を説明した。さらには日本軍事史における情報戦・謀略戦に関する部分を、古代から幕末まで、徹底的に調べ上げてきたことを説明した。

そして、これまでの自分の研究から導き出されてきた仮説として、

「江戸時代中期に八代将軍の徳川吉宗が創設したお庭番の組織こそが、我々が採用すべき組織に最も近いように思えます。なぜならお庭番の組織は、指令し報告するタテの情報伝達の仕組みが、きちっと作られており、組織内の役割分担も確立されていたからです」

と、それなりに自信を持った仮説を提示し、石崎に同意を求めた。

しかし若き日本軍事史の専門家は、この仮説に賛同するどころか、はっきりと反対の意思表示をした。

「草影さん！　はっきり申し上げて、あなたの仮説は、完全に間違っています。お庭番の組織も、彼らの活動も全く参考になりません」

と、歯に衣を着せず、言い切ったのである。この言い方に、草影が怪訝な顔をしていると、さらに石崎は不可解なことを言い出した。

「草影さん、二〇世紀前半の現代は、どのような時代だと思いますか？」

この突然の大上段に振りかぶった質問に対し、答えられずに、

「いきなり、そんな大きな時代規定を求められても……」

と口ごもると、石崎は力を入れて自説を説明し出した。

「たぶん未来の歴史家は、二〇世紀前半の時代を〝戦争と革命の時代〟と規定するでしょう。ロシア革命を実現したソ連は、経済面での革命といえる社会主義計画経済を実現しており、国家主導の計画経済を標榜する我々満鉄調査部の経済専門家にとっては、大いに参考になります。とはいえ、ソ連には、政治的自由も市民社会もありません。そう考えると、一九一七年のロシア革命は、真の意味での革命とは言えません」

ここで石崎は、眼をアジアに転じて、情報戦士の役割を明らかにした。

「一方、アジアの植民地の民衆は、欧米列強の圧政に苦しんでいます。そのため、何かきっかけさえあれば、必ず白人支配打倒に立ち上がるでしょう。草影さんの育てる情報戦士は、まさにそうしたアジアの植民地からの解放、さらには政治的独立を、影でリードする役割を担うのだと思います。しかし、アジア各地の革命——急激かつ根本的な社会変化をともなった政治的独立は、決して平和裏には実現できないでしょう。そのとき、アジアの民衆は、宗主国である欧米列強に対する独立戦争という厳しい試練をくぐり抜けて、初めて勝利できるのです」

と言って、再び現代を時代規定しようとした。

「したがって視野をアジアにまで広げ、アジアで独立に向けた革命戦争が起きれば、現代はまさに〝戦争と革命の時代〟だと言えるのではないでしょうか。そして、その独立戦争における情報戦・謀略戦を担うのが、中野学校卒の情報戦士であるべきなのです」

「石崎さん、そのように大きな視野で語ってくれるとわかります。それにしても大胆で、知的刺激

に富んだ、気持ちが高揚するような時代規定ですね！」

「この若造はすごいことを言ってのける」と共感し、現代という時代を総体として俯瞰する能力に圧倒されていると、石崎は間髪を入れず、時代を遡って、江戸時代と戦国時代の比較を始めた。

「それでは江戸時代は、どういう時代だと思いますか？」

草影がこの質問の意図がわからず、首を傾げていると、

「江戸時代は、戦争の時代でしたか？」

そこまで限定した問いかけに、

「いいえ、平和な時代でした」

と、即答できた。この答えに対し石崎は、

「その通りです。島原の乱といった局地的な戦争しか起こりませんでした」

と補足説明し、次の質問を投げかけてきた。

「それでは、江戸時代は、革命の時代でしたか？」

この設問に対しても、草影は即答できた。

「いや、幕政改革は何度かありましたが、革命の時代ではありませんでした」

この答えを肯定した石崎は、再び補足説明した。

「その通りですね。江戸時代は、士農工商というタテ型の身分制度が確立していました。各地の大名も、親藩・譜代・外様と徳川政権への忠誠度によって序列化されていたのです。しかも藩政に少しでも不手際があれば、情け容赦なく、御家断絶や国替えを強要され、幕府の息の詰まるような統制下におかれていたのです。したがって江戸時代は、変革の時代でさえなかったのです」

と締め括り、次の質問を発した。

「それでは日本の歴史において、二〇世紀前半の現代以外に〝戦争と革命の時代〟はありましたか？」

ようやく石崎の質問の意図がわかってきた草影は、比較的自信を持って、

「ありました。それは戦国時代です」

と答えることができた。これに対し石崎は、

「正解です。日本の歴史において、我々の生きる現代を除き、戦国時代だけが〝戦争と革命の時代〟だったのです」

と応じ、お庭番を深掘りしようとした草影の調査の方向を、軌道修正しようとした。

「したがって、草影さん、せっかく江戸時代のお庭番に着目されましたが、お庭番は、平和な江戸時代の忍者であるがゆえに、参考になりません。確かにご指摘の通り、現代の軍隊のように指令——報告のタテの組織は確立していました。しかしリスクのともなった情報収集活動は、極めて少なかったのです。それに活動経費の精算において、旅費に加えて日当が支給されていました。その面だけ見れば、現代の平和時の会社員の出張と、何ら変わりません。しかもインテリジェンス創出の面でも、ダイナミズムを欠いています。それゆえ、現代の情報戦士像を創りだす上では、参考になりません」

ここまで論理立てて説明されると、草影は何のわだかまりもなく、石崎の説明を納得できた。

「よくわかりました。それでは現代の〝あるべき情報戦士像〟は、戦国の忍者を参考にして、創りあげることができる、と言うことですか？」

と確認すると、石崎は次の考察のプロセスを説明し始めた。

「その通りです。とは言っても、戦国時代の全ての忍者が、参考になるわけではありません。我々は当然、参考になる忍者を選択しなければなりません。そしてその前に『戦国時代とは、いかなる

社会だったのか』、その全体像をもう一度、構造的に捉え直す必要があります」

と言って、忍者を考察する前に、戦国の社会を考察する必要性を強調したのである。

草影は、ここで密度の濃い会話が一段落したと思い時計を見ると、すでに一時間近くが経過していることに気付いた。

「だいぶ時間が経ちましたが、あとどれくらい、説明の時間がありますか？」

と、予定を確認すると、

「本日は午後五時まで時間をとってあります」

と石崎は応じた。そこで草影は、しばらく休憩することを提案した。

（八）昭和の軍人――三タイプ論

いったん席をはずした石崎は、数分後には、これからの説明に使うのか、受付嬢と一緒に黒板を運び入れ、お茶を出してくれた。

二人はお茶を飲みながら、くつろいだ雰囲気の中で、とりとめのない話をした。その雑談の中で草影は、大連への船旅での小さなトラブルや、大連港にいた人力車の車夫達が一様に痩せて貧しそうに見えたことなどを、話した。

雑談が一段落すると草影は、石崎の今後の予定を確認した。

「石崎さん、明日はどれくらい、時間をいただけますか？」

「明日は午前中一杯この打合せに、時間を充てることができます」

「それは、ありがたい。私は、あさっての朝の船便で、日本に戻らねばならないので、大変に助かります。この二日間で、まる一日分、私のために時間を割いてくれるわけですね。あらためて感謝します」

と言うと石崎は、草影と会った当初の硬さがとれたのか、ごく自然体で応え、ある提案を口にした。

「そう言っていただけると、説明する意欲が湧いてきます。草影さんは、私がはっきりと『お庭番が参考にならない！』と全否定しても、一向に気になさらずに、私の見解を率直に受け入れてくれました。草影さんは、今時の我が物顔に振る舞う陸軍の将校にはおられないタイプですね。そこで提案があります。失礼ですが、草影さんは私よりずっと年上ですので、これからは私を『さん』ではなく、『君』で呼んでいただきたいのです。これからは『石崎君』と呼んでください」

これに対し草影は、すぐに賛同した。

「私は教えられる立場なので、『石崎さん』と呼んでいましたが、『石崎君』の方が話しやすく、我々の距離が縮まるならば、そのようにします」

「ありがとうございます。その方が話しやすいですから。正直に言うと、石原将軍から『草影中佐に会ってくれ』という連絡を受けとったときは、気乗りがしませんでした。はっきり言って、情報将校は、人を騙して情報を集める猜疑心の強い陰険な将校というイメージしかありませんでしたから……。ところが実際にお会いしてみると、これもはっきり言いますが、どこにでもいる太った背広の似合わない、人の好い中年のおっさんにしか見えません」

「中年のおっさんは、言い過ぎですよ！　それにしても、はっきりとものを言う男だね、石崎君は！」

と言うと、草影はげらげらと笑い出した。

これに対し石崎は、真剣な表情で言い返してきた。

「私は外見を言っているだけです。もちろん仮面をはずすと、情報将校としての草影中佐の別の顔があることは、わかっています。ただ草影さんの場合は、仮面をかぶっているように見えないところに凄みを感じます」

「そんなものかね」

草影がとぼけた表情で応じると、石崎は会話の中で新たな話題を持ちだそうとした。

「そう、そのつかみどころのない、ゆったりした表情ですよ。私は話しているうちに、草影さんが、情報将校とは思えなくなります。私は、そうした草影さんに会えてよかったと思っています。ところで、草影さんは包容力があり、柔軟な発想がとれる方なので、ここで本題から離れ、少し寄り道してもいいですか」

草影が頷くと、すぐに石崎は異なるテーマでの自説を話し始めた。

「それでは今回のテーマとも密接につながっていますので、私がかねてより考えている〝昭和の軍人三タイプ論〟について説明しましょう。ご興味はおありですか？」

この問いかけに、草影が、

「それは、おもしろそうだ。私も含め軍人は井の中の蛙になりがちですから、是非とも説明してください」

と促すと、まず石崎は、第一のタイプから説明を始めた。

「第一のタイプは、昨晩、船の中でトラブルを起こした髭の中佐のようなタイプです。彼らは、軍人が社会で一番偉いと勘違いしており、尊大な態度で威張り散らしています。このタイプの軍人は、社会情勢について、何でも知っているかのように振る舞い、大言壮語していますが、そのわりには中味がありません」

と、厳しい評価を下した。さらに追い討ちをかけるように、

「彼らは、客観的かつ構造的に社会の推移を捉えることができず、情報を軽視し、常に主観主義で自分の都合のよいように情勢分析してしまいます。要は、知的な創造活動ができないタイプです。そのため彼らは、短期の戦いには勝てても、確固とした軍事戦略を創出できないため、長期で見ると大失敗する可能性があります。今、グランドデザインも長期戦略もなしに、日中戦争が拡大されようとしており、日本の致命傷になりかねません」

と指摘し、その先頭に立っている東条参謀長が、典型的なこの第一のタイプだと言い切った。さらに、これから育てる情報戦士は、絶対に第一のタイプに育てるべきではないと言って、第一のタイプを説明し終えた。

「なかなか説得力のある仮説ですね。それでは、第二、第三のタイプは、どんなタイプなのですか？」

と、草影が興味を示し説明を促してきたので、石崎は、より説明に力を込めていった。

「第二のタイプは、神憑り的なタイプの軍人です。誤解を恐れずに言えば、二年前の二月二六日にクーデターを起こした青年将校達が、典型的な第二のタイプです。彼らが二・二六事件を起こしたのは、部下の兵士達の多くの家庭が貧しかったことに心を痛めたことがきっかけでした。特に兵士の親の中には、兵士の妹を人身売買で売らざるをえない極貧の家庭もあったのです。こうした悲惨な状況の打開策として社会変革を目指したのです。この彼らの部下の家族を思う純真な気持ちには心を打たれます」

しかし、彼らの社会分析には客観的な要因分析がともなっていないと、厳しく批判した。

「彼らは〝万世一系たる天皇陛下統帥の下での挙国一致を遂げた国体の実現〟を目指しました。し

かしその内実は、クーデター後のビジョンも戦略も無く、君側の奸を一掃すれば、社会は良くなり貧困家庭を一掃できる、という短絡的発想の域を出なかったのです。辛辣に言えば、彼ら青年将校の行動は、陸軍内部で純粋培養された神憑りの常軌を逸した暴力行動でしかなかったのです。したがって、第二のタイプである彼らの神憑り的な皇国史観からは、知的な情報戦士を育てることなどできません。というよりも、彼らには、そもそも情報戦・謀略戦という発想自体が欠落しているのかもしれません」

こう言うと、草影の軍事史研究に言及し、第三のタイプの特性を話していった。

「草影さんが調べたように、『かの大楠公が、敵を騙す謀略戦が得意で、伊賀の忍者を多数使っていた』などと言おうものなら、『歴史を捻じ曲げた！』と、国賊呼ばわりされるかもしれませんね。これに対し第三のタイプは、視野を軍事のみならず社会全般まで、広くとることができる軍人達です。第一、第二のタイプと違い、長期のグランドデザインと戦略を描き、的確な情勢分析をした上で、計画的に軍事行動がとれる軍人達です。この第三のタイプの典型が、今は関東軍にいる石原参謀副長です。私は草影さんもその一人だと思うのですが、もう一人……」

と言って石崎は話を区切り、もう一人の軍人を忘れたのか一瞬沈黙した。しかし、すぐに思い出したようで、勢いこんで再び話し始めた。

「思い出しました。もう一人いました。その軍人は、先年、上海で満鉄調査部主催の経済情勢をテーマとした講演会に出席していました。そこでは同僚が、アメリカと日本の経済力の格差をテーマに講演しました。その講演は、陸軍の将校達にはひどく不評で、口汚い野次が飛び交いました。しかし一人の小柄な海軍の将官だけが、『大変参考になった。日本はアメリカとの国力の差を踏まえて行動すべきだ』と言ってくれたのです。講演会終了後、陸軍の何人かの将校が、『あいつが国賊の山本だ』と言っていたので、その人が山本五十六海軍次官だとわかりました。このように海軍の中にも、第三のタイプの軍人が、少数ですがいるのです」

と言ってから、表情を暗くして三タイプ論をまとめた。

「しかし私が心配なのは、陸海軍共にこの第三のタイプの軍人が、ここ数年で急速に減りつつあるように思えることです。とはいえ私は、いくら比率が減ったとしても、草影さんがこれから育てる情報戦士は、第三のタイプの軍人でなければならない、と確信しています」

「なるほど、その通りかもしれない。石崎君の軍人三タイプ論は的確であり、その慧眼に敬服しました。それに何よりも、情報戦士を育てる上で、大変に参考になります。しかも私まで第三のタイプに加えていただき光栄です」

と、草影が全面的に賛意を表すると、石崎も満足そうな表情を見せた。

このとき草影は、この軍人三タイプ論を創り出した石崎の並外れた分析能力から、複雑に進行する世界情勢についても、多くのことを学べそうな強い予感がした。そこで明日の夜に、宴席に招待することを思いついた。

「明日の夜、場所を変えて、じっくり飲みませんか？　宜しければ、私の方で宴席を設けますけど……。場所は、そうだなあ……私が宿泊しているヤマトホテルは、いかがですか？」

これに対し石崎は、

「明日の夜、特に予定はありませんし、数少ない第三のタイプの軍人で、しかも柔軟な発想の持ち主である草影さんと飲む機会をいただければ、楽しい酒になりそうで大賛成です」

と賛同したが、一瞬眉を曇らせて、

「しかしヤマトホテルはお断りします。ヤマトホテルが高級で値段も高いということもありますが、反対する決定的な理由は、あのホテルには、諜報機関の関係者が多数出入りしているからです。日本の諜報機関だけでなく、中国やソ連さらには欧米のスパイも、商人や観光客を装って、宿泊している可能性が高いのです。それに我々満鉄調査部員は、関東軍の憲兵にマークされているようなので……」

と、口ごもった。これに対し草影が「なぜ、そんなことになるのだ？」という顔をすると、石崎はその理由を説明し出した。

「はっきり言うと、近年、満鉄調査部と関東軍は、満州国の建設においても、中国をどう見るか、という現状分析を巡っても、意見が一致していません。それが原因で、必ずしもうまくいっていません」

特に東条参謀長になってから、調査部員が日頃本音で何を話しているか知ろうと、憲兵に密偵の役割を担わせており、この陰湿なやり方により、両者の関係が急速に悪化していることを詳細に明らかにした。

「もし草影さんと私が、酒を飲みながら関東軍の行動を批判しようものなら、それが如何に建設的な意見でも、それを憲兵隊が探知すると、ややこしいことになりそうです。」

この石崎の心配に、草影は自嘲気味に語りながらも、すぐに代替案を示した。

「そうでしたか……。そこまで警戒心を働かすことのできない私は、まだまだ情報戦士になりきれていませんね。それでは、個室のある日本料理屋を、予約しておきましょう」

「ありがとうございます。明日午前中は、戦国の忍者について、きちっと説明させていただきます。また夜は夜で、最近の緊迫した社会情勢について、忌憚のない意見交換ができそうで、今から楽しみです」

と言って、石崎が賛同したので、草影も笑いながら頷いた。

（九）戦国の社会——新しい捉え方

石崎は、話をするときの癖なのか、また髪をかきあげて、いよいよ本題に入っていった。

「私が軍人三タイプ論の説明をすることで、話が大きく横道にそれてしまいました。ここで話を元に戻して、本題の戦国時代の時代規定について、説明させていただきます。私は戦国時代の時代としての基本的特徴を、我々が生きる現代と同じ〝戦争と革命の時代〟だと規定しました。ところで草影さんにとって、戦国時代は、どのような時代として映っていますか？」

と、再び質問を投げかけてきた。

草影は、陸軍士官学校在籍時に日本軍事史を学び、そして今年に入り中野学校設立のため再度、情報戦・謀略戦に絞り、日本軍事史を学び直したことを思い出していた。

しかし、あらためて「戦国時代はどのような時代だったのか？」と質問され、石崎のように時代を総体として捉える発想自体を持っていなかったために、戸惑ってしまった。

そのため自信なげに、

「実力で台頭してきた戦国大名が、全国各地に割拠し、さらに天下統一を目指して、大規模な戦争で覇を競った時代だったのではないですか。そう言った意味では〝戦争の時代〟だったと言えます。そしてその戦いにおいて、下剋上が進行し、最終的には農民出身だった豊臣秀吉が戦いに勝ち抜き、天下統一を成し遂げました。そういう意味では〝革命の時代〟だったと言えるのではないでしょうか？」

と言うと、石崎は草影の発言に何度か頷き肯定的に評価してくれはしたが、そのあと立て板に水を流すように、今まで聞いたことのないような時代像を、説明し始めた。

その石崎の説明のあらましは、戦国時代を四つの特性にまとめたことだった。

第一の特性として、一向宗や日蓮宗といった新興仏教や、キリスト教が台頭することで「自律・平等に基づくヨコのつながりが大切である」という新しい価値観が、民衆の間に急速に浸透した〝革命の時代〟だったことを、説明した。

次に第二の特性として、経済発展の時代だったことを、説明した。

農業の分野では、農耕具や耕作方法の改善、さらには大規模な治水・灌漑工事により、農業の生産性は二倍以上に向上したこと。また鉱工業も発展し、特に鉄の生産量が大幅に増加し、各戦国大名に大量の鉄砲がゆきわたり、戦争に積極的に活用されていったことを、具体例をあげて説明した。

第三の特性として、第二の特性である経済発展によって、京都以外の地方都市の人口が急増したことを説明した。そして地方大都市の形成が、忍者の活動に大きな影響を与えたことを指摘した。

「その理由は、戦国の忍者が活躍する舞台に戦場や村だけでなく、各地の大都市が加わったからです。しかも各大都市は、それぞれ政体が異なっていました。そのため、彼らの情報収集活動や精神状態に、微妙に、というよりも時に深刻な影響を与えることになったと、推測できます。このことは、明日述べます」

石崎はここで一呼吸おくと、四つ目の特性にテーマを変えて説明を続けた。

「最後の四つ目の特性は、当時の日本列島全体を俯瞰するとわかることですが、戦国の社会が、異なった支配形態の並存によって成立していたことです。まず戦国大名の領国は、二層のピラミッド型の階層組織から構成されていました。もちろん頂点には、戦国大名が君臨していました。しかし、その戦国大名と主従の関係にあった国人が土地の領有権を握り、その国人に地侍・農民は帰属していたのです」

続いて、さまざまな支配形態を、具体的に明らかにした。

「一方では、一向一揆や土一揆により自治的に支配された共和制型の国や地域があり、さらには独立した自治都市や自由貿易都市がありました。他方では、支配力が低下しつつあるとはいえ、貴族や寺社の荘園が存在しました。このように戦国の社会は、大名の領国から荘園まで入り組んでおり、モザイク状に並存していたのです」

「そうですか。私は、戦国の社会が、各地の戦国大名の領国の集積体だとしか思っていませんでした。これまでの私の捉え方は、あまりに一面的でしたね」

と、草影は溜息をついた。

「その通りです。戦国大名の領国は限られており、その領国内も一律な専制支配が行き渡っていたわけではないのです」

と、石崎は締め括り、草影がノートにまとめやすいように、『戦国の社会――全体の構図』というタイトルを付け、黒板に図示していった。

「戦国の社会を、トータルに捉えた構図を図示するとこのようになり、一言で表現すると、〝中心なき分裂した分権社会〟だったことがわかります」

と言ってまとめ、草影が黒板のこの図をノートに写していくまで、待つことにした。

そして草影が写し終えることを確認し、再び石崎は話し始めた。

「ここで忍者との関係で、留意すべきことがあります。この政体が異なる国や都市が並存する中心なき分裂した社会で、忍者達は活動しました。その活動の範囲は、先程も述べたように複数の価値観の異なった国をまたがっていました。一方、中野学校で教育される情報戦士達も、アジアをはじめ世界各国で活動しなければなりません。このように中野学校卒の情報戦士達も、複数の政体の異なる国をまたがって活動するという点では、戦国の忍者達に極めて似ていることになります」

「だからこそ、戦国の忍者を研究する意味があるわけですね！」

草影が相槌を打つと、石崎は「その通りです」と大きく頷き、説明を締め括ろうとした。

「これで本日の私の説明は終わります。草影さん、本日の私の独自の見解を交えた説明に、ご納得いただけたでしょうか？」

と言いながら、若干不安気に、草影の表情を窺った。これに対し、草影は満足気な表情で、

「本日の石崎君の説明は、大変に参考になりましたし、強い知的刺激を受けました。それに初対面にもかかわらず、自らの社会分析から導き出された独自の見解を惜しげもなく語っていただき、情報戦士の育成にストレートに役立つように思いました」

と言って、頭を下げた。

草影の頭の中は、中野学校の教育について、未だ明快に説明できないが、何か新しいものをつかめたような充実感に満たされていた。

「石崎君！　明日も宜しくお願いします」

草影は、若いとはいえ師と仰ぐ石崎に対し、期待を込めて丁寧に挨拶し、満鉄本社を後にした。

そしてヤマトホテルに戻った草影は、好きな酒を飲まずに、夕食を手早く済ませた。石崎に強い知的刺激を受けたためか、中国画が壁にかかりルネッサンス様式の洗練された内装のレストランも

眼に入らず、折角の美味しい料理もじっくり堪能する気にはなれなかった。レストランを出ると、当時は珍しかったエレベータに乗り四階の自分の部屋に戻った。

その後は、知的興奮状態の中で、メモしたノートを丹念に整理する作業を、夜の更けるのも忘れて、夢中になって続けるのだった。

（一〇）戦国の忍者とは何だったのか

翌朝、草影は、寝不足にもかかわらず、早く目が覚めてしまった。なぜなら、昨日午後の石崎による中味の濃い説明により、強い知的刺激を受け、異様に精神が高揚し続けていたからだった。そのため、一刻も早く石崎の説明が聞きたくなり、朝食を済ませると、もともとせっかちな性格なため、待合わせ時間に一時間も早い八時半には出発した。

ヤマトホテルを出ると、昨日とは打って変わって今にも雪が降り出しそうな、どんよりした空が目に入り、昨日よりも寒さが身に沁みた。五月になれば白いアカシアの花が咲き乱れ、華やかに彩られる大連の街も、未だ春に遠く、白い残雪が残る冬の街だった。

通勤する人々がコートの襟を立てて歩くこの日の大連の街は、残雪が残る広い道路や石造りの洋風建築のモノトーンな色彩ばかりが目立ち、かえって殺風景に映った。草影は、この情趣に欠けた寒々とした風景を見ながら、大広場の周辺を遠回りしながら、ゆっくり散歩した。

それでも九時前には満鉄本社の受付の前に着いてしまった。

受付嬢に案内され、昨日と同じ会議室で待っていると、受付嬢が早速連絡してくれたのか、九時にはドアがノックされ、石崎が入室してきた。

石崎は、昨日と同じ何年も着ているような皺のよったグレーの背広で現れた。この男は服装には無頓着のようであった。

草影が「おはようございます。本日も宜しくお願いします」と挨拶すると、「おはようございます」と応じてきた。そして髪をかきあげながら、「ずいぶん、お早いですね」と怪訝な顔をして言うので、言い訳がましく答えた。

「昨日の石崎君の知的刺激に満ちた説明を受け、年甲斐もなく気持ちが高揚して、朝早く目が覚めてしまい、ついつい早く来てしまいました」

「え！　それだけの理由で、三〇分も早く来てしまったのですか！」

と、石崎は驚愕したのか一瞬絶句したが、すぐに落ち着いた表情に戻った。

「私は、お約束の時間を三〇分間違えたのかと思いました。そうでなくてよかったです。それに早くご来社いただいても、全く迷惑していません。むしろ、そこまで熱心に私の説明を期待されているのであれば、精一杯がんばらねばなりませんね」

そう言って一礼し、

「それに時間が少しでも長くとれてよかったです」

と前向きに発言し、自ら小脇に抱えてきた書類を机の上に置くと、早速説明を始めた。

「それでは、いよいよ本題の戦国の忍者について、説明していくことにします。昨日は、戦国の社会の四つの特性について説明しました。本日はそれを踏まえ、まず〝なぜ戦国大名が忍者を使い、情報を収集し、謀略情報戦を展開しようとしたのか〟、その点から説明していきたいと思います」と、口火を切ると、日本経済史および軍事史の若き専門家は、昨日と同様に立て板に水を流すように、説明を始めた。

まず石崎は、ラジオも新聞もない戦国の社会において、戦国大名が掌握できた情報量が圧倒的に少なかったことを強調した。

そして、情報の主要な伝達手段が書状、現代風に言えば手紙だったと指摘した。

さらに戦争が常態化していた戦国時代において、手紙の伝達がいかに難しかったかを説明し、かえって民衆の間の言葉の伝達による〝うわさ〟の方が早く伝わったことを説明していった。そうした状況下で、幾人もの戦国大名が、その状況を逆用して偽の手紙を出し、〝うそのうわさ〟を意図して流す謀略情報戦を展開していったことを、具体例をあげながら話していった。

そのあと「その謀略情報戦の直接の担い手が、誰だったか?」と、草影に問いかけ、草影が即答できないでいると、黒板に「謀略情報戦の担い手＝忍者」と大書した。

続いて戦国時代の忍者が、日本列島全域において活躍していたことに話題を転換した。石崎はその活躍ぶりを説明しながら、黒板を素早く消して、広域をカバーする忍者の全国分布を書きだしていった。そして草影がメモしやすいように、黒板に書いた数値を、ゆっくりと補足説明していった。

「忍者が最も活躍した戦国時代は、忍者の活動範囲においても、その前後の時代と比較にならないくらいに最も広い領域をカバーし、日本列島各地に及んでいました。現在の府県単位で言えば、全国四十六の府県のうち、わかっているだけでも三十三の府県で忍者は活動しており、比率で言えば七割以上になります」

この説明に対し、

「それほどの広い範囲で、忍者は活躍していたのですか！　まさに戦国の日本は、忍者大国だったわけですね！」

　と、草影は、自らの予想をはるかに上回る忍者の活動範囲の広さに、驚きの声をあげた。

　ここで石崎は一息入れると、今まで以上に真剣な表情で、

「これから、いよいよ忍者の本質について、説明していきたいと思います」

　と切り出してきたので、草影も一言も聞き逃すまいと、身を乗り出すようにして、真剣に聞こうとした。しかし石崎の説明は、草影の期待した血湧き肉躍るような内容ではなかった。

「我々は、最近の人間技とは思えない忍術を駆使して八面六臂の活躍をする忍者小説や忍者映画を原風景にして、忍者を論じるべきではありません。それは間違っています。なぜなら際限もなく想像力が膨らみ、かえって忍者の実像が捉え難くなってくるからです。さらには忍者の超人的な特殊能力や特殊技術に眼を奪われると、地味だが極めて重要な本来の忍者の役割を、軽視することになりかねません」

　石崎はそう指摘し、忍者の本質論に迫っていった。

「そうであるならば、あくまで我々は、戦国の軍事情報網における情報収集・情報撹乱者としての忍者の本質的な機能に絞り、忍者の活躍を考察していくべきだと思います。そもそも忍者の基本的な役割とは、身を隠しながら、主に敵国での情報収集を担うことです。そして、偽の情報や噂を流すことで、敵を撹乱します。さらには敵の城中に忍び込んでゲリラ戦を展開し、敵陣深く侵入し夜襲をかけて敵をパニック状態にする役割も担うのです。このように忍者は、戦国大名の軍事情報網の最前線で、情報戦・謀略戦を戦っていたのです」

「なるほど！　今の石崎君の説明で、忍者の本質が掴めたように思えてきました」

と、草影がコメントすると、石崎はさらに忍者の仕事を黒板に書きながら、多面的に説明していった。

「このような忍者の広い範囲の仕事を並べてみると、光と陰とも言うべき二つの相反する顔が、浮かび上がってきます。まず陰の顔は、人を騙して、手紙を盗み、放火するという犯罪者に酷似した顔です。もし戦国大名の命令なくしてこうした行動をとれば、忍術伝書にも『忍術は窃盗術なり』と記されているように、単なる犯罪者に転落してしまう陰の特性を、潜在的に内在させているのです。さらに、非合理的な呪術的特性を持っていることも、忍者の陰の特性を捉える上で、見落としてはならないでしょう」

と言って、陰の特性を歴史的に位置付けていった。

「忍者集団形成の起源を辿っていくと、さまざまな集団や土俗的要素が絡み合いながら、山伏の修験道や山岳信仰に行き着きます。その点で草影さんが、義経一行が山伏姿に変装したことから〝忍者の開祖＝義経説〟を導き出されたのは、正しい推論だったと評価できます」

草影は、自説を評価してくれた石崎の説明に対し、顔を綻ばせた。

しかし、すぐに真剣な表情に戻り、

「石崎君の説明を聞くうちに、忍者の多面的性格をおさえ、しかもそれらを歴史的枠組みの中で捉えねばならないことの大切さがわかりました。同時にそのことがわかり、自分のにわか勉強の限界を痛感しています」

と、応じた。石崎は、草影が率直に自分の説明を受け入れてくれたことがわかり、より力を込めて説明していった。

「また他方で忍者は、陰陽道や妖術といった魑魅魍魎の世界にもつながっていました。実際に『呑牛の術』を見せたと言われている『飛び加藤』のように、妖術使いに近い忍者もいたと伝えられています。このように忍者集団は、その発生の起源から、非合理的呪術的性格を宿していたのです。しかし、こうした戦国の社会の闇の部分に蠢くような陰の特性とは裏腹の光の面、光が忍者に似つかわしくないのであれば、プラスの面も見落としてはならないでしょう」

と言うと、忍者の陰の特性から、プラスの特性へと、テーマの力点を移していった。

「このプラス面を象徴的に表現しているのが、忍者伝書に書かれている〝忍者の理想像〟です。この伝書には要約すると、『忍者は、内外の書を読み、智謀深く、文才・書道・遊芸を身に付け、諸国の事情に通じるべきだ』と、書かれています。まさに忍者には、広範な知識に基づく高度な知的能力が必要不可欠だと、主張しているのです。この主張は、情報収集、伝達者としての忍者の〝あるべき特性〟を、本質的に言い当てています。なぜなら、知的能力がなければ、的確な情報収集はできません。さらに広範な知識に基づく現状分析ができなければ、断片的な情報を客観的な情報に体系化し、それこそインテリジェンスとして、まとめあげることができないからです」

こう言うと、忍者のプラス面を黒板に書いていった。さらに『孫子』やイギリスのスパイにも言及していった。

「こうした見方は、孫子が『用間（スパイ）には、全軍の中で最も信頼のおける人物を選ぶべき』としていたように、情報収集・伝達者に、高い知的能力と高潔な資質をもとめていたことと重なっています。また、草影さんが着目したイギリスの鉄則『スパイこそ最高の知識人であり、紳士でなければならない』にも、相通じるものがあります。まさに中野学校で育てようとしている情報戦士にも、こうした高い知的能力と高潔な資質が求められているのです。このように育てることで、草影さんの創られたコンセプト『インテリジェンスを創出できる最高の知識人としての現代の忍者』

の軍団が、創出されるのではないでしょうか」

と、忍者のプラス面を、中野学校の情報戦士にも適用すべきであると主張し、次に忍者の抱える本質的リスクを指摘した。

「しかし忍者は、こうした高度な知的能力を持つがゆえに、他国の政体が異なる組織の人々に、表面上とはいえ親しく接するうちに、仮面の下の影の顔に迷いが生じるようになります。そして時間の経過と共に、他国の人々に親近感を感じ、時に彼らの価値観に共鳴するようになります。しかしそのことが、忍者としての任務との乖離を広げ、思い悩み煩悶することになります。このことは、忍者の仕事自体が、深刻なリスクを内在せざるをえない特性を、本来的に持っていたことを、示唆していると言えるでしょう」

と話しながら、石崎は黒板を引き寄せ、『忍者の仕事と〝二つの顔〟』というタイトルを書いて、一覧性のある図を黒板に描いていった。

そのあと、草影が黒板の図をメモし終えると、選出された評定人十二名が国を運営していた共和制国家とも言うべき伊賀の構造を、かいつまんで説明した。さらに伊賀忍者の故郷であり先進的な伊賀が、信長によって侵略され、忍者の大量虐殺と多くの建築物や文化遺産の根こそぎ破壊のあと信長の領国に組み込まれていった経緯を、感情を交えず淡々と説明していった。

そして伊賀を追われた忍者のその後について、意外な史実を明らかにした。

「彼らは、忍術を習得した特殊技能者です。そのため結局のところ彼らは、この特殊技能に頼るしかなかったのです。こうして彼ら忍者は、各地に割拠する戦国大名に分散して召し抱えられていったのです。その結果、伊賀の忍術は、全国各地に浸透していくことになりました。そして彼らを最も多く召し抱えた戦国大名が、信長の盟友だったはずの徳川家康だったのです」

ここで石崎の説明が一段落したと思い、草影が話し始めた。

「そうですか！　かなりの数の伊賀忍者が、家康に召し抱えられていたわけですね。ということは、当然家康は、江戸に幕府を開いて以降、伊賀忍者を江戸に住まわせたのですよね」

「その通りです。家康は、江戸の都市開発において、伊賀忍者の住む区域を、特定化していきました」

「そうか、それでわかった！　私が現在住んでいる家は、四谷の南伊賀町です。その南伊賀町という町名の由来は、伊賀忍者が住んでいたことから、来ているわけですね！」

「草影さん、鋭い正しい指摘です！」

「だとするなら、南伊賀町に住む私こそが、現代の忍者を育てるにふさわしい忍者の頭領ということになりますね！」

と、草影が笑いながら、ユーモアを交えて楽しそうに話すので、石崎も笑い出し、

「ということは、草影さんの先祖は、南伊賀町に住んでいた忍者だったのですか？」

このユーモアのある返答に、草影は真剣な表情となり、いきなり大きな声を発した。

「その通りです！」

そのため一瞬、石崎も半信半疑となり〝ほんとうか？〟という顔をするので、すかさず草影は、

「うそですよ！　私は栃木県で生まれ育ちましたし、私の先祖を辿っていっても、栃木の農民ですよ」そう言って、豪快に腹を抱えて笑い出した。

石崎も、それにつられて笑いながら、

「ユーモアのある忍者の頭領は、長い忍者の歴史の中で、草影さんが初めてかもしれませんね」

と返した。そのあと石崎は、

「このあたりで、伊賀の忍者の話は、終わりにしようと思います」

と締めくくった。

ここで石崎は、時計に目をやり、すでに十一時半を過ぎていることに気付き、

「時間も残り少なくなってきたので、最後の説明として、二つの事例を紹介します。第一が『忍者を最も組織的に活用した武田信玄の重層的な軍事情報網』、第二が『二つの異なった顔を持つ真田忍者のユニークな特性』です」

と言って、黒板に描きながら、やや早口で、事例紹介を始めた。

「孫子の信奉者という点では、西の毛利元就と双璧をなす武田信玄も、忍者を積極的に活用していました。それに加えて、敵国に深く喰い込んだ軍事情報網を、拡充していきました」

石崎はそれを裏付けるべく、甲斐の国主になった信玄が、翌年には早くも信濃の忍者七〇人を召し抱えていたという『甲陽軍鑑』の記録を引用した。

また信玄が、こうした忍者集団の活用に加え、軍事情報の伝達スピードを早めるために、各所に狼煙台を張り巡らせたこと。この情報伝達のための狼煙台が、甲斐・信濃の領国で、少なく見積もっても、百数十か所あったと推定できることを説明した。

「このように極めて密度の濃い狼煙による軍事情報の伝達網が、構築されていたのです。さらに軍事用に造られた棒道を、飛脚がリレー方式で走る飛脚網を併用して作りあげることで、複合化された軍事情報網を、完成させていきました」

と言うと、黒板に図を描き、その図を指しながら説明を続けた。

「信玄は、この軍事情報網を駆使することで、常に敵より素早い意思決定を実現しました。さらに信玄は、『風林火山』の旗を掲げ、『疾《はや》きこと風の如く』迅速な軍事行動によって、敵に勝利していっ

たのです。ここで着目すべきことは、信玄が、忍者・飛脚・狼煙・棒道といった〝人とインフラ〟を有機的に関連付け、戦略的に軍事情報網を拡充していったことです」

ここで石崎は、信玄が、甲賀出身の望月千代女を頭領に、〝くノ一〟の組織的育成を命じたことに、話題を移していった。

「千代女は、孤児や捨て子になっていた少女達を一か所に集め、口寄せや舞や呪術といった巫女道を学ばせました。それに加えて、忍びの訓練をした結果、二百人を超える〝歩き巫女〟になりすました〝くノ一〟集団ができあがった、と伝承されています。〝歩き巫女〟は、全国どこでも自由に移動できました。そのため敵国で口寄せや舞を見せ、時に敵将に仕えることで敵城に住むことができました。さらに場合によっては、敵将の側室となって、敵側の情報を収集し、武田の情報伝達網を通じて、信玄に報告していたのです」

石崎は、説明を終えると『武田信玄の重層的軍事情報網』と題して、黒板の図も完成させた。

ここで石崎は一息入れて、草影がメモし終えるまで待った。草影がメモし終えると、すぐに黒板を消していった。

その後は、もう一つの事例である真田忍者の事例に移っていった。

「最後に、真田忍者の特性について説明していきましょう。真田忍者は、武田家滅亡時に武田忍者の一部を引き継ぎ、その組織を拡充していった、と伝えられています。この真田忍者の特性は、全く質的に異なった二つの顔を持っていたことです。第一の顔は、独特の荒行によって、超人的能力を身に付けていった顔です。真田忍者達は、信濃と上野の国境の山深い岩屋観音で、忍術修行を続けました。ここで鍛えられた彼らの顔は、密教の呪術性を色濃く持った非合理的特性を有していました。一方、第二の顔は、第一の顔と正反対の合理性に徹した顔です。そのことは、真田昌幸・幸村の親子がリードする鉄砲の開発に端的に示されています」

と言って石崎は、五年前に長野県上田の郷土史家を訪ね、これまでの歴史書でほとんど記述されていない当時の真田の鉄砲を見せてもらって、驚愕したことを詳細に話していった。

「私は、その鉄砲を見て、あらためて現地調査の大切さを痛感させられました。真田の鉄砲は、幾つもの異なった種類の鉄砲から構成されていました。そのように実現できたのは、戦いの性格に合わせて鉄砲を開発し、それらの鉄砲を多品種少量生産する先進的な生産技術力を有していたからです。真田忍者はさらに創意工夫して、鉄砲を中心に、火術の画期的な技術革新を実現していったのです」

と言って、地雷火・相図火矢・炮烙弾や、二人掛かりで発射する〝慶長大鉄砲〟、大筒で発射する〝棒火矢〟といった、他の戦国大名にはない最先端の武器の詳細を説明していった。

「とりわけ、馬上でも携行できる〝長上筒〟が、時代を先取りした騎馬武者専用の狙撃銃として開発されていました。大坂夏の陣では、真田幸村自ら、この長上筒を使い、馬上から家康を狙い撃ちにしようとしました。そして幸村自身が、こうした先進技術の集大成として、真田流火術を五巻の秘伝書にまとめているのです。さらに、歩数で距離を計測できる機器、〝忍び眼鏡〟と名付けられた望遠鏡、敵陣にまぎれこんで敵将を暗殺するために開発された〝分解式火縄銃〟といった忍び用の機器や武器も開発されていきました」

ここまでの詳細説明を踏まえ、石崎は、真田忍者達が、こうした最先端の武器を駆使することにより、合理的行動と論理的思考様式を自然に身に付けていったと推定した。

さらに、真田親子がこうした最先端の武器の開発と連動させながら、忍者を含めた戦争方式による軍事組織の画期的革新を実現したことも、説明した。併せて、黒板に図を描くことで、その全体像を明らかにし、締め括った。

「後に真田幸村は、大坂夏の陣において家康の本陣を急襲し、長上筒で家康殺害にもう一歩のところまで迫り、『真田日本一《ひのもと》の兵』と称えられました。その土台には、戦国最盛期の戦いから編み出していった独特の戦術と最先端の武器があった、と言えるでしょう」

石崎はここまで一気に説明し、時間が超過しかけていることを気にしてか、一息入れずに、まとめに入ろうとした。

「これで私の『戦国の忍者とは何だったのか』というテーマでの説明は、終わります。草影さん、この程度の説明で、中野学校の情報戦士のコンセプト創りや育成カリキュラム具体化のお役に立てたのでしょうか？」

と、石崎が心配そうに問いかけてきたので、草影は満足そうな表情で応じた。

「石崎君！　大変勉強になった。というより、これまでにない知的刺激を受けました。自分の頭の中で、情報戦士のコンセプトも育成カリキュラムも、その骨格が出来上がりつつあることが、はっきりと実感できる。昨日午後からの密度の濃い二日間の説明に心から感謝し、その説明の内容の高さに、満腔の敬意を表したい」

こう言うと草影は、年下であるとはいえ師である石崎に対し、深々と頭を下げたのである。

「いやあー、そんなに頭を下げられると恐縮します。ここで、まだお時間があるのであれば、情報戦士のコンセプトを創られる上で、最後に三点だけ補足説明できればと思うのですが……」

と言って、草影の表情をうかがうと、

「大丈夫です。私は午後一番で特に予定が入っているわけではありませんから」

この草影の返答を聞いて、石崎は落ち着いて、一つ目から補足説明を始めた。

「一つ目は、戦国の忍者が伊賀の共和制の成立からわかるように、我々が想定している以上に、自律しており、自分独自の考えを持ち、自分の判断で行動できたことです。しかも、その自律性が、彼らの戦士としての強さをもたらしました。二つ目は、常に死と隣り合わせの中にいる忍者達を的確に動かすためには、単に伝統的権威に寄りかかって指示しているだけでは、決定的に限界があったことです。この限界を乗り越えるためには、その司令塔である戦国大名に、忍者を心服させる何ものかが、なければなりません」

と言って、その何ものかとは、戦国大名の持つカリスマ性であると指摘した。

「実際に、武田信玄も真田親子も、謀略家である反面、部下の忍者達が神の如く慕い崇めるカリスマ性を持っていました。戦国大名にとって、こうしたカリスマ支配を貫徹できるかどうかが、生き残りの必須条件だったのです。草影さんら三人は、中野学校で情報戦士を育成し、世界各国で活躍させる上で、彼らの自律性を高めることも大切ですが、それ以上にカリスマ性の大切さを、常に意識すべきだと思います」

「言われている主旨はわかりました。でも自分がカリスマになれるかどうかは、自信がありませんなあ。しかし石崎君の言うこの二点を意識して、中野学校の設立に役立てていくべきですね」

と、草影が頷きながらメモし終えると、石崎は三つ目の補足説明を始めた。

「三つ目の補足説明は、説明というより、『草影さん自身が情報戦士になりきる』ための私からの提案です。先程、真田忍者の説明で、私が長野県上田市の郷土史家を訪ねたことを、お話ししました。私は、もし草影さんにお時間があるのであれば、是非とも御自身で、その郷土史家を訪問すべきだと思います。その郷土史家は根津さんというお名前で、根津さんは、日露戦争にも従軍された日本陸軍の元将校です。若干無愛想なところがある老人ですが、歴史家としては、しっかりとした見識をお持ちの方です」

と言うと、なぜこの郷土史家に会うべきかを明らかにした。

「私が根津さんにお会いすることをお勧めするのは、根津さんが、戦国の忍者が書いた日記風の古文書を持っているからです。私が訪問した際に、その古文書を見せてもらいましたが、大変に興味深いものでした。そこには、戦国の忍者の内面心理や葛藤が、克明に書かれています。その古文書の内容は、『草影さん自身が、情報戦士になりきる』ために、必ず役立つ筈です。しかも根津さんは、ご自分で現代語訳したものを持っています」

草影は、この話に強く引き付けられ、

「それでは帰国して、石原将軍のもう一つのアドバイスである明石大佐の調査が終わり次第、長野へ行くことにします」

と答えた。

こうして二人は、夜の宴会の場所と時間を確認し合い、別れたのだった。

草影は、本ヨの石崎から受けた内容の濃い説明のメモを、忘れないうちに整理すべく、急ぎ足でヤマトホテルへ戻ったのである。

（十一）石崎と中国を語り合う

その晩ヤマトホテルを出た草影は、大連一の繁華街である浪速町の奥にある日本料理屋に、自分が招待者であることもあり、午後七時の待合わせ時間より、若干早めに到着した。

玄関でオーバーを預け、着物姿の仲居に導かれ、廊下伝いに歩いていくと、以前に見たことのある日本庭園風に造られた中庭が見えてきた。

草影は立ち止まり、小さな池に朱塗りの太鼓橋がかかり、絶妙な構図で松や岩が配置された中庭を見ているうちに、自分が京都の寺にいるような錯覚に陥った。そして、何度か見ているにもかかわらず、このときも、その日本庭園自体で小宇宙を形成しているかのような様式美に魅入られて、しばし時間の経つのも忘れて立ちつくしてしまった。

しばらくして仲居に声をかけられ我に返った草影は、再び廊下を歩きだし、予約した小部屋に案内された。

七時少し前には、石崎も部屋に入ってきた。そして部屋に入るなり、

「ご招待いただき、ありがとうございます。ところで草影さん、驚きましたね。こんな小奇麗で静かな日本料理屋をご存じとは、知りませんでした。さすが情報戦士の長に内定されるだけあって、夜の料理屋の情報も豊富にお持ちなのですね」

と冗談めかして言うので、草影も、

「その通りです！」

とユーモアで返し、寛いだ気分になり、笑いながら頷くのだった。

その直後に襖が開き、紺地の柄の着物をきりりと着こなした凛とした雰囲気の女将が、挨拶に来た。草影は、挨拶する女将の着物姿と、その背後の日本庭園を視野に収めながら、落ち着いた色調の日本画を見ているようだ、と思った。

女将は型通りの挨拶を終えると、切れ長の妖艶な目で草影をじっと見つめ、首を傾げながら、静かではあるが、はっきりした口調で問いかけてきた。

「以前、お会いしたことがありませんか？」

「私は、初めてですが」

「いいえ、このお店にお越しになっています。失礼ですが眼鏡を外してください」

仕方なく眼鏡を外すと、

「やっぱり、草影さんじゃありませんか。お久しぶりです。五年前に陸軍省勤務になられたと言うので、もうこの大連の店には来られないと思っていました。恰幅がよくなられましたが、昔のままです。お懐かしいです」

この昔を懐かしむような女将の発言に対し、

「ばれましたか。眼鏡は勉強し過ぎてかけています。今は、商社に勤務しているのですよ」

と、平然と嘘をついた。女将は、

「そうですか。それではお仕事でご出張の折には、当店を御贔屓にして下さいね」

と言いながら、二人のグラスにビールを注ぐのだった。

二人は乾杯すると、一気にビールを飲みほした。それから草影は、ゆったりした口調で石崎のお酒の好みを聞き、日本酒だとわかると、女将の方を振り返った。

「料理は安いものでいいから、日本酒をじゃんじゃん持ってきてくれ！　そうだ！　日本酒の銘柄は、呉の酒『千福』にしてほしい。千福は、全海軍基地に納入されている海軍の酒だが、とても美味しい。確かここでも飲めたよな」

と、女将に頼むと、女将はにっこり笑い、

「わかりました。千福は、この店でも用意しています。草影さんは、以前も千福がお好きでしたね」

と言うと、部屋を出ていった。

石崎も寛いだ顔で、

「さすがですね！　私も海軍の酒・千福が大好きです。草影さんは陸軍なのに、海軍の千福を、海のように広い心で、何のこだわりもなく飲まれるのですね」

と、ユーモアを交えて言ってきた。草影もとぼけた顔で、ユーモアで応じた。

「私は、うまい酒なら、陸軍も海軍もありません！」

この発言に、石崎は腹を抱えて笑い出した。そして笑い終わると、

「以前は満州の関東軍におられたのですね」と尋ねてきたので、草影は、正直に前歴を明かした。

「関東軍の情報参謀として三年近く勤務していました。でなければ、ここのような日本料理屋は知りませんよ。この店のいいところは、客が誰と来たのか、何を話していたのか、といった客の秘密を絶対に守ることです」

それから二人は、日本酒を手酌でぐいぐい飲み始めた。

「いい飲みっぷりだね！　今日はとことん痛飲しましょう」

そう言いながら、草影は石崎の当初の印象について話し始めた。

「ところで石崎君、私は石原将軍に推薦され、君に会うまでは、優秀な経済学者にして、日本軍事史の第一人者と聞いていました。それで石崎功という人物を、青白きインテリだろうと、勝手に想

像していた。しかし実際に会ってみると、全く違っていて、びっくりしました。私は、さっき女将が言っていたように、良く言えば恰幅がいい、はっきり言えば単に太っているだけなのだ。しかし石崎君は、色も浅黒く、体も中肉中背で締まっている。何か、スポーツでもやられるの？」

この質問に対し、石崎は予想に反した答えで応じてきた。

「大学時代にスポーツはやっていません。草影さんは情報将校ですから、すでに私の前歴を調べれ、ご存じでしょうが、私は大学を卒業して製鐵会社に就職しました。その後は工場の労働者と共に、労働運動をやりました。その頃から、日に焼け始めたのだと思います。それに加えて、今の満鉄調査部に勤務して以降、満州だけでなく中国各地の現地を調査すべく、飛び回りました。その結果、こんなに色が濃くなってしまったのでしょう」

「そうだったのか。私も、そうした調査方法に同感だな。私は軍隊においても、現場に赴いての情報収集作業が、大切だと思っている。私が今の陸軍で懸念するのは、現場を知らない純粋培養された作戦参謀が、幅をきかせるようになりつつあることだ」

と、草影は話しながら、経歴も職業も年齢も全く異なっているにもかかわらず、石崎と思考様式も行動様式も酷似していることに、あらためて驚き、不思議な縁を感じていた。それと共に、前歴にこだわらずに、石崎という若い頭脳明晰な満鉄調査部員を紹介してくれた石原将軍の慧眼に、あらためて敬服するのだった。

そして、石崎の権威ぶらず、上におもねらない性格と、精悍な外見が相俟って、現場の労働者を引きつけ、優れたリーダーとして、ストライキを指導できたのだと思った。

草影は、最近にない雰囲気のよい酒席だと思ったが、しばらくすると、全てが満足できる状態ではなくなってきた。その原因は、近くの宴会場でがなりたてるような怒声が飛び交い、それが次第にエスカレートしてきたからだった。

そのため、二人でじっくり話せる状態ではなくなってきた。

酒を運んでくる仲居の女性も、落ち着かない表情で、心なしか顔がこわばって見えた。草影は、この仲居の表情から、怒声の主が仲居達を困らせていると推察できたので、

「うるさいので、『もう少し静かに飲んでくれ』と、私が言っていると伝えてくれ」

と言った。しかし仲居はおろおろして、

「お客様の言われていることは、よくわかりますが、相手が悪過ぎます。相手は、今をときめく関東軍のお偉方ですから」

と言うので、さらに、

「あなたが、びくつくことはない。私が相手をするからと、女将に伝えてくれないか」

と言うと、仲居は納得したのか、席を立ち、女将に伝えたようだった。

数分後、草影の言葉を女将が伝えたようで、

「そいつは、誰だ！」

とがなりたてながら、廊下伝いに近付いてくる複数の足音が聞こえてきた。そして足音が二人のいる部屋の前で止まると、部屋の襖が乱暴に開けられた。そこには、すでに泥酔状態になっている赤い顔の軍人が、軍刀を持って仁王立ちになっていた。

草影がその軍人を正面から見据えると、それは何と一昨日、大連へ向かう船の中で、中国人の若いボーイを怒鳴りつけていた髭の中佐だった。

彼も、相手が草影であることに気付くと、さらに逆上して怒鳴り出した。

「また、おまえか！　今度は許さんぞ！　今日、大建産業に問い合わせたが、昨日も今日も日本からの出張者は来ていないそうだ。おまえは、嘘をついたな。陸軍の中佐を騙すとは、けしからんやつだ。この場で、叩き切るぞ！」

と言って、軍刀に手をかけた。

「それは、何かの勘違いでしょう。私は、周りがうるさくて迷惑している、と言っているだけだ。素手の人間に刀を振り回すのは、卑怯者のすることだ！」

と、草影が怒鳴り返すと、髭の中佐と一緒に飲んでいた数人の軍人も、どやどやと部屋になだれ込んできた。

「さあ、素手で勝負しろ！」

と言って、柔道の心得がある草影は、眼鏡をはずし、髭の中佐に対し身構えた。とそのとき、後ろから来た将校の一人が、その眼鏡をはずした顔を見て、

「草影中佐殿ではありませんか。陸軍省に勤務されていたのではないのですか。なぜ、ここにおられるのですか？」

と、大声で問いかけてきた。草影は仕方なく、

「特殊任務で来ている。詳細は一切話せない」

とだけ答えた。その将校は、素早く二人の間に割って入り、髭の中佐の方を向き、

「富原中佐、この方は陸軍省の草影中佐です。軍人同士で争うのは、馬鹿げています」

と言って、両手を広げて止めに入った。

さすがに富原中佐も、相手が同じ陸軍の中佐とわかり、軍刀の柄から手を離し、襖を乱暴に開けた時点の勢いも失せていた。

しかし粗探しをするように、まわりを見回して、その部屋に石崎がいるのがわかると、

「おい！　そこにいるのは、満鉄調査部の石崎だな。関東軍に楯突くおまえらは、そのうち必ず痛い目に合わせてやるからな！」

と毒づいてきた。

さらに、部屋に運び込まれていた一升ビンの銘柄が千福だとわかると、再び逆上して怒鳴り始めた。

「陸軍の軍人が、なぜ海軍の酒を飲むのか！」

この富原中佐の手の付けられない醜態にうんざりした別の将校が

「飲み直し、飲み直しだ！　店を変えよう！」

と大声で叫ぶと、泥酔状態の富原中佐の腕を取り、周りの将校を促すと部屋を出ていった。

その後、富原中佐をはじめ関東軍の将校達は店を出て行ったものとみえ、ようやく店も静まり、落ち着いた雰囲気が戻ってきた。

しばらくすると、女将が襖を静かに開け、二人の仲居と共に、深々と頭を下げた。

草影が、ふと廊下の先にある日本庭園風の中庭に目をやると、雪が降り始め、すでに白い雪がうっすらと積もり始めていた。

「草影中佐殿！　助けていただいて、ありがとうございます。あの富原中佐は、威張り散らす軍人の中でも特に酒癖の悪い方で、『酒の出し方が悪い！　料理が遅い！』と、常に難癖を付けて、中居達をいじめぬいていたのです。だから仲居達は草影中佐に拍手喝采です。私も、草影さんの迫力に押されて引き下がった富原中佐を見て、溜飲が下がりました。ほんとうにありがとうございまし

た」

　そう言うと、仲居二人と共に、再び額が床につくほど、深々と頭を下げた。

「わかった。わかった。そんな仰々しく挨拶されると、恥ずかしいではないか」

　と草影が言うと、女将は顔を上げ、夜叉面のような恐ろしい表情になって、

「『恥ずかしい』だなんて言って、草影中佐も役者ですね」

　と、半分冗談めかして言った。

　それに対し、「役者？」と言って、首を傾げて、あくまでとぼけると、

「とぼけないで下さい。なぜ役者かと言うと、自分は商社マンだと言って、さっき私を騙したじゃないですか」

　と目をつりあげて、攻め立ててきた。

　草影は頭を下げて、「騙して悪かった」と素直に謝り、続けて
「しかし、今回は特殊任務についているので仕方がなかったのだ。とはいえ、結果的に女将を騙してしまったのは事実なのだから、申し訳なく思っている。但しこのことは、くれぐれも伏せておいてもらいたい」

　温厚そうな草影が、これまで見せたことのない厳しい表情で言うと、

「わかっています。当店は、お客様が誰と来たのか、何を話していたのか、といったお客様に関する情報は、一切口外しない方針です」

　女将は、もとの妖艶な顔に戻って、きっぱりと言い切った。そして草影の顔をじっと見つめ、意外なことを話し始めた。

「それにしても草影さんは、仮面をかぶるのがお上手ですね。のんびりしたユーモアのある外見は

仮の姿で、仮面の下には、俊敏で緻密な、全く隙のない〝ほんとうの顔〟があるような気がします。私には草影さんが、まるで忍者のように思えてきました」

この自分の実像に迫るような鋭い発言に草影は一瞬ぎくりとしたが、顔に出さず、

「こんな太った忍者はいませんよ。それに今の時代に、忍者がいる筈はありません」

と取り繕うと、女将に笑いかけた。客あしらいに慣れている女将は、踏み込み過ぎた発言をしたと思ったのか、謎めいた笑みを浮かべながら、

「冗談ですよ！　余計なことを言い過ぎましたので、私は座をはずします」

と言うと、襖をゆっくりと締めた。

廊下を去る女将の足音が消えると、石崎がぽつりと「女将は勘がいいですね」と言った。

「女性は、独特の直感があるから恐い。女将には、私の仮面の下のほんとうの顔が、わかってしまったようです。まだまだ忍者としての修練がたりませんな」

草影が自嘲気味に語ると、石崎も同感なのか、ゆっくりと頷くのだった。

草影は、話題を変えようとしたが、先程の女将の言葉が妙に気になって、話すことができなかった。気になった理由は、女将から仮面の下の〝ほんとうの顔〟を指摘されたからではなかった。むしろ、女将の指摘は正しくないと思ったので、気になっていたのだ。

草影には、仮面の下の顔は、〝ほんとうの顔〟ではなく、それも仮面のように思えた。そして、その顔が、第二の仮面だとするならば、その第二の仮面の下にこそ、〝核となるほんとうの顔〟があるように、思えたのである。

しかし、幸福な人生を歩めなかった人間は、決して第二の仮面の下の〝核となるほんとうの顔〟を見せないし、語らないのだと、自らの人生を振り返り思うのだった。

そのとき、草影の記憶の中から、幼い頃に母が病死し、父が事業に失敗してからの極貧のつらかった少年時代の情景が、次々と蘇ってきた。

このように草影の思考が思わぬ方向にずれ、黙り込んでしまうと、石崎がしんみりとした口調で意外なことを話し始めた。

「それにしても草影さんのように特殊任務を担い、常に仮面をかぶらねばならない情報将校は大変ですね。しかし振り返ってみれば、かつて私が属していた非合法の共産党も、その大変さにおいて似ていたように思います。なぜなら党員は全員仮面をかぶり、労働組合や文化団体への加入戦術を実践しないかぎり、組織拡大を実現できなかったからです」

と、自らの過去を隠すことなく語り、さらに自分の煩悶する気持ちを率直に語った。

「草影中佐は、欧米による植民地支配からのアジアの独立戦争を目指し、共産党は武力革命による貧困のない平等な社会を目指したわけですが、それぞれの理想がいくら高邁でも、仮面をかぶって人を騙して理想を実現する方法は、正しいのでしょうか。私は、正しいと言い切ることはできません。目的は手段を浄化するのでしょうか。私はこの設問にいつも揺れ動いています。そう思うと、現在の〝戦争と革命の時代〟は、それを主体的に担おうとする人間にとって、実はつらく孤独で不幸な時代なのではないでしょうか」

草影は、そこまで胸襟を開いてくれた石崎に深く共鳴し、

「我々二人は政治的には対極に位置していたのかもしれないが、〝戦争と革命の時代〟という大舞台で、史劇としての仮面劇を演じてきた点では、似ているのかもしれない」

と、ぽつりと言った。

そのあと二人は、暗い時代を生きてきた、それぞれのつらい過去を思い出したのか、しばらく沈黙が続いた。そうした重苦しい雰囲気が続く中で、ようやく石崎が、独り言のように静かな口調で話し始めた。

「石原将軍の宴席での服装は、背広か和服です。公私混同を自ら戒める意味で、決して軍服を着用したまま宴席で酒を飲むようなことはしていません。ましてや先程の富原中佐のように、宴席で軍刀に手をかけることなど、ありえないことです。そして最近では、最前線で戦う兵士の苦労を意識され、宴席自体に出なくなりました」

草影は、過去に何度か、軍服のまま軍人同士で宴席に出たことを思い出していた。そのため言葉には出さなかったが、石原将軍の清廉潔白さに比較して、自分が如何に中途半端だったか、反省するのだった。

石崎は、黙って聞いている草影の気持ちを知ってか知らずか、さらに話し続けた。

「先程の富原中佐は、東条参謀長の一の子分で、〝東条の腰巾着〟と言われています。東条参謀長は、満鉄調査部の多くのメンバーが五族協和を主張していることが気に入らず、憲兵を使って調査部のメンバーを尾行させ、思想調査をやらせていますが、そのお先棒を担ぎ、憲兵を煽っているのが富原中佐なのです。あの品性下劣な男は、飲んでいるときだけでなく、普段から威張り散らし、満人や中国人に対し、常に見下す態度をとっています。そのため、満州国政府の官僚や満鉄職員だけでなく同じ関東軍の将校の中でさえも、五族協和の実現を目指す心ある人間からは、蛇蝎の如く嫌われています」

と言うと、富原中佐がよほど嫌いなのか、石崎は顔をしかめて話を続けた。

「しかも私腹を肥やしていると、もっぱらの噂です。昨日、草影さんから、髭の中佐が家族で最高のコース料理を食べていたと聞きました。先程、その中佐が富原中佐だとわかり、私は『やはりそうか！』と思いました」

と言って、富原中佐が、満州に進出している特定の企業に様々な便宜をはかり、その見返りに金銭をもらっている、という黒い噂がたえないことを明らかにした。

「ところが東条参謀長は、そうした噂を知ってか知らずか、何でも言いなりになる富原中佐を可愛がり、その正体を見ようとしないのです。東条参謀長は、イエスマンに囲まれ、ゴマをすられてご満悦になる程度の人間です。彼は、日本人によくいる料簡の狭い典型的な派閥政治家にすぎません！」

ここまで言うと、石崎は溜息をつき、石原将軍の孤立しつつある立場に、話題を転じた。

「石原将軍は参謀副長で、その上に東条参謀長がいます。しかし石原副長は、東条参謀長の植民地支配型に満州を変えようとする方針や、中国にやみくもに侵攻しようとする方針に、ことごとく反対しています。そのため両者の関係は、冷えきっています。さらに石原副長は、歯に衣を着せずはっきりと、『戦略なき東条は、上等兵レベルだ！』と広言し、東条参謀長を激怒させ、増々その関係を悪化させています」

と両者の関係悪化を指摘し、満州建国大学の保守化が、満州国の現在を象徴していると話し始めた。

「今年設立される満州建国大学は、もともとは石原将軍の〝アジア大学構想〟から端を発し、実現にこぎつけました。しかし当初の革新的な構想からは大幅に後退し、彼らの妨害により、保守化した内容になってしまいました。この大学の最初に招請しようとしていた講師候補者としては、インド独立を目指すマハトマ・ガンジー、『大地』を著したアメリカの小説家パール・バック、スターリンに追放されたレオン・トロッキーがいました」

石崎は、この候補者からもわかるように、石原将軍が国籍を超えた講師陣の授業により、学生をコスモポリタンに育てようとしていたこと。さらに、中立公平な国際共通語であるエスペラント語を、五族共通の言語にしようと提案していたことを明らかにした。

「しかし、その提案も妨害され、実現されませんでした。このように満州国は、当初目指した理想国家から、どんどん捻じ曲げられて、別の方向へと変質していったのです」

と、石崎は満州国の現状を語り、暗い表情で再び酒を飲み始めた。


ここで草影は、どうしても聞きたかった日中戦争の打開策について話題にしようとした。

「ところで、グランドデザインも長期戦略もなしに、東条参謀長がリードする日中戦争拡大の無思慮な積極策を、どう批判すべきなのか。中国社会の特性も見据え、客観的にどう批判すべきなのか、将来どういった展開になっていくのか、石崎君の見解を伺いたいのだが、どうだろうか」

「それはまた、重要かつ大きなテーマですね。本来であれば、酒の席で話すようなテーマではありません。しかし草影さんが育てる情報戦士達が、アジア各地の独立を実現する上で、一番の要となる中国のことですから、お話しすることにしましょう」

と言って、石崎はかなり酒を飲んでいたが、よほど酒に強いのか、全く普段と変わらない表情で、しっかりした口調で話し始めた。

「私が所属する満鉄調査部は、長年にわたり、さまざまな切り口から、中国社会を分析してきました。まずそれを踏まえて、今回の日中戦争で押さえておかねばならない基本的構図について、お話ししましょう。日本軍は、自らが破竹の進撃を続けているように宣伝しています。しかし、日本軍が実質的に制圧し、占領しているのは、中国大陸の沿岸地帯の〝点と線〟に過ぎません。日本軍が、制圧している都市部分は、資本主義化が進行しています。しかし我々が着目すべき基本構造は、第一に、中国経済の基本が農村社会から成立していることです。第二に、沿岸地帯の都市部分の資本主義は、中国の農業経済と、必ずしも有機的かつ緊密には関係付けられていないことです」

と言うと、この構造を世界経済というマクロな視点からも俯瞰すべきだと提案した。

「そうすると、工業が発達した欧米列強や日本をメトロポリスとするならば、中国は農業経済を基本とした農業国としてサテライトに位置付けられる、という構図が見えてきます。こうした構図の中で、中国の都市を位置付けると、サテライトの中のメトロポリスというよりも、奢侈的消費の中心でしかない実態が、浮き彫りにされてくるのです」

石崎は、中国の代表的都市であり、列強が治外法権を持つ租界があり、阿片が大量に取引される魔都と呼ばれる上海が、その典型であると指摘した。

「こうした考察から明らかになることは、日本軍がいくら破竹の勢いで、中国軍を破って進撃しても、さらには中国の沿岸地帯の〝点と線〟の都市部を制圧しても、その勝利はあくまで限定的なものでしかない、ということです。中国全土に広がる農村社会を〝面〟として掌握しない限りは、決して勝利したことにはならないのです」

と、石崎が一気に説明すると、草影は真剣な面持ちで手帳にメモし、それを終えると、溜息をつき、石崎に質問してきた。

「今、石崎君が説明した満鉄調査部の見解を、関東軍や中国各地に侵攻する陸軍の司令部は知っているだろうか?」

この質問に対し、石崎は悲観的な実情を語らざるをえなかった。

「理解を示してくれる軍人は、少数派ですがいます。しかし彼らの見解は、実際の戦争には反映されていません。彼ら少数派も議論は仕掛けているのでしょうが、積極派・主戦派に抑えられ、結果的に戦線は拡大する一方です。まして石原将軍のように、この日中戦争の泥沼にはまり込んでいけば、日本経済にとって、致命傷になりかねない、という危機感を持っている軍人は、極めて少ないのです」

この発言に、危機感を深めた草影が、苦しそうな表情で、

「では石崎君は、どうすれば日中戦争を終息できると考えていますか？」

と、質問した。これに対し石崎は、しばらく沈思黙考した上で慎重に答えた。

「今、お話ししてきた通り、戦争において日本軍が、軍事的に勝利することはありえません。だとするならば、残された道は、政治的解決しかないのです。その際に私は、さらにその先のことを見通した構想を持つべきだ、と思っています。それは、日本と中国が共存しつつ、両国共に成長発展が可能な経済関係が築けるような構想を、具体化することです」

さらに石崎は、その成長発展の構想の中には、満州国も、さらには東南アジアの植民地の政治的独立を実現した上での経済共存関係も含むべきだと主張した。

「このように欧米列強からのアジアの解放にまで射程を広げて、開かれた東アジア経済圏の形成を目指すグランドデザインを構築することが大切なのです。そうすれば日本は、アジアの厖大な数の民衆から、全面的に支持されるのではないでしょうか」

草影は、この石崎の雄大な構想に感動し、

「石崎君！　その構想を具体化するシナリオを、満鉄調査部で作成できないだろうか。そのシナリオができれば、私も、陸軍省や参謀本部のトップに、その構想に沿った戦争計画の見直しを働きか

けるので」

と、勢い込んで提案したが、石崎は醒めた表情で応じた。

「私も、調査部の仲間も、この構想を具体化しようと動いています。しかし、そうしようとすればするほど、東条参謀長をはじめとする関東軍の主戦派に抑えられてしまいます。さらに危惧するのは、最悪の場合には、彼ら主戦派によって、我々が弾圧されるような嫌な予感がします」

というのは、彼らには、大日本帝国の植民地拡大という陣取り合戦のような単線的な構想しかないこと、そのため、アジアの植民地を政治的に独立させようなどとは、本音では全く考えていないことを、根拠として挙げた。

「したがって、彼らから見ると、我々の構想は、彼らの構想を根本的に批判する目障りな障害物としてしか映らないことになります。彼ら主戦派から見ると、陸軍に逆らう我々は、皇軍の正義の戦争を阻止しようと画策する非国民でしかないのです。ところで草影さん、アジアの植民地の一つである朝鮮の政治的独立を主張している二人の有名な将軍がいたことを、ご存じですか？」

草影が、この突然の質問に全く答えられずにいると、石崎が自ら答えた。

「予想外の突飛な質問なので、私が答えます。一人は、言うまでもなく石原将軍です。石原将軍は、今も『朝鮮を、朝鮮の人々によって、独立させるべきだ』と、主張されています。もう一人は、陸軍の中でも最も見識が広いと言われていた永田鉄山将軍でした。しかし永田将軍は、残念なことに、三年前に皇道派の相沢中佐に斬殺されました」

草影は、この意外な回答に、

「石原将軍は、そう主張されているのではないか、と推測できました。しかし故永田将軍が、朝鮮の政治的独立まで主張されていたとは、びっくりしました」

と、驚きの表情で応じた。これに対し石崎は、二人の将軍がなぜ独立論を主張したのか、アジア全体を見据えた経済戦略から、明らかにした。

「私は、東アジアにおける共存共栄の経済圏や、平等互恵の東亜の新秩序という構想を持てば、その一環として、朝鮮の政治的独立という主張が出てくるのは、決しておかしなことではない、と思っています。しかし、永田将軍の部下だった時期もあった東条参謀長には、こうした主張に至るだけの構想力が、まるでないのです」

「困った軍人ですね！　私もメモ魔と言われていますが、彼もメモ魔と言われている。特に彼の場合は、徹底していて、何でもメモする習慣がついており、陸軍の法規は、全て暗記しているという。そのため秀才とか、切れ者と言われているのだが……やはりそうした評価は、間違っているね」

と、草影が共鳴すると、石崎は、

「軍人に限らず、ただ暗記が得意なだけの人間は、切れ者とか秀才とは言えません。こうした暗記に強いだけで、先を見通す構想力のない軍人を、決して指導者にすべきではありません。ましてここ数年で、軍部が政治的な力を急速な勢いで持ちつつあります。それだけに、そうすることが、日本にとって大変に危険なことになるように思えます」

と、吐き捨てるように言った。

この発言に対し草影は、情報戦士の育成方針に視点をずらして応じた。

「先を見通す構想力は、何も軍の指導者ばかりでなく、中野学校で育てる情報戦士も持つべきだと思う。私は、この二日間の石崎君の説明から、陸軍士官学校の教育に根本的な疑問を感じるようになってきた。なぜなら、自分も受講してきたその内容が、軍事偏重、戦略よりも戦術偏向の教育に過ぎなかったからだ。そのため陸士卒の生粋の軍人は、情報戦士に向いていない」

と言って、むしろ一度は普通校で幅広い教育を受けている陸軍予備士官学校の軍人を、情報戦士に育成すべきだという、新たな構想を明らかにした。

「なぜなら、私自身が、陸軍の公費で東京外国語学校に入学し、そのときに受講した政治・経済・社会といった教育から、様々な分野の知識を吸収できたからだ。さらには、軍人出身でない多くの学友から、偏りのない教養を身に付けることが、如何に大切かということを、学ばせてもらった。私は今、こうした幅広い知識の土台の上に、先を見通す構想力が、創りだされるのだと思っている」

このように過去を懐かしく思い出しながら言うと、

「そうでしたか。草影さんが視野の狭いこちこちの軍人でないのは、そうした生粋の軍人にはない経歴を持たれていたからなのですね。だから私の皇国史観を否定するような歴史分析や、軍主流と異なった説明や見解も受け入れてくれたわけですね」

と、石崎は〝得心がいった〟という表情で、何度も頷くのだった。


ようやく雰囲気もほぐれてきたので、草影は、かねてより聞きたかった中国について、さらに深い説明を求めることにした。

「ところで、石崎君の先程の説明で、『中国経済の基本は、農村社会だ』ということでしたが、その農村社会とは、そもそも如何なる性格を持ち、どう変革すべきなのだろうか？」

この質問に対し、石崎は再び居ずまいを正すと、酒がかなり入っているにもかかわらず、はっきりとした口調で、理路整然と説明し始めた。

まず中国農村の基本的性格は、中国三千年の歴史において、連綿と変わることなく続き、二〇世紀前半の現在にまで至ったこと。

次に、その二〇世紀前半の現在の中国の農村において、約一割の地主が、土地全体の約七割を占有していること。これに対し、貧農や農業労働者が、農民全体の七割近くを占め、彼らは極めて貧しい状態にあること。

その結果〝地主という持てる者〟が、〝貧農や農業労働者といった持たざる者〟から奪い取る凄惨かつ殺伐とした関係が、常態化し続けていることを説明していった。

そして、このような農村内部の地主――貧農・農業労働者の関係が、中国農村の基本的性格を規定しているとした。さらに日本に留学したことのある魯迅が、十七年前に発表した『阿Q正伝』には、まさにこうした停滞の続く中国農村の殺伐とした人間関係が、赤裸々に描かれていることにも言及していった。

そのあと石崎は、現在の中国の国民党政府の政策と、共産党の政策の違いに関するテーマへと話題を転じていった。

「この中国の殺伐とした人間関係からなる農村社会に対し、中国の国民党と共産党は全く異なった政策を展開しています。蒋介石の国民党は、地主制度の維持を基本政策としています。これに対し、毛沢東の共産党は、貧農や農業労働者と共に、社会革命を目指す政策を推進しています。毛沢東は、彼らを武装させて紅軍を作りだし、中国内陸部に根拠地を建設し、社会関係を根底から変革させようとしているのです」

ここで石崎は、毛沢東が、貧困のため教育を受ける機会を持てず、文字も読めない貧農や農業労働者を教育し、高いモラルを持った紅軍兵士に変身させたことに、特に着目すべきだと主張した。

「そのことは、毛沢東の決めた紅軍の厳格な行動規範である三大規律に、はっきりと反映されています。例えば『人民から針一本、糸一筋もとらない』と、具体的に明記されているのです。こうした高いモラルを持った中国共産党の紅軍に対し、中国の農村人口の七割近くを占める貧農や農業労働者達は、当然のことですが好感を持ち、その結果、中国共産党を支持することになります」

と言って、現在の紅軍は少数派だが、長期的に展望すると、圧倒的な農民の支持を基盤に根拠地を拡大し、〝面〟として中国の農村地帯を押さえていくと予想した。さらに、その予想を踏まえ、将来の展望を語っていった。

「紅軍は、戦争においても、持久戦を展開することで、都市部の〝点と線〟しか押さえていない日本陸軍を翻弄し、勝利していくでしょう。そして最終的には、地主制度に立脚した国民党軍にも、勝利するように思えます。なぜなら、中国の農村地帯は、とてつもなく広く奥行があり、その広大な大地に住む厖大な数の貧しい農民を組織化しているのが、毛沢東の紅軍だからです。こうした毛沢東戦略の支持基盤からもたらされる圧倒的多数派の形成が、〝決定的な強み〟となります。こうしたマクロな視点に立つならば、私にはこの異端だが圧倒的多数の農民を組織化しうる毛沢東の戦略が、後進地域の革命戦略として普遍性を持ち、最終的に勝利するように思えて仕方がないのです。但し、政権獲得後の毛沢東が専制君主になる可能性も否定できませんが……」

と言って一瞬沈黙したが、すぐにまとめに入った。

「いずれにしても、中国農村の特殊性、国民党と共産党の将来を踏まえるならば、なるべく早く日中戦争を終了させねばならない、という結論が導き出されるのです」

草影は、石崎の語る中国に対する深い洞察に、言葉もなく感動し、中野学校設立が一段落したら、自分も戦争終結に向けた行動をとるべきだと思うのだった。

同時に、こうした中国の将来を見通すことのできる石崎の預言者的知性に魅入られて、明朝には日本に戻らねばならないことが、残念でならなかった。そこで、時間がないことはわかっていても、さらに詳しい説明を聞こうとすると、静かに襖が開いた。

草影が視線を移すと、女将がすまなそうに頭を下げており、その先の日本庭園には、庭園の原形がわからぬほどに白い雪が降り積もっていた。

女将は顔を上げると、「そろそろ閉店の時間なのですけれど……」と、言ってきた。

二人が時計を見ると、すでに十一時を過ぎようとしていた。

白い雪は、石崎と中国を語り合ってきた時間にもずっと降り続けていたのである。

草影は、仕方なく石崎と締めの乾杯をし、再会を約し、店を後にした。

満州よりも南端に位置するとはいえ、まだ三月初旬の大連の街は、夜も更けるとさすがに寒さが身に沁みてきた。草影は、霏霏として雪が降りしきる中を、オーバーの襟を立てて、ヤマトホテルへ戻った。


翌朝ヤマトホテルで朝食を済ませた草影は、通常通り動いている路面電車に乗って、大連港に向かった。昨晩から降っていた雪は、深夜には止んだようで、さほど積もってはいなかった。

思ったよりスムーズに移動できたため、客船の着く第二埠頭にある船客待合所に着いたときには、出航までにまだ一時間余りの時間があった。

草影は、一昨日、昨日と、この二日間の先進的で斬新な講義を、もう一度思いだしていた。石崎の講義は、神懸かり的な皇国史観とは全く異なっていたが、かといって歴史を厳密に段階区分するマルクス主義の硬直した唯物史観とも異なっていた。むしろ民衆が、どれだけ自由で平等に自律しているかを、徹底して重視する史観だった。草影は、こうした独自の史観に基づく石崎の講義の内容を自分なりに咀嚼し、虎岩や福西に説明できるように、船室の中でまとめなければならないと考えていた。

そう考えていた矢先、待合所の入り口から、こちらに急ぎ足で向かってくる男がいた。その男は、彫りの深い顔で髪が長く、着古したグレーの背広を着ており、近付いてくると石崎だとわかった。

「石崎君ではないですか！　どうしたのですか？」

「突然、追いかけてきて、驚かれたでしょう。でも間に合って、よかったです。実は昨晩別れてから、この二日間せっかく草影さんが熱心に聞いてくれたので、少しでもお役に立ちたいと思いました。そこで色々考えて、私が書いた本をお渡ししようと思いつき、その本を持ってきたのです」

草影は周囲に人が多いのが気になったので、

「ここは人が多いので、場所を変えましょう」

そう石崎を促すと、待合所を出て、これから乗る客船が見える場所に出た。

この二階にある場所と客船とはブリッジで連結されており、乗船するために、階段を降り、タラップを昇る必要はなかった。すぐ乗船できることを確認した草影は、話しやすいように、石崎と共にブリッジからやや離れた人のいない場所まで移動し、ベンチに座った。

石崎は、草影の横に座るとすぐに、鞄から一冊の本を取り出した。

「この本は、以前に私が満鉄調査部の日本経済史研究の一環としてまとめた本です。今後の参考のために差し上げます。タイトルは『戦国の情報ネットワーク』としました。この本は、この二日間の戦国時代と忍者に関する私の説明を、ネットワークという視点から歴史分析した本です」

と言って、草影に本を渡した。

そしてネットワークという聞きなれない言葉は日本語に翻訳すると〝通信網〟であり、わかりやすく言えば〝人や組織のつながり〟であると、ごく簡単に説明した。

さらに草影は、発想すら浮かばない〝ネットワークの時代〟の到来を予想した。

「これは私の単なる予感に過ぎませんが、現代の〝戦争と革命の時代〟が終焉したその先の時代には、〝ネットワークの時代〟が到来するという未来が見えてきます。さらに想像力を膨らませると、その時代には、世界中の人々が、国境を越えて、ネットワークを介して、多様なつながり持つようになる予感がします。そして、そのつながりによって〝平和な時代〟が到来するように思え、そのようになるなら、どれほど素晴らしいだろう、と思うことがあります」

石崎は、大連港の先の水平線の彼方に顔を向けながら、はるかな未来を見通すような眼で、語るのだった。

「話が未来に飛躍し過ぎましたね。いずれにしてもこの本は、草影さんが中野学校で情報戦士を育てる上で、何らかの形で、必ず役に立つと思います。是非ご一読下さい」

「ありがとう。これまでの石崎君の説明も、大変に参考になったので、このいただいた本も早速読んでみますよ」

草影はそう言うと、その本を大事そうに鞄の中に入れた。そして顔を上げると、石崎は〝どうしても聞きたい〟という表情で、ある質問をしてきた。

「もう乗船しなければなりませんね。最後に一つだけ質問してよろしいですか？」

草影は、盗み聞きされる範囲に人がいないことを確認すると、

「まだ時間はあります。どんな質問ですか？」

と応じた。

「実は聞きたかったことは、昨晩の日本料理屋のことです。何か全てが変なのです。払っていただいた料金と、料理屋のあらゆることが、アンバランスなのです」

「安い料金の割に、女将が女優顔負けの美人だったことですか？」

　草影が冗談めかして言ったが、石崎は真剣な表情を変えずに話し続けた。

「それもあります。しかし女将だけでなく全てが超一流なのです。私は、ほんの少しですが日本文化史を学びましたので、わかるのです。あの日本庭園は、才能溢れる超一流の庭師が造園したものに間違いありません。また、あの建物は、総檜造りと言えるほど檜をふんだんに使っていました。しかも部屋全体が暖かく、ヤマトホテルと同じように最新の設備で暖房していたのだと思います。さらに部屋の床の間には、浮世絵収集家の垂涎の的である鈴木春信の浮世絵が、さりげなく掛けられてありました。どうしてあんなことができるのでしょうか。全てが超一流なので、かえって全てがミステリアスで、怪しげな空間に感じられるのです。ひょっとすると女将のパトロンは、大金持ちなのですか？」

「さすが石崎君！　日本文化にも造詣が深いだけあって、鋭い指摘ですね」

　そう言うと、突然に草影は、厳しい冷徹な情報将校の表情になり、静かに語り出した。

「あの日本料理屋の女将のパトロンは、実は阿片で巨万の富を築いた日本人だ。阿片の売買には、残念ながら上海特務機関を中心に日本陸軍の一部が絡んでいるが、中国国民党は、それ以上に阿片の取引に組織全体で関わり、軍資金を稼いでいる。その阿片王は、上海を根拠地に、中近東にまで阿片の購入ルートを広げている。あの日本料理屋には秘密の出入り口があり、そこを使って、闇の世界に手を染めている一部の日本陸軍の将官や満州国の高官が、秘密裡に会合し、会食している。それだけじゃない。中国国民党の要人や、中国の阿片ルートを掌握している秘密結社の中国人の黒幕も日常的に出入りしている。さらには〝東洋のマタハリ〟と言われた川島芳子も、一時は頻繁に出入りしていた」

「そんな危険な場所だったのですか！」

と石崎は言ったが、草影は動じることなく冷徹な表情のままで反論した。

「いや、石崎君、それは違う！　そうした非合法な活動は、権謀術数が渦巻く危ない活動であるかゆえに、かえって信用と秘密厳守が必須条件となる。その点、あの日本料理屋のオーナーである阿片王は、闇の世界で絶大な信用を得ているし、何があっても決して秘密を洩らさない。あの女将も、同じだ。だから女将であり続けている。とはいっても、あの女将の美しい仮面の下には、闇の世界にうごめく魔性の女とも言うべき正体が見え隠れするのだが……」

そして自分が関東軍の情報将校だったときに、あの店の正体が見えず、全てが不透明なので、工作員を使って徹底的に調べ上げたことを明らかにした。

「その調査から、闇の人間達が秘密の出入り口から出入りしている事実が判明した。しかし秘密は一貫して厳守されていた。逆説的だが、非合法の活動をしているがゆえに、信用を重視し、秘密は守られ、その意味で最も安全な場所だといえる」

「やはり草影さんは情報戦・謀略戦のプロですね」

と言って、石崎は溜息をついて、顔付きまで変わった草影中佐をまじまじと見つめた。

仮面の下の情報将校の顔をはっきりと見せてしまったことに気づいた草影は、すぐに穏やかな表情に変えて、

「いやあ、そんな恐い眼で見ないでください。他方で私は、あの日本料理屋の存在が、日本と中国の闇の関係を象徴していると、冷静に把握しているつもりです。また日中戦争を終結させるためにも、そうした闇の関係を断ち切らねばなりません。そうしないと、中国も満州も、阿片を使った闇の経済に蝕まれ、社会の土台から腐食していくかもしれませんから……。私は、いずれ阿片流通廃

絶に大鉈を振るうべきだと思っています」

「私も、阿片は大変に危険だと思います。中国でこれだけ阿片が流通するようになったそもそもの発端は、イギリスがつくりました。さらにイギリスは、阿片戦争に勝利すると、上海など五つの都市を開港させ、租界地を拡大し、その境界に『犬と中国人は入るべからず』と書いた立て札を立てたのです。しかし日本は、イギリスのように阿片を扱うべきではありませんし、ましてや、こうした露骨な人種差別をともなった植民地主義を、絶対に取るべきではありません」

と断言しながらも、自分はこうした一般論しか話せないし、打開策を提示できないと下を向き、

「その点では、阿片を使った闇の経済にまで通暁し、実態を把握している草影中佐の方が、ずっとしたたかですし、上手でしたね！」

石崎のあえて「草影中佐」といった言葉に、やや非難めいたニュアンスが含まれていると感じた草影は、弁解がましく言った。

「もっとも、秘密裡に会えるというあの店のメリットも、富原中佐の大暴れで、ぶち壊されてしまいました。それがなくとも、阿片売買に絡む人物が出入りするあの店を選んだのは、清濁併せ飲む範囲を超えていましたね。その意味で、軽率な判断をしたと反省すべきなのかもしれません」

「そこまで反省されなくても、いいんじゃないですか。情報戦士の指導者の草影さんらしくないですよ。情報戦士は、闇の世界で、時に汚れ役にもなって、したたかに情報戦・謀略戦を勝ち抜き、阿片流通を廃絶しなければならないわけですから」

と言って、さわやかな笑顔になり、

「そんなことよりも私は、軍人であり、ましてや情報将校でありながら、柔軟な発想を持ち、客観的な判断のできる草影さんにお会いできて、ほんとうに良かったと思っています。特に石原将軍以

外の軍人の方には前歴が災いして信用のない私と、何の偏見もなく対等に接していただき、加えて昨晩のような宴席にまでご招待いただき、率直に言って、とても楽しかったです。是非、またお会いできればと思っています」

こう言うと石崎は、名残惜しそうに何度も振り返りながら、会社に戻っていった。

草影も、石崎と別れると、彼との浅からぬ縁のようなものを感じながら、ブリッジを通り乗船した。

（十二）中野学校の内容を固める

草影は帰国すると、さっそく虎岩中佐と福西中佐に声をかけ、陸軍省の会議室で、満鉄調査部の若き経済理論家にして日本軍事史の専門家である石崎から学んだ内容を、報告することにした。

草影は黒板を使い、石崎から学び自分なりに咀嚼したことを、項目ごとに箇条書きに書いていった。

第一に、二〇世紀前半の現代は、〝戦争と革命の時代〟と規定できること。

第二に、我々が育てる情報戦士には、この時代特性を把握させ、〝アジアの民衆による欧米列強の植民地支配からの独立戦争を、情報戦・謀略戦を担うことで強力に支援する〟という基本的任務を、常に意識させること。

第三に、日本の歴史において〝戦争と革命の時代〟である現代と最も似ている時代は、戦国時代だということ。

第四に、その戦国時代で、最も着目すべき社会の特徴は、戦国大名の領国だけで社会全体が成立していないこと。

戦国時代は、一向一揆が支配する加賀や、堺や博多のように武装した自由貿易都市が存在し、政治体制の異なる国が並存した中心なき分裂した分権社会だったこと。

そのため忍者は、政体の異なる国をまたがって活動しなければならなかったこと。

第五に、忍者は、一方で、呪術や窃盗術を得意とする〝陰の顔〟を持ちながらも、他方で、広範な知識を持ち、高度な知的能力を持つ〝プラスの顔〟も持っていたこと。

したがって、我々が育成すべき中野学校の情報戦士が、現代の忍者となるためには、単に敵の情報を盗み、敵を偽情報で撹乱する役割だけを担うわけではないこと。

むしろ、それ以上に、広範な知識を学び、高度な知的能力を身に付けるべきこと。

草影は、まずこの五つの学んだ項目を列挙し、二人に対し具体的に説明していった。

熱心に説明を聞いていた虎岩と福西は、五つの項目それぞれに大きく頷きながら、大筋で同意していった。

この同意に意を強くした草影は、六つ目の項目として、伊賀や甲賀で、共和国に似た政治体制がすでに実現していたことを説明した。そしてそこにおいて、全ての意思決定が、選出された代表者により、多数決で決定されていたことも説明した。

この説明に対しては、二人共に、こうした歴史的事実を全く知らなかったのか、驚愕した表情で聞き入るのだった。

そこで草影は、戦国の社会が、我々が考えている以上に、忍者をはじめ農民や職人といった民衆が自律していたことを強調した。

そして最後の項目として七番目に、石崎の奥の深い現代中国論を、ごく掻い摘んで二人に説明した。

草影と同様に現在の日中戦争に深入りすることに反対する二人は、この現代中国論を熱心に傾聴し続けた。

そこでさらに力を込めて、日本と中国は全く異なった国であり、同様にアジア各地も、欧米の植民地になる以前から、すでに固有の宗教や文化を創り上げてきたことを説明した。加えて、このように中国やアジア各地が日本と全く異なった歴史を歩んできたことを、我々が育てる情報戦士達は、十分に知識として習得する必要があることを強調した。

こうして黒板に項目ごとに書きながら、草影は、一気に説明し終えた。

この説明に対し、まず虎岩が、

「石原将軍の助言により、大連まで行かれて石崎氏の説明を聞き、それを短時間に咀嚼して自分のものにするために、草影中佐は大変な知的格闘をされたのですね。まずはその不断の努力に、心から敬意を表したい。それに今の説明を先程から聞いていて、我々にとって大きな収穫を得ることができたことが、実感できた」

と、草影のこの間の努力をねぎらうように言ってくれた。

「私も、同感です。草影中佐の今の報告は、極めて的確にまとめられており、私自身も知的刺激を受け、とても参考になった！」

と福西も言った。

こうしたやりとりをした後に、福西は、中野学校生徒募集の具体論に踏み込むテーマを、切り出してきた。

「ところで草影中佐は、この間の調査活動と石崎氏からのレクチャーを受けて、中野学校はどういった経歴の生徒を募集すべきだと、考えられていますか？」

この問いかけに、石崎との会話の中で固まりつつあった見解を話すことにした。

「私は、そもそも陸軍士官学校卒の生粋の職業軍人は、中野学校の生徒に向いていないと思います。それよりも、一度は大学や高校などの普通校で学んだ経験のある陸軍予備士官学校の軍人の中から、情報戦士を育てるべきだと思っています。その根拠は、彼らが、すでに幅広く社会全般の知識を吸収できているからです」

これに対し、虎岩は即座に、

「私は、今の草影中佐の案に賛成だな！」

と、賛意を表明した。福西も、明快なロジックに基づき賛同した。

「私も大賛成です。我々が育てる情報戦士は、陸軍の駐在武官と違い、何年もの長期にわたり、異国の地で民間人になりすまさねばならない。その上で、風俗習慣が全て違う異国の人々の中で、情報収集し、独立戦争を支援する戦士にならねばならない。そのためには、幅広い知識と自律してモノを考える力を持っていることが、不可欠の条件となる。このように考えてくると、私も、視野の広い陸軍予備士官学校生が、この条件を満たしているように思える」

特にこの福西の発言は、彼自身が、草影と同じように陸軍の公費で、東京帝大法学部を卒業していた経験からか、実感がこもっていた。

続いて虎岩が、この案が意外に実現性を持っているのではないか、と話し始めた。

「今や日中戦争は泥沼化し、二年前に日独防共協定が締結されたことで、英米との関係も悪化してきている。こうした大戦争前夜のような緊迫した情勢から、陸軍士官学校卒の将校は、不足しつつある。このような情勢の悪化は、由々しき事態だ。そのため、もしここで中野学校設立にともなって陸軍士官学校卒の将校を回してほしいと言えば、参謀本部が大反対するのは、目に見えている。しかし、陸軍予備士官学校生から採用するとなれば、さほどの反対はでないのではないか、と推測できる」

この虎岩による客観状況を踏まえた冷静な意見に、草影も福西も自信を得て、早速三人は、阿南兵務局長に説明することにした。

阿南局長に対しては、草影がこの間の調査活動と、なぜ陸軍予備士官学校生から募集しなければならないかを、掻い摘んで話した。

阿南局長は、いつものような温顔を変えずに、

「三人の言われている主旨は、よくわかった。私も、今の草影中佐の説明から、予備士官学校生の優秀者から情報戦士を育成することが、理屈にかなっていると思う。おそらく参謀本部の情報部のあたりから『なぜ半地方人から採用するのか！』と、難色を示してくると予想される。しかしその反論に対しては私が説得し、責任を持ってこの案を通すので、早々に採用計画を具体化してほしい」

と、てきぱきした口調で指示してきた。

三人は会議室に戻ると、すぐに採用計画を話し合い、その概要を夕方までに具体化していった。

そして翌日、三人は再び陸軍省の会議室に朝から集まると、中野学校の概要設計に、精力的に取り組んでいった。

草影はこの打ち合わせから、虎岩と福西が中野学校の概要設計をすでに完成させつつあることを

知ることができた。草影は、二人の迅速かつ的確な取り組みに、強い感謝の念を抱くと共に、自分は設立メンバーに恵まれていると、心から実感するのだった。

まず一般教養の教育に関しては、二人が手分けして、政治・経済・文化・宗教・歴史・社会それぞれの分野の第一級の学者に講師を依頼し、概ね了解を取り付けていた。さらに二人は外国語の教育に関しても、各国語ごとに講師を依頼し、了解を取り付けつつあった。

ここで三人は、教育期間も併せて検討し、教育期間は一年とすることを、決定した。

その上で、教育期間の一年間で、英語・ロシア語・中国語・マレー語など最低二か国語を話せることを基準に、語学教育するカリキュラムの詳細を組むことにした。

また諜報活動に必須となる、情報を盗むための郵便物の開封技術の教育、情報を送受信するための無線教育を、メニュー化していった。さらには破壊活動のための武器や火薬の教育、自動車や飛行機の操作実習教育も、教育メニューに組み込んでいった。

加えて、草影にはその発想さえ浮かばなかったが、忍術の教育をしようとした虎岩が、甲賀流忍術が継承されていないかどうかを徹底的に調査していた。そして、ついに甲賀流忍術第十四世を探し出してアプローチし、講師になる了解を取り付けていたのである。しかも第十四世の藤田西湖と何度も打ち合わせてきた虎岩の口から、「忍術が、その隠された本質において極めて合理的で、科学的な考え方に基づいている」と、聞かされた。さらに虎岩は、こうした合理的科学的考え方を土台とした忍術が、いかに広範な知識を集約して成立しているかを、授業内容となる変装術や扇子を使った距離測定術などの具体例で説明した。

草影は、自分が調べ、石崎の意見を大幅に採り入れて、創りあげた忍者の本質論が、虎岩の説明する本質論とほぼ同じなので、自分のやってきたことが間違っていなかったと確信することができた。

一方、中野学校の校舎についても、虎岩と福西は、限られた予算の中で、古い建物ではあるが九段牛ヶ淵の愛国婦人本部の普段使われていない別棟を探しあてていた。

三人は相談し、当面他の候補となる建物が見つからないため、この建物を校舎にすることが決定された。（その後中野学校は、中野囲町に移転することになった）

このように、まる一日かけて報告会は実施されていったが、最後に三人は、それぞれ残された仕事を確認した。

虎岩と福西に残された仕事は、まず一年間のカリキュラムの細部を決めていくことであった。次に全国五か所にある陸軍予備士官学校の中から選定された第一期生の宿舎等受入計画の詳細を、詰めることであった。

他方、草影に残された仕事は、大枠が固まりつつある〝最高の知識人としての現代の忍者〟という〝あるべき情報戦士像〟を、より具体的に、そして理想に近い完成態に創り上げることであった。

報告会が終わると、すでに日も暮れようとしていた。

草影はこのまま解散かと思ったが、突然に虎岩が、くだけた調子で二人に向かって話しかけてきた。

「中野学校設立の準備も、今日で一区切りついたので、たまに三人で食事でもしませんか？」

この誘いに、すぐに福西も笑いながら応じた。

「いいですね。たまには肩の力を抜きましょう。それに日本人は酒の席で、本音で話せるようになりますからね」

草影は、自分が担当するコンセプト創りの進捗が思わしくないので気乗りがしなかったが、折角の提案なので「たまには、羽目を外して飲みますか」と座を盛り上げようとした。

これに対し虎岩は、

「二人共御存じの通り、私は全くの下戸です。とは言っても酒席の雰囲気は大好きです。そこで今晩は、今まで味わったことのない料理を楽しんでいただこうと、企画しました。その料理とは、私の知っているインド人が、全く新しいメニューとして創作した純インド式カリーです」

と提案した。

「なかなか美味しそうで、食欲をそそられますね」

この提案に対し、福西が身を乗り出して興味を示すと、

「初めてのインド式カリーを食べながら酒が飲めれば、私はどこへでも行きますよ」

草影も、酒を飲むポーズをしながら、賛同した。

「じゃー、決まりだ。それでは夜七時に、新宿でカレー料理を食べましょう！」

と、虎岩が言った。ところが、慎重な福西が心配そうに横槍を入れてきた。

「カレー料理店ということはレストランですね。ということは、そこでは様々な種類の人間が食事をしている。だとするなら、我々三人が一緒に食事をする姿を、衆目に晒すのは、軍事機密上まずくはありませんか。それに隣のテーブルに誰がいるか、わからない状態で、中野学校設立に関する会話はできないし……」

この懸念の表明に対して、虎岩は即答した。

「さすが福西中佐！　背広を着た忍者が板に付いてきましたね。もちろん私も背広を着た忍者なので、この点は事前に考慮していますよ。すでに店主に頼んで、レストランのすぐ近くにある家に隠

し部屋を用意してもらっています。これが、その隠し部屋のある家に向かう地図です。七時前に私は、入口の中にいますから三回ノックをして下さい」

と言って、虎岩はにやりと笑った。

「ここまで用意周到にやっていただければ、文句はありません」

そう言って、福西が感じいっていると、草影が、

「なんだかスパイ小説の登場人物になったような気分ですなあ」

と、明るくユーモアを交えた発言をした。すると虎岩は真剣な表情で、

「草影中佐、小説ではありませんよ。我々は、ほんもののスパイ、というよりも、ほんものの忍者なのですから」

と応じた。

こうした会話のあと、三人は会議室を出るとそれぞれの仕事を終えて、新宿に向かった。


その晩の七時、背広姿の三人は、新宿のカレー料理店に近い隠し部屋に集まり、テーブルを囲んで着席していた。

三人揃ったので、まずは三人で乾杯することにした。アルコールを飲めない虎岩も、インドのビールということで、乾杯することにした。三人は「乾杯！」と、大きな声で唱和し、虎岩は一口飲んだだけだったが、草影と福西は、ジョッキに入ったビールを豪快に飲みほした。その後、インド料理店の若いボーイ二人が、インドカリー三皿と盛りだくさんのサラダやつまみを持って現われ、丁寧に配膳していった。そして下戸の虎岩中佐には、インド紅茶の入った大きなポットを、草影と福西の間には、日本酒の一升瓶を置いた。

虎岩が、二人のボーイに「もうこれでいいよ。帰るときには電話するから、そのときまでは来なくていいよ」と言った。それを聞いた二人は、「それではインド料理をじっくりとお楽しみ下さい」と言って、深々とお辞儀をすると、部屋を退出した。

インドカリーを初めて目の前にした草影と福西は、早速食べてみることにした。

「これは、美味い！」

二人は同時に賛嘆の声を上げた。そのあと福西が、

「ほかのレストランのカレーと、味が違いますね」

と言いながら首を傾げると、虎岩がすかさず答えた。

「このカレーは、インド独立運動の志士ラス・ビハリ・ボースが、純インド式カリーライスとして作ったものです。ボースは、日本に亡命して、この料理店の店主に匿われていました。その間に、このカリーライスを創作したと聞きました。しかもこのインドカリーは、ボースが店主の娘と結婚したことから『恋と革命の味』と言われているそうだ。美味い筈でしょう！　それに比べて、これまで福西中佐が食べていたカレーは、イギリス式のカレーだ。だからイギリスの植民地主義の味が入って、このインドカリーに負けているんじゃないかね」

と、虎岩が二人に語りかけると、二人共「そういうことか」という表情で頷いた。

そして福西が「じゃあ、これからカレーは、この店で食べよう」と言って、さらに、

「ところで虎岩中佐は、インド独立運動の志士達について、相当詳しそうですね」

と、質問してきた。この質問に、虎岩はすぐに熱心に応じた。

「ビハリ・ボースは、将来のインドの独立、東アジア共栄圏の実現に、不可欠のキーパーソンだ。私は、共栄圏の実現の日を目指して、そのビハリ・ボースと、Ａ・Ｍ・ナイルという、もう一人のインド

独立運動の志士と交流し、できる範囲で支援している。もっともA・M・ナイルは、満州建国大学の客員教授となって、今は満州の新京に赴任しており、東京にはいない」

と説明し、自らの先見性を誇るように、胸を張った。

草影は、満州建国大学と聞いて、石崎からその大学が「石原将軍によって構想された」と聞いたことを思い出し、その当初の石原構想を、二人に説明することにした。

二人が興味深そうに聞いていたので、草影はさらに石崎の軍人三タイプ論を説明していった。説明が終わると、二人はそろってこの三タイプ論に賛同し、さらに福西がこの場にいる三人にあてはめてコメントした。

「私は、陸軍の中佐であるという共通項以外に経歴も性格も違う三人の意見が、なぜこうまで一致してしまうのか、かねてより不思議で仕方がなかった。しかし今の軍人三タイプ論で、その謎が解けたような気がする。なぜなら、我々三人は、全員第三のタイプに属しているからだ」

この福西の卓見に、草影も虎岩も感じ入り、そのあと座は盛り上がり、会話は絶えることなく、石崎の中国論の詳細や日中戦争の行方、さらには緊迫した世界情勢へと、次々とテーマを変えて続いていった。

そのため時間はあっという間に経過し、気が付いてみると、すでに十二時近くになっており、草影と福西が飲む日本酒も、虎岩が飲む大きなポットの中の紅茶も、無くなりかけていた。仕方なく三人は、この夜の食事会を終えることにした。

隠し部屋を出た三人は、そこで別れの挨拶を交わし、それぞれ家路を急いだ。

四谷の南伊賀町に住む草影は、家まで歩けない距離ではないと判断し、多少時間がかかっても、酔い覚ましにもなると思い、歩き出した。

そして、虎岩の独特のきめ細かい気配りにより、三人が打ち解けることができた今夜のインドカリーの食事会を思い出し、満ち足りた気持ちになった。

繁華街を抜けると、寝静まった街は森閑としており、街灯もまばらなため、暗い夜道が続いた。

草影は歩きながら、何気なく空を見上げると、まだ三月初めのためか、半円形に近い太い鎌のような下弦の月が、寒々とした夜空に、くっきりとした青白い光を鋭く放っていた。

そのとき、ふと食事会で虎岩の言った言葉を思い出していた。

「私は、情報戦士を指導する立場に立てるのだろうか？　自分は、隠し事はできないし、感情がすぐに顔に出てしまう。とてもじゃないが、忍者の親玉にはなれませんな」

と、自嘲気味に語ったのである。

そして突然、草影を凝視すると、草影のことを話し始めた。

「その点、草影中佐は格段に優れている。忍者の親玉としての資質は、私より数段上だ！　中佐のことを、周囲が『上等な味噌は、味噌臭くない味噌だ』と評価している。私も、本日一緒にいて、あらためてその通りだと思った。草影中佐からは、全く謀略の臭いがしないし、完璧に仮面をかぶることができている」

と草影を評価し、自分を省みた。

「それに比べて、私はダメだな！　仮面は、ずり落ちて、すぐにほんとうの顔が出てしまう。私は若い頃、仏教や禅を真剣に学んだが、結局は悟りを開くことなどできなかった。ただ最近は〝空の思想〟を思い出し、仮面の下のほんとうの顔も、やはり仮面なのではないかと、ふと考えることがある。そして今は、その仮面のさらに下の顔も仮面でしかなく、それが無限の連鎖のように続くだけで、結局のところ自分は実体が無いのかもしれないと、思うようになった」

と、沈みがちに語った。

草影は、そんな虎岩を元気付けるため、すぐに反論した。

「虎岩中佐は、変幻自在にいろいろな顔を持って、八面六臂の活躍ができるので、そのように思うのです。そのいろいろな顔を統合すると、才気煥発な虎岩中佐という実体そのものになるのではないですか」

すると、福西もこの意見に賛同し、さらに草影のことにも言及してきた。

「私も、草影中佐の意見というか考え方に、賛成です。虎岩中佐はそこまで話さなかったが、私は草影中佐の仮面の下の顔にも関心がある。草影中佐の仮面の下のほんとうの顔は、大変な努力家にして語学の才能に溢れ、客観的に冷静な判断ができる顔ではないかと、私は推定している」

と言って、草影を見つめると、さらに突っ込んだ発言をした。

「しかし、私には、そのほんとうの顔の下に、さらにもう一つの真の顔があるように思える。立ち入ったことを言うようだが、草影中佐の真の顔は、案外に表面の仮面の顔のような品位のある、人に優しい、おっとりした顔ではないかと思える……これも私の勘なので聞き流してもらっていいのだが、草影中佐は、幼い頃、愛情に恵まれて育ったのではないか……」

この、いきなり他人の内面を勝手に憶測するような福西の無遠慮な発言に、草影は内心かっとなった。その怒りから、誰にも語ったことのない自分の少年時代が、いかに孤独で惨めなものだったかを、何もかもぶちまけてしまいたい強い衝動に駆られた。

しかし、それはさすがに大人気ないと思い、この衝動を瞬時に打ち消し、表情に出さずにいると、突然に自分が幼児だった頃の実の父母との暖かで幸せな団欒の情景が、微かに脳裏をかすめた。その僅かな記憶に草影は助けられ、

「福西中佐の勘は、当たっているかもしれませんなあ」

と、さりげなく応じ、話題を変えたのだった。

再び空を見上げた草影は、自分の仮面の下の顔は、今夜の青月のような鋭い光を放ち、輪郭のくっきりした顔かもしれないと思った。しかし、さらにその下にある真の顔は、実は福西の言うように、人に優しい、おっとりとした顔なのかもしれなかった。むしろ、春の夜空に浮かび、ぼんやりと霞んで見える、おぼろ月のような顔なのかもしれないと思った。

(十三)明石大佐の謀略活動を調べる

翌日から、草影は〝あるべき情報戦士像〟を完成させるために、石原将軍の三つ目の助言である「日露戦争における明石大佐の謀略活動」を調べることにした。

しかしそれは、思ってもみなかったことが障害になり、最初から暗礁に乗り上げてしまった。明石大佐の謀略活動が、陸軍内部でも極秘の活動だったため、陸軍の公式資料には、明石大佐の名前が駐露公使館の武官としてしか登場しなかったのである。

行き詰まった草影は、虎岩と福西の二人に協力を求め、参謀本部の倉庫に出向き、当時の資料を調べることにした。

三人は、倉庫の中に埋もれ、何年も誰の目にも触れることもなかった、埃まみれの膨大な資料を、一冊一冊、毎日丹念に調べていった。こうした地道な作業の積み重ねにより、数日後ようやく、明石元二郎大佐の謀略活動の報告書と、明石大佐の数少ない資料を探り当てることができたのである。
草影はこの資料を精読し、明石大佐の西ヨーロッパを活動舞台にした謀略戦の全体像を、ノートにまとめていった。

駐露公使館の武官だった明石大佐は、日露戦争開戦後すぐにスウェーデンに移動した。そこでフィンランド過激反抗党の指導者シリヤクスとフィンランド憲法党の指導者カストレンとの接触に成功した。この成功を皮切りに、西ヨーロッパ各地に散在するロシア皇帝の専制政治に反対する革命諸政党の指導者のいる秘密拠点との連絡網を構築していった。

この明石大佐の粘り強い秘密工作が功を奏し、開戦から八か月後の明治三七年（一九〇四）の一〇月には、シリヤクスを議長に、革命諸政党の指導者が集まり、第一回の戦線統一の会議が開催された。

そしてこの会議において「デモや暗殺など革命諸政党それぞれが得意とする手段によって、ロシア政府を打倒すること」が決議されたのだった。

明石大佐は、この決議に基づき、当時最も発達していたロシア秘密警察の軍事スパイ網を巧みにくぐり抜け、革命諸党派に対する資金援助を実現した。それに加えて武器を調達し、ロシア政府転覆に向けた謀略工作を活発化していった。

この巧妙にして大胆な明石大佐の謀略工作が実り、その成果を踏まえて、スイスのジュネーブにおいて、第二回の革命諸党派の連合会議が開催された。

この会議では、より具体的に「ロシア政府を打倒し、フィンランド・ポーランド・コーカサスの属国を、完全に独立させること」が決議された。

この第二回目の会議には、後に一九一七年のロシア革命を実現させ、全世界に衝撃を与えることになるレーニン率いる共産党も、参加していた。この共産党の参加に端的に示されているように、連合する革命諸党派の輪は、大きく広がっていったのである。

このような広範な数の革命諸党派が連携した反ロシア政府の活動により、ロシア各地は、次第に騒乱状態になっていった。

その結果、ロシア陸軍の満州への増援が計画通りに実施できなくなり、少なくともロシア陸軍の十二から十三の師団が、満州に到着できなかった。

そのことが決定的な要因となり、日本陸軍は奉天大会戦にかろうじて勝利することができ、最終的な日露戦争の勝利に、つなげることができたのである。


草影はこのように、明石大佐の謀略工作とその成果をまとめていったが、念のため再度、日本陸軍参謀本部の公式の日露戦争に関する資料に詳細に目を通してみた。しかし、明石大佐の謀略戦の展開が、満州の日本陸軍の勝利に貢献したという記述を、ついに一行も見いだすことができなかった。

そして日露戦争勝利の当時の新聞を調べてみると、「大山巌満州派遣軍総司令官をはじめ満州派遣軍の将兵が凱旋した折には、新橋駅付近は、ものすごい数の民衆の歓呼の声に包まれた」と、記述されていた。

しかし、その軍人にとっての晴れの舞台にも、明石大佐の姿はなかった。

その数日後、日本に帰還し、新橋駅に到着した明石大佐を出迎えたのは、明石大佐に謀略戦を指示した児玉源太郎将軍ただ一人でしかなかった。しかも児玉将軍は、人目をはばかって平服だったと伝えられている。

草影は、この事実を知って愕然とし、死の危険と隣り合わせで活動する情報戦士が、戦争に勝利してもなお、いかに報われないかを、あらためて思い知らされるのだった。

現代の忍者である情報戦士の成功は、自ら語らず、そして誰からも語られることはないのである。にもかかわらず、彼ら現代の忍者達が、この何の見返りもない〝無償の愛〟のような行動に踏み切るためには、彼ら自身が納得できる崇高な理念がなければならないのだと、明石大佐を通して、気付かされるのだった。

そして、こうした崇高な理念を身に付けるように中野学校で教育することが、我々の使命なのだと、確信するに至った。

このように考えながらも草影は、明石大佐の報いなき活動に、やるせない思いで一杯になり、暫くの間、この感情を抑えることができなかったのである。

他方で、明石大佐の報告資料をまとめる過程で草影が驚かされたのは、明石大佐が、ロシア社会に関する学者顔負けの歴史分析の記述を残していたことであった。

明石大佐は、この透徹した歴史分析に基づきながら、ロマノフ王家と貴族僧侶といった特権階級の堕落、官吏の収賄が日常化している腐敗した政府の実態を明らかにした。それと並行して、過酷な専制政治の下で圧政を強いられ、貧困に苦しむ民衆の悲惨な状態を分析していた。

この明石大佐のロシア社会の分析を丹念に読むうちに、草影は、この優れた分析があったからこそ、的確な謀略戦が展開できたのだと、その因果関係を明らかにすることができたのである。

その後も草影は、明石大佐の謀略戦をまとめるため、日露戦争後の行動を調べていったが、そこで不可解なことに気付いた。

それは明石大佐が、日露戦争終了後も、再び西ヨーロッパでの駐在武官の任務を希望し、実際にその任務についていたことであった。

そのとき草影の心の中で、それまでわだかまっていた
「はたして明石大佐は、日本軍の勝利のためだけに、謀略戦を戦ってきたのか？」
という疑念が、一気に氷解していくのを感じた。

いまさら言うまでもなく、明石大佐の日露戦争時における任務の基本目的は〝日本軍の勝利〟につきる。

それに対して、ロシア革命諸党派の人々にとっての基本目的は〝民衆を苦しめる専制的なロシア皇帝を頂点とする帝政の打倒〟だった。したがって彼ら革命諸党派にとっては、帝政が打倒されない限り、基本目的を達成したことにはならず、勝利したことにはならない。明石大佐は、その彼らと生死をかけて共に戦ってきた。それゆえ、彼らを途中で見捨てて、別れることができなかったのである。

草影は、こう推理することで、明石大佐の不可解な行動の裏にあるその心情を、はっきりと理解することができた。

視点を一八〇度変えて、ロシア革命諸党派の人々の目線に立つならば、こうした明石大佐の国籍を超えた誠心誠意の活動が、彼らの心を打ち信頼を勝ち得たのだと思った。そして、この深い信頼

関係があったからこそ、彼らは明石大佐を同志と認め、民衆の武装蜂起に向けた情報戦・謀略戦を、生死を共にして戦ったのだろうと、推察できたのである。

しかしその後、明石大佐の謀略工作を恐れたドイツの皇帝カイゼルの強い圧力もあり、明石大佐は帰国せざるをえなくなった。

この帰国により、明石大佐の謀略戦は、完全に終了した。

このようにして草影は、明石大佐の情報戦士としての活動を、明石大佐の内面の心情を捉えることで、ようやくノートを書き終え、自ら納得して完了することができた。

明石大佐の謀略戦は、単に金だけで人を動かすスパイ戦ではなかった。

ましてや「日本軍が勝ちさえすれば、どのような謀略手段を使ってもいい」といった、目的のためには手段を選ばぬ戦いでもなかった。

その謀略戦は、この二つの戦い方の対極に位置付けられ、国境を越えて、圧政に苦しむ民衆を救おうとする崇高な理念に基づいていた。

まさに明石大佐にとって〝謀略は誠なり〟だったのである。

明石大佐の謀略戦は、厳密な意味で言えば、日本軍の勝利という目的から完全に逸脱していた。

したがって、日本軍の情報将校としては、失格の烙印を押されても仕方のないものだったと言える。

しかも明石大佐は、一度信用した革命党派の指導者に対しては、自らの目的も感情も隠すこともなく、自然体でふるまっていたと言われている。

その点でも、謀略戦を戦う情報将校としては、失格だったのかもしれない。

しかし情報将校失格者としての明石大佐は、ロシアの民衆を救おうという気持ちを率直に表現し、心の底から誠意を持って支援してきた。それだからこそ、革命諸党派の人々の心を動かし、生死を賭けて共に戦うことができたのである。逆説的だが、本来の目的から逸脱し情報将校失格者の明石大佐だからこそ、謀略戦を成功させることができたのである。

ここまで考えを巡らせてきた草影は、明石大佐の活動が、同志とも言うべき革命諸党派の人々以外には、誰にも知られなかったことがわかってきた。しかも日本人で唯一この謀略戦成功の全容を知っていた児玉将軍が、終戦の翌年、心労で亡くなっていた。

そのため、明石大佐が謀略戦を語る相手は、日本に帰国以降、実は一人もいなくなっていた。

そして、晩年の明石大佐の誰にも語ることのなかった、あまりに淋しい孤独な心境に思いが至ったときに、

「情報戦士は、たとえ任務に成功しても、これほどまでに過酷な人生を歩まねばならないのか！」

と、これまで経験したことのない強い衝撃を受けるのだった。

さらにこうした不条理に全身が震えるような憤りを感じると共に、それにじっと耐えてきた明石大佐のつらい心情を重ね合わせたとき、名状し難い熱い感情が、何度も何度も込み上げてくるのだった。

翌日、草影は、虎岩と福西に明石大佐の謀略戦の内容を報告し、その上で「中野学校の基本精神を〝謀略は誠なり〟としよう」と提案した。

当然、以前から〝誠意を持って謀略戦を戦うべきこと〟を持論にしてきた虎岩は、全面的に賛成した。

そのとき福西が、明石大佐の謀略戦に強く心を揺さぶられたのか、これまで明かさずに独自に調

査してきたことを、突然、堰を切ったように話し始めた。

「私は、一か月程前に、草影中佐の〝あるべき情報戦士像〟創りを補完しようと、ある情報将校の調査を思い立ちました。これまで調査した内容を話す機会がなかったのですが、今の明石大佐の活動報告を聞いて、相通じるものがあると思ったので、これからごく簡単に報告します。それは、お二人もご存じの〝アラビアのロレンス〟の情報将校としての活動報告です」

この福西の予想外の活動報告に、草影も虎岩も強い興味を持ったのか、身を乗り出して聞こうとした。

「なぜロレンスに着目したかと言うと、イギリス文学者の中野好夫さんが、ロレンスの著作を読み、自らも『アラビアのロレンス』という本を出版しようとしていたからです。そのことは、東大法学部在学時からの友人から聞きました。そこで早速､学部は違うが同じ大学の後輩ということで､図々しく中野さんの自宅に伺い、草稿段階にある文章を読ませていただきました。読了して、三つの強い衝撃を受けました」

と言うと、福西は三つの衝撃について、説明していった。

一つ目の衝撃は、ロレンスが考古学を専攻していたこともあり、イギリス人の誰よりも、アラブ人の風俗・習慣・歴史さらには社会特性に、群を抜いて精通していたこと。特に、この豊富なアラブに関する知識を活かして、アラブ人と全く同じ生活をすることができたこと。

二つ目の衝撃は、アラブ人になりきった共同生活を土台に、独立を目指すアラブ軍の指導者としてアラブ兵士の駱駝隊を率いてアカバ港の攻略を実現したこと。さらに独自のゲリラ戦術を創りだし、そのゲリラ戦術を駆使して、トルコ軍を何度も撃破して、ついにはイギリスの正規軍よりも早く、ダマスカスを占領したこと。

第三の衝撃は、情報戦士であるロレンスが、イギリス政府の植民地志向の政策と、独立を目指すアラブの民衆との板挟みになり、戦後もずっと悩み続け、誰とも心底から語り合えず、孤独のままだったこと。

福西は、この三つの衝撃を一方的に語り終えると、まとめに入った。

「このロレンスの痛々しい姿が、他人事に思えず、強く心を揺さぶられました。私は、先程から草影中佐の報告を聞いて、明石大佐とロレンス、そのロレンスも戦争中に大佐になりましたが、二人が驚くほど似ていることに気付きました。戦争で輝かしい成果を上げたことも、にもかかわらず戦後は孤独だったことも、そっくりなのです。ロレンスにとっても〝謀略は誠なり〟だったのです。ロレンスから受けた衝撃と感銘から、説明が長引きましたが、以上から私も、中野学校の基本精神を〝謀略は誠なり〟とすることに、大賛成です」

と言って、福西はロレンスの報告を締め括った。

このとき草影は、燃えるような眼をして、情熱的にロレンスを語る福西を見て、彼の人間像が一変した。それまで草影は、福西を、常に冷静で論理的思考に長けており、バランス感覚も併せ持つ人間だと思っていた。しかし今、眼の前で熱く語る福西を見て、それはあまりに皮相な人間観察に過ぎなかったように思えてきた。

福西の冷静さ、論理的思考力、バランス感覚は、仮面とは言わないまでも、表の顔でしかないのかもしれなかった。むしろその裏には、そうした表の顔を燃やし尽くすような、激しい情熱が秘められていることを、このとき初めて福西の中に垣間見たように思った。

こうして二人の全面的な賛同を得た草影は、明石大佐の報告資料を、中野学校のテキストにすることも提案し、この提案でも、二人の承認を取り付けることができた。

そして三人は、じっくりと話しあった。その話し合いにより、愛国心という狭い枠組みにとらわれることなく〝圧政に苦しむアジアの、ひいては全世界の民衆を救う〟という崇高な理念を、中野学校の生徒に教えよう、と固く誓い合うのだった。

（十四）上田の郷土史家に会う

草影は、明石大佐の謀略戦の調査によって、〝あるべき情報戦士像〟をほぼ固めることができたと思うようになり、虎岩と福西の賛同も得た。

草影中佐が担当してきた〝あるべき情報戦士像〟は、ほぼ完成態に創りあげることができたのである。さらに二人の中佐と、中野学校の基本精神も決定することができた。

その後は〝謀略は誠なり〟をいかに教えるべきかを、三人できめ細かく検討を重ねていった。そうするうちに、あっという間に三月は過ぎていった。

四月からは、七月の開校に向け、予備士官学校から入学してくる生徒の受入計画の細部を、固めていかねばならず、三人共に多忙になっていった。

そうした中でも草影は、どうしても長野県上田の郷土史家を訪ねておきたかった。

なぜなら、満鉄調査部の石崎功の提案が、ずっと気になっていたからだった。

確かに自分自身は、明石大佐を調べることで、石原将軍の第二の助言「自分自身が情報戦士になりきる」境地に達しつつあるように、思えることができた。

しかし、その一方で石崎から、

「上田の郷土史家に会い、忍者の手記を読ませてもらうことが、必ず参考になる！」

と、強く勧められた言葉が、頭を離れなかったのである。そこで四月の最初の打合せの際に、虎岩と福西に遠慮がちにこのことを切り出してみた。ところが予想に反して、草影の上田への出張に関し、二人は強い興味を示し、すぐに快諾した。

草影は、二人の快諾を得たので、さっそく上田の郷土史家の根津甚七氏に面談の依頼と、忍者の手記を読ませてもらいたいという主旨を書いた手紙を送った。

しかし一週間以上経っても返事は来ず、ようやく一〇日後に返事の葉書は来たが、

「いつでも自宅にいるので、会うことにするが、忍者の手記を見せるかどうかは、会ったときに判断する」

という、素気ない、どこかよそよそしい文面だった。

そういえば石崎は、「若干無愛想なところがある」と言っていたが、この文面のよそよそしさは、そのことかと思い出していた。しかし、もしかすると、若干どころでなく、かなり無愛想で癖のある人間かもしれないと想像し、憂鬱な気分になっていった。

そのため草影にはめずらしく若干躊躇する気持ちを持ったが、ともかく会うとは言っているので、翌日には長野に出張することにした。

早朝に自宅を出発し、上野駅から信越線に乗った草影は、昼食は女房手作りの弁当を食べ、昼過ぎには上田駅に到着した。

そして上田駅で、上田温泉電軌の別所温泉行きの丸窓のある一両編成の電車に乗り換えた。列車は、塩田平の平地をゆっくりと進んでいった。

草影は山が間近に迫っている別所温泉の近くまで乗車し、根津氏が葉書で指定した駅で降りたった。

この日は晴れており、山裾の根津甚七氏の家を目指して、なだらかな坂道を歩き出すと、吹く風も心地よかった。しばらく歩くと、春ののどかな田園の先に、淡い黄緑色の新緑に彩られた林のある美しい風景が、視界全体に広がっていった。

草影はのどかな風景の中を歩きながら、ほのぼのとした気分になっていき、ふと夫婦で来ていたら、さぞかし麻千子は喜んだだろう、と思った。そして、もしも自分が生きて退役できたら、日本中にあるだろうこうした美しい風景の中を、毎年のんびりと夫婦で歩きたいと思った。そう思うと、しばし自分が軍人であることを忘れることができた。そのため中国では日中戦争が泥沼化していることも、西ヨーロッパでも先月ヒットラー率いるドイツがオーストリアを併合したことも、まるで別世界のことのように思えてくるのだった。しかし美しい風景に目を奪われることなく、冷静に現実の世界情勢を直視するならば、大戦争の危機が迫っていると判断せざるをえなかった。

そのため夫婦で旅をしたいという、ささやかな夢も、無残に打ち砕かれると予感せざるをえなかった。

そんなふうに気持ちが暗転する中で、山裾に近づいていくと、根津家の屋敷が見えてきた。屋敷は、周囲の農家と異なって、来訪者を威圧するような堅牢な門と白壁の土塀に囲まれていた。その威圧感に負けずに堂々と門をくぐると、広い母屋と土蔵があった。

草影が玄関口で来訪を告げると、年の頃七〇歳くらいの野良着を着た老人が、暗い母屋の中から、突然に無言で、ぬうっと出てきた。老人は背筋を伸ばして、姿勢を正した。老人の外見は、背が高くがっしりした体格で、矍鑠としており、年の割に元気そうに見えた。

老人は、「わしが根津甚七だ」と言うと、老眼鏡を通して、草影をじっと見入った。

そして「中へ入れ」と言うと自ら先導して、その一角だけ土塀のない上田盆地が一望できる眺めのよい部屋へと、草影を案内した。根津老人は大きな机のある八畳の部屋の中へ導くと、座布団を出し野太い声で、「まあ座れ！」と指示した。

さらに「ばあさん、客人だ！　お茶を出してくれ」と大声で言って、机越しに胡坐をかいて座り込んだ。

これに対し、草影は正座して座り、丁寧に挨拶した。

「東京から参りました草影史朗です。私は、陸軍の中佐で、現在は陸軍の兵務局で、情報関係の任務を担当しております」

この自己紹介に対し、

「それは、あんたの手紙で読んだ」

と、ぶっきらぼうに言うだけで、草影の顔を見ようともせず、横を向いたままだった。

石崎から、若干無愛想な郷土史家と聞いており、返信の葉書からも察しはついたが、実際に会ってみると、その無愛想の程度はかなりのものだった。これは相当に癖のある老人だと、覚悟せざるをえないと思った。

そのとき、腰の曲がった年は根津老人と同じ七〇歳くらいの老婆が、お茶を持って入ってきた。

老婆はお茶を入れながら、笑って座を和ませようとした。

「どうもわざわざ遠いところを、来ていただきご苦労様です。主人は、こんなふうに無愛想な人間ですが、悪気はないので、気になさらずにお話ししていってください。主人は、気に入らない方には、そもそも会おうとしませんから」

すると根津老人は、老婆を怒鳴りつけた。

「うるさい！　余計なことは言うな。話しづらくなるから、さっさと出て行け！」

しかし老婆はどこ吹く風といった感じで聞き流し、

「はい、はい、わかりましたよ」

と言いながら、にっこり笑うと部屋を出ていった。

老婆がお茶を持ってきてくれたお陰で、部屋に入った最初の重苦しい雰囲気は、幾分かは緩和された。それでも根津老人を意識しすぎて、何から切り出していいのか悩んでいると、いきなり根津老人の方から、草影が思ってもみなかったことを話し始めた。

「わしは、そもそも陸軍が大嫌いだ！　なぜだかわかるか？」

と言い、草影が答えられずにいると、

「わしは、日露戦争のとき、第三軍の中尉として旅順攻略戦を戦った。あの戦いは、ひどいものだった。あの戦いは、そもそも戦略が不明確で、白兵突撃を繰り返すだけで、とてつもない数の将兵が死んでいった。そのことぐらいおまえは、陸軍の軍人だから、知っているだろう。あの戦場は、あまりに悲惨で、まさに地獄だった。わしの戦友もたくさん死んだし、わし自身、自分が命令する白兵突撃で、部下をたくさん死なせてしまった」

と言った根津老人は、悔恨の表情となり、

「戦後わしは、戦死した部下の家族をお詫びして回ったが、そんなことで、わしの白兵突撃を命令した罪は、許されるものではない」

と静かに言った。しかし、すぐに険しい表情となり、怒りを露わにした。

「それにしても、あの戦略無き無謀な戦い方は、今になって思い出しても、悔やまれてならない。

ロシアの要塞が、いかに強固に構築されているか、ろくに調査もせずに、乃木将軍とその参謀達は、無謀な白兵突撃を命じたのだ。特に今でも怒りが込み上げてくるのは、最前線に出向きもしなかった参謀達だよ！　それが、あれだけ多くの戦死者を出しながら、最終的に日露戦争に勝利したというだけで、戦後は皆が英雄気取りだ。そして、戦略無き無謀な作戦を指導し、あんなに多くの戦死者を出した将軍が軍神と言われ、神社に祀られるようになってしまったのだ。おかしいと思わないか！」

と根津老人は言いながら、怒りが込み上げてくるのか、次第に野太い声がさらに大きくなり、一方的にまくしたてるのだった。

草影が一言も返事をできずにいると、その後も根津老人は第三軍に対する悪口を続けた。

「わしは、旅順攻略後も、さらに戦後も、ことあるごとに旅順攻略の拙劣な戦略無き戦いを、批判し続けたのだ。それが余程目障りだったのか、第三軍の一部の参謀達の裏工作で、左遷されてしまった。それで馬鹿馬鹿しくなり、陸軍に嫌気がさして軍人をやめたのだ。それからは、この上田に帰って教員となり、学校に勤めるかたわら郷土史を研究してきたのだ。草影中佐！　おまえは、旅順攻略戦をどう思うか？」

そう問いかけ、根津老人は老眼鏡越しとはいえ、鋭い眼で草影を試すようにじっと見つめ、答えを待った。草影は、最初はどうなるかと思ったが、根津老人の言っていることを聞いているうちに、意外にその中味が、まともなことに気付いた。そこでここは、自分の見解をはっきりと言うべきだと判断した。

「根津さん、あなたが日露戦争を戦った陸軍の将校と聞いていましたが、旅順攻略戦を戦われたことは、知りませんでした。大変なご苦労をされたわけですね。そして戦後は、戦死した部下のご家族を訪ねて、お詫びして回ったと聞き、その行為に深く心を打たれました。旅順攻略戦に関し、率直に私見を述べるならば、事前に情報収集をせずに戦ったことは、大変な間違いだと思います。それに加えて、攻略目標を明確にせずに、やみくもに白兵突撃を繰り返したことは、戦略不在の拙劣な戦い方であり、根本的に反省しなければならないことだと思います」

と、持論を包み隠さず話した。しかし根津老人は口にこそ出さないが、〝そう簡単に、おまえを信用しないぞ！〟という目付きで、老眼鏡越しに草影を覗き込み、さらに今度は現在の日中戦争のことを話題にし始めた。

「草影中佐！　それでは、最近の日中戦争をどう評価している。『勝った！　勝った！』と、新聞は報道しているが、わしには、最近の新聞記事は一面的で突っ込んだ記事が少なく、特に軍の提灯記事が多くて信用できない。戦争の実態は、どうなっているのだ！」

と、再び根津老人から質問してきた。そこで草影は、かねてから考えていた持論に、石崎から学んだことを加味して自分なりに咀嚼し、丁寧に説明することにした。

まず「勝った！　勝った！」と言っているのは、単に個々の戦闘に勝っているにすぎないこと。そして一見すると日本軍が勝っているようだが、大局的に見ると、沿岸部の都市の〝点と線〟しか押さえていないこと。

そのため個々の戦闘に勝っても、最終的な勝利は獲得できず、むしろ日本経済を疲弊させること。したがって政治的解決しかないことを、順を追って説明していった。

そして、こうした自分のような主張をしている将校は、石原将軍を筆頭にいるにはいるが、極めて少数派でしかないことも付け加えた。

この説明に対し、根津老人はじっと聞き入り、説明が終わっても、しばらく黙っていた。しかし根津老人が口を開くと、草影の見解に対する感想を述べると思いきや、そうではなく、今度も前の質問と脈絡のない質問をしてきた。

「ところでおまえは、栗林忠道大佐を知っているか?」

栗林大佐は草影と同じ陸軍省兵務局で馬政課長についていたため、よく知っており、この唐突な問いかけにすぐに答えることができた。

「よく知っています。栗林大佐は、同じ兵務局におり、何度かじっくり話したことがあります。大佐は、アメリカに駐在した経験を持っており、アメリカの国力を知悉しています。そのため『アメリカとの戦争も辞せず!』とする動きには批判的で、私と同じ考え方に立っています。栗林大佐は、世界情勢を踏まえて軍事戦略を組み立てることができる陸軍の逸材です」

ここまで話すと根津老人は、うって変わって穏やかな表情になり、静かに語り始めた。

「栗林忠道君は、長野中学出身で、そのときの担任教師はわしだ。先日もこの家に来て、おまえと同じようなことを言って、嘆いていた。草影中佐! 栗林君と同じ考えのおまえは、陸軍将校の中で、数少ない信用できそうな男だ! 数年前に石崎という青年が訪ねてきたが、先日その石崎が『草影中佐に会ってほしい』と、手紙を書いて寄こした。元左翼の石崎が推薦するので、相当に変わった軍人だと思っていたが、確かにおまえは、変わっている」

と言うので、「そんなに変わっていますか?」と、ゆったりした口調で応じると、

「変わっている。しかしおまえは、まともな軍人だ! 石崎も相当変わっているが、奴は、研究者としては、極めてまともな人間だった。そのまともな石崎が推薦した草影中佐は、やはりまともな人間だったな」

そう言うと、根津老人は目尻に皺を寄せ、初めてにっこりと笑った。そして、

「よし、わかった！　少しここで、待っていてくれ。土蔵の中から古文書を持ってくる」

根津老人は立ち上がると部屋を出ていき、しばらくすると古ぼけたかなりの量の古文書を抱えて、部屋に戻ってきた。そして古文書を机の上に置くと、

「これが、石崎の言っていた忍者の手記だ」

と言って、見やすいように古文書の何枚かを、草影の前に並べていった。

古文書は、どれも黄ばんだ色に変色しており、ところどころに皺がより、破れた個所が何か所かあった。そうした古文書が、根津老人の前に積み上げられているものも含めると、三百枚以上はありそうだった。

「これは、今日おまえが乗り換えた上田駅の北東側にある農家の土蔵から、十五年前に発見されたものだ。そのときに、中世の古文書を解読できる郷土史家ということで、わしが譲り受けたのだ。その後わしは、この古文書を現代語訳にしようと、意気込んで取り組んだ。しかし文字が薄れたり、破れた個所があったりで、現代語訳できたものは一割もなかった」

そう言って、三〇枚程度の達筆で書かれた白い紙の束を、草影の前に置いた。

「それでは、これをお借りしてよろしいのですか？」

草影が慎重を期して確認すると、根津老人は頷き、

「どうせ書き写すのだろう。場所は確保してあるのか？」

と言うので、「別所温泉に宿をとっています」と答えると、根津老人は、

「手回しがいいな。別所温泉は、もともと古い温泉で、この手記に登場する真田昌幸・幸村親子も湯治に来ていた温泉だ。真田にあやかって、温泉に浸かりながら、忍者の手記を読むのも、なかなかに趣があっていいものだろうな」

根津老人は、穏やかな表情で言いながら、現代語訳の手記を草影に渡そうとした。

これに対し草影は、頭を下げ、丁寧に応じた。

「大事な資料をお貸しいただき、ありがとうございます。明日一日かけて書き写させていただき、あさっての午前中には、必ずお返しに伺いたいと思います。それでは大事な資料なので、借用書を書きましょうか？」

念のため確認しようとしたこの発言に、根津老人は怒りだし、再びとりつくしまもないような恐い顔で、草影をにらみつけ、言い放った。

「そんなものは、いらん！　おまえを信用したのだから、借用書などいらんのだ！」

「すいません。そこまで信用いただき光栄です。それでは、あさってまでお借りします」

草影は深々とお辞儀をすると、現代語訳の手記を用意してきた封筒に入れ、鞄の中に丁寧にしまいこんだ。

そのあと根津老人に再び頭を下げ、

「それでは失礼します」

と言って立ち上がると、根津老人も立ち上がり、玄関まで先導し、わざわざ門の先まで出てきた。そして別れ際に、

「あさって、手記を返しにきたときに、忍者に関する二つの驚くべき発見の話をしてやろう。それは、おまえには想像もつかないような発見の話だ」

謎めいたひと言を言って、草影を見送るのだった。

草影は、根津老人の家を出ると、先程来た坂道を、今度は下りながら駅まで歩いた。そして電車

に乗ると、終点の別所温泉駅に向かった。

別所温泉駅からは、温泉街の坂道をゆっくりと歩きながら、予約した温泉宿に到着した。草影は部屋に案内されると浴衣に着替え、まずたっぷりと時間をかけて温泉に入り、寛いだ気分になった。そのあと川魚や山菜料理に舌鼓を打ち、日本酒は控え目にして、夕食を終えた。

部屋に戻ると日はすでに沈み、窓越しには、はるか上田市の街の灯が無数に輝き、素晴らしい夜景を一望できた。草影は、しばらくの間、この夜景を眺め続けていた。

そしてその後、根津老人から借りた忍者の手記を鞄から注意深く取り出し、書き写す前に、まず読むことにした。

（十五）戦国の忍者Rの手記

根津老人の現代語訳の表紙には、表題として『戦国の忍者Rの手記』と、達筆で書かれていた。そして読者が読み易くなるように、各手記にタイトルが付けられていた。

最初の手記には、『狼煙と棒道』と書かれていた。

草影は「いよいよこれから忍者の手記が読めるのだ！」と思うと、年甲斐もなく感情が昂り、軽い興奮を覚えた。そこで、ゆっくりと深呼吸して興奮を鎮め、姿勢を正した。

真剣に読み始めると、瞬く間に三七七年という長い年月を遡り、戦国の忍者の世界に没入していった。

手記一『狼煙と棒道』

永禄四年（一五六一）八月。信州佐久の、周囲より抜きんでて高い山の頂上で、農民の姿をした私と仲間のSは、上田方面の山並みを監視していた。

我々が山頂に到着してから、すでに半日が過ぎようとしていたが、何の変化も見られなかった。時折涼風が吹くとはいえ、木々のない山頂では、真夏の日射しがじりじりと照りつけていた。しかし我々は、手拭で汗を拭く以外は、少しの変化も見逃すまいと、塑像のようにじっと動かずにいた。

我々が凝視の姿勢を変えずにいたのは、飛脚の役割を担う仲間の忍者が、数日前に麓の宿駅に到着し、新しい情報をもたらしたからであった。彼の口からは、

「越後の春日山城に潜伏中の忍者から、上杉謙信の指令により、越後各地から多数の将兵が集められている」

という我ら忍者の頭領――出浦対馬守へ伝達される情報の中味が伝えられ、彼自身はすぐに甲斐府中に向かった。

もしこの上杉の大軍が、信州川中島へ進軍してくるならば、武田方の海津城から直ちに狼煙が上がる手筈になっていた。その後、その狼煙の情報は順繰りに伝えなければならず、その役割の一端を担うべく、我々は山頂に登り、狼煙が上がるかどうかを待っていたのである。

ようやく日が西に傾き始めたとき、私とSは同時に叫んだ。

「狼煙が上がった！」

その狼煙は、上田方面の一際高い山の頂から焚かれている。

私は、この狼煙の変化を一つも見逃すまいとした。一方Sは、直ちに狼煙の材料に、手慣れた動作で点火し、狼煙を上げた。

私は上田方面の狼煙が消えたのを確認すると、素早く体の向きを変え、南の信濃と甲斐の国境方面の山並みを見つめ始めた。

しばらくして、狼煙が上がったことを確認した私は、

「狼煙が上がったぞ！」

と叫び、狼煙を焚き続けているSと、満足気に頷き合うのだった。

狼煙の情報は、確実に伝えることができたのである。こうして一時間もすれば、この狼煙の内容は、忍びの頭領である出浦対馬守に届き、御屋形様に伝えられる筈であった。

我々は任務を遂行できたことで安堵することができた。その後は、緊張感を解かれた体を、山頂の平坦な部分の草叢に投げ出し、しばし休息をとるのだった。


翌々日も早朝から、私とSの二人は、同じ山頂に登った。

しかし、その日は二日前と異なり、私は東方向に顔を向け、はるか西上野とへとつながる道を凝視し続けた。Sは、山の麓にある真っ直ぐに伸びた横幅九尺（＝約三メートル）の棒道の南方向の先を、ひと言も発せずに食い入るように見つめていた。

山の麓には、棒道と西上野へ分岐する道が交差し、その交差点は広場になっていた。その広場のまわりには、一〇数軒の建物が並び、軍事用の宿駅として、中継点の役割を担っていた。宿駅の周囲は、僅かな面積の畑があるほかは、草原が広がり、その先には森林がどこまでも奥深く広がっ

ていた。

その東方向のはるか先の濃い緑に覆われた森を凝視する私の目に、豆粒のように赤く動くものが、次第に一つの細長い帯のようになり、こちらに向かってくるのが見えてきた。

「来たぞ！」

私が、押し殺したような声で言うと、Sもすぐに私と同じ方を向いた。

二人が目を凝らしていると、その赤い帯は、突然に緑の森の中から草原へ飛び出してきた。それは赤具足で統一された騎馬隊だった。

私は、鎧も兜も旗指物も赤一色の騎馬隊が森の濃い緑の中から次々に進軍してくる光景を見て、その色彩の鮮やかさに息をのまれた。

騎馬隊が宿駅に近づいてくると、それまで静寂に包まれていた草原は一変し、多数の軍馬の蹄の音が、山頂まで轟いてきた。

この赤具足の騎馬隊は、武田の有力武将・小幡憲重が率いていた。小幡憲重が支配する西上野は馬の産地ということもあり、武田の騎馬隊の中でも最も馬術に長け、精強を誇っていた。

赤い騎馬隊は宿駅付近の棒道の脇に集結し、あっという間に五百騎近くに膨れ上がった。

そのときSが、棒道のはるか南を指し、「本隊が来た！」と、叫んだ。

私の目にも、Sの指差す棒道の遥か先から、土煙りが上がるのが見えた。その後しばらくすると、数十本の旗指物が揺れ動きながら山の麓に向かってくるのが、はっきりと見えてきた。

そして旗指物を掲げた先頭部隊が、彼らの真下を通り過ぎると、そのあとを、様々な色の鎧兜で身を固めた多数の騎馬武者と、夥しい数の徒歩兵が行軍してきた。

途切れることなく続くこの大部隊は、多数の軍馬のいななきと、次々に通過する徒歩兵のどよめきで喧噪を極めていた。それに加えて、彼らの鎧の草摺が触れ合う音が混然一体となり、地鳴りのような独特の音声を響かせていた。

私とSは、自分達の狼煙によって、眼下の武装した将兵の途切れることのない行軍が実現したことに、痺れるような感動を味わうのだった。同時に、これからこの大軍が、かつて遭遇したことのない強力な敵軍である上杉軍と川中島で合戦することに戦慄し、膝頭の震えを抑えることができなかった。

そのとき、「御屋形様だ！」と、Sが武者震いしながら叫んだ。

Sの指差す方向に、御屋形様の雄姿が、私の目にもはっきりと見える。

我々にとって、神の如き存在である御屋形様が、周囲を近習達に守られながら、ゆったりと馬に揺られていく。御屋形様の兜の前立は金箔の日輪で、真夏の日射しに反射して、時折きらり、きらりと金色の光を放っている。

そして御屋形様の手前を、『風林火山』の旗が、夏の涼風にはためきながら進んでいく。

御屋形様が、宿駅の広場に近付いてきた。

先に到着していた赤具足の騎馬隊は、全員が下馬し、折敷の姿勢になって、御屋形様を迎えた。

そのあと御屋形様が、宿駅の広場に到着すると、赤具足の騎馬武者達は全員立ち上がり、「えい、えい、おう！」「えい、えい、おう！」と、何度も何度も、大声で鬨の声を上げた。

私もSも、御屋形様の雄姿と天地を震わせるような鬨の声に感動して目頭が熱くなり、「行軍には加わっていないが、情報伝達の役割を果たすことで、この戦争の一翼を担っているのだ」と、強く感じた。そして頭領の出浦対馬守から常々聞いているように、「御屋形様は、そのことを十分に理解してくれている」と、あらためて思い、一仕事終えた充実感にひたることができたのである。

ここまで読んだ草影は、石崎が説明していた武田信玄の重層的軍事情報網が実際に機能していたことを、はっきりと確認することができた。

草影は、戦国時代の歴史小説を昔から好んで読んできたが、それらの小説の大部分は、信長・秀吉・家康あるいは武田信玄・上杉謙信といった有名な戦国大名を主人公としていた。

これに対し、名もなき忍者の目線から書かれたこの手記は、今までの歴史小説とは全く異なった描写となっていた。そのため、この手記に描かれる情景は、自分自身があたかも忍者のRになったように錯覚するほど、異様な迫力を持って、草影に迫ってきた。

この臨場感あふれる描写に夢中になった草影は、一息入れることもなく、二つ目の手記を、貪るように読み進めていった。

手記二『政体の異なる国での衝撃の体験』

私とSの日常の仕事は、信濃北東部の狼煙による情報伝達を統括する役割を担いながら、火術の訓練に励むことだった。

しかしそれらは、どちらかというと副次的な任務で、主要な任務は、敵国深く侵入し情報を収集すること、そして他国に対する使者の役割を担うことだった。

そのために、忍者としての特殊技能習得の訓練に加えて、頭領の出浦対馬守による特別な教育を、私とSは少年のときから受けていた。

その教育の中味は、情報収集や使者の役割を的確に担うために、文字や書物が読めるようにする教育であった。それに加えて、諸国の風俗・習慣から経済力や軍事力に至るまで、精通できるようにするための教育だった。

こうした特別な教育を終えて、敵国での情報収集や使者の役割を何度となく担うことで我々は、武田の領国とは全く異なった社会に接していったのである。

特に、加賀の一向一揆と伊賀の惣国一揆への使者の役割を担ったときに、私とSは、大きな衝撃を受けることになった。

加賀の一向一揆への使者の役割は、「武田軍の西上作戦を実現するために、越中に進軍し、上杉謙信を牽制してほしい」という主旨の御屋形様の書状を届け、交渉することであった。

御屋形様は、こうした外交交渉のための情報伝達を迅速に実現するために、計画的に道路網を整備していた。その一つとして、川中島の合戦が始まる前のかなり早い時期から、用意周到にも、加賀への道を作り上げていた。その道は、北アルプスを越え、飛騨を通って、さらに白山を越えて、加賀に通じる情報伝達のための〝隠れ道〟だった。

この〝隠れ道〟は、通常は春から秋にかけて使われていた。

しかし頭領の出浦対馬守から指令が下ったのは、元亀三年（一五七二）の、なんと正月明け早々の厳冬の時期であった。

私は、書状を編笠の裏に括りつけ、この時期に他国の人間と出会っても不審に思われないように、Sと共に猟師の出で立ちで出発した。

松本盆地を過ぎたあたりから、雲を突き抜けて天にまで届きそうに屹立した峰々が、白い雪に覆われて、我々の眼前に迫ってきた。

我々は、麓に到着し一息入れると、意を決して、幾重にも重なる高峰を登り始めた。しかし、あまりの深雪に、あるときは『隠れ道』を見失いかけ、またあるときは、険しく切り立った岩壁に、日頃から鍛えた健脚も役に立たず、前進が困難となった。その度に全身が粟立つような死の恐怖にかられたが、二人で励まし合い、遠回りしながらも、やっとのことで高峰を越えていった。

こうした体験を何度も繰り返し、一〇日以上掛かって、白山の峰々を通る〝隠れ道〟の最後の峠まで来た。

その峠からは下界への視界が広がり、鉛色のどんより曇った空の下にある雪で白く覆われた加賀平野を一望することができた。私とSは、ここで気を抜くことなく、麓まで辿り着くと、さらに加賀平野を疲れた体に鞭打って歩き続けた。

ようやく金沢の門前町に着いたときには、すでに一月二七日の夕方になっていた。

我々は、金沢の街で薬を扱う商人として店を構えているKの店に、やっとのことで辿り着いた。すぐに店の中に入り、私が、「主人のKはいるか？」と、店の手代に尋ねた。手代は、汚れきった猟師姿の我々を見ると、「どちら様ですか？」と、不信感を露わにした顔で、問い返してきた。

私は、この格好では不信に思われても仕方がないな、と思ったが、強い口調で言った。

「RとSが来たと伝えてくれれば、主人はわかる筈だ！」

その迫力に圧されたのか、手代は店の奥に戻り、主人に伝えたらしく、すぐにKが出てきた。

「これはお珍しい。お久しぶりです」

Kは、何の不自然さもなく、如才なく言った。Kは、我々が何年も会わない間に、柔和な顔付きになり、商人らしさが板に付いてきていた。

「お二人は、昔からの友人だ。すぐに二階の客間に、ご案内するように」

Ｋは、後ろに控える手代の方を向き、てきぱきと指示した。その後すぐにＫが指示したのか、上り口では、女中が水桶を用意してくれた。我々は、この水桶で汚れきった足を洗うことができた。そのあと手代に案内され、階段を上がって二階の客間に入ると、すぐにＫとその妻が入ってきた。

「さぞかし長旅でお疲れでしょう。すぐに風呂に入って、旅の疲れを癒して下さい」

Ｋは、やつれきった我々に同情して、労わるように言った。そして妻に指示した。

「その間に、新しい浴衣と食事を用意するようにしなさい」

しかし妻が、怪訝な顔で二人をじっと見ているので、取り繕うように言った。

「お二人は、私がここで薬の商いを始めるときに、大変にお世話になった古くからの友人なのだよ」

私とＳが風呂から出て、客間に戻ると、Ｋはすでに座っており、Ｋの妻と女中が夕食の料理の配膳をしているところだった。

配膳が終わると、Ｋは、妻と女中に指示した。

「お二人とは、久しぶりなので、積もる話がいろいろありそうだ。酒も私がお注ぎするから、二人共、席をはずしてくれないか」

妻と女中が去ると、Ｋが「さあ、まずはお食べください」と言ってくれたので、我々は貪るように食べ始めた。

私とＳは、忍者の非常食以外に、ろくなものを食べていなかったので、久しぶりの食事に、ようやく生き返ったように感じた。

Ｋは、我々が厳寒の冬山を越えてこの金沢まで来たと聞いて、信じられないという顔で質問してきた。

「よほど緊急な使者なのですね。何か、大きな戦いが始まるのですか？」

「いよいよ御屋形様は、京を目指す西上作戦を展開される。そのため後顧の憂いを断つためには、加賀の一向宗徒に越中に侵攻してもらうことが、必須条件となる。そうすれば上杉謙信を、確実に牽制できる」

と私が言うと、Ｋは感慨深げに呟いた。

「ついに京に旗を立てる戦いを、開始するのですね」

「そのことを明日、一向一揆の大将に会って、お願いに行きたい。手引きを頼む」

私が真剣に言って、Ｓと共に頭を下げると、

「わかりました。必ずお会いできるようにしましょう。一向一揆のごく限られた幹部にだけは、内密に私の正体を伝えてありますから」

突然に裏の忍びの顔になったＫは、まるで別人のような鋭い眼で頷きながら、我々の依頼を承諾するのだった。

このあと酒を勧められ、甲斐や信濃の近況を私とＳが話し、Ｋは一向宗徒によって統治されている加賀の政治や社会の特殊な性格を説明していった。そして金沢で娶った妻も、手代や女中達も、自分の仮面の下の正体は知らず、全員一向宗徒であると付けくわえた。私は、Ｋが必要以上に一向宗に好意的な説明をすることが、妙に気になった。

しかし、私もＳも酒に酔ってくると、すぐに猛烈な睡魔に襲われ、思考は停止状態となり、座ったまま眠りそうになった。

疲れきった二人を見かねたＫが、「久しぶりに蒲団で寝て下さい」と気遣い、隣の部屋との境の襖を開けると、すでに二つの蒲団が敷かれてあった。

私とＳは、

「かたじけない。それでは明日の朝まで、寝かせてくれ」

とやっとの思いで言うと、倒れ込むように蒲団に入り、すぐに深い眠りに落ちていった。

翌朝、私とSが起床して廊下に出てみると、相変わらず空は厚い雲に覆われていた。我々は朝食を済ませ身支度を整えると、Kに導かれて金沢御坊に向かった。

この日、二八日はたまたま開祖である親鸞の忌日であった。そのため、御坊の門をくぐると、御坊の広間にも廊下にも立錐の余地がないくらいに、門徒達が集まっていた。

我々は、蓮如の作った御文や念仏を一心不乱に唱える数多くの門徒達を目の前で見て、驚愕した。そのあと、門徒達が創りだす異様な熱気に包まれた祝祭的空間の真只中を、Kに先導されながら進んでいった。そしてKの仲介により、ようやく加賀一向一揆の大将である尾山坊官の杉浦壱岐法橋に会うことができた。

私とSは、法橋に御屋形様の書状を差し出し、勢い込んで交渉しようとした。しかしすでに教祖の顕如から、武田軍の西上作戦を支援するように、要請があったようだった。そのため、僅かな会話のやりとりで、上杉謙信牽制のための越中進撃の約束を取り付けることができた。

大将の法橋が、主だった幹部の了解を取り付け、返書を書くまでの半日余りの間に、Kは幹部達の集まる部屋に入り、我々は門徒達が集まっている大広間の一つで待つことになった。そこで門徒達は、我々を同盟関係にある異国の使者だろうと察したのか、熱心に話しかけてきた。

その門徒達と直接会話することで、昨晩のKの説明以上に、この加賀が、武田の領国とは全く異なる社会であることがわかってきた。その違いは、我々武田忍者の想像をはるかに超えていた。そのため私とSは強烈な衝撃を受け、しばし茫然自失の状態になった。

我々は、多くの門徒達から、「ひたすら念仏を唱えれば、阿弥陀如来は、過去に罪状を積んでき

た どんな下積みの人間でも救ってくれる」と教えられた。それに加えて、「文字を読める門徒も、文字の読めない門徒も、信仰により平等に結合している」と異口同音に教えられた。

そして実際に、その平等の言葉通り、「坊主が上座に上がって、偉ぶって教えをたれるようなことはない」と聞かされた。その坊主達の頂点に立つ中興の教祖である蓮如も、現在の教祖の顕如も、「常に偉ぶらず、全ての門徒に親愛の情を持って接している」と、幾人もの門徒から、誇らしげに聞かされたのだった。

私は、昨晩Kが一向宗に好意的なことが妙に気になったことを、思い出していた。しかし今は、こうした門徒達の説明を聞くことで、自分自身も一向宗に好意的になっていることに気付かされるのだった。さらに私だけでなくSも、その熱心に聞き入る表情から、明らかに一向宗に傾倒していることが読み取れた。

我々は、こうした門徒達の説明の衝撃から覚めやらぬうちに、大将の法橋から返書を受け取り、帰途につくことになった。その際、法橋の配慮から、地侍と農民から構成された五名の武装した門徒が、白山の麓まで送ってくれる手筈になっていた。

そのためKとは、金沢の街外れで別れ、彼ら武装した門徒達に守られ、加賀平野を白山へと向かった。午後になり、空を蔽っていた厚い雲に大きな亀裂が生じ、わずかに陽が射してきた。すると我々が歩く方向に、雪で真白くなった白山の峰々が、くっきりとその姿を現した。

我々に同行する彼らは無言だったが、その眼は一様に輝いており、表情は明るかった。その明るさは、二十万人の武装した門徒集団の一員となって、守護大名・富樫政親を打倒できたことに裏打ちされているように思えた。それに加えて、自分達の手で〝百姓の持ちたる国〟を日々創りあげている強い誇りからも、もたらされているようであった。

白山の麓で彼らと別れた私とSは、再び深い雪に覆われた高い峰々を越え、松本盆地に辿り着いた。そこから塩尻峠を越え、氷結した諏訪湖岸の道を通り、行きと同様に一〇日余りを要して歩き続けた。ようやく甲斐の中心である府中の入口に辿り着いたときには、すでに日暮れになっていた。

府中に雪は積もっていなかったが、陽が落ちると盆地特有の寒さが身に染みてきた。それでも、そこで休むことなく鍛冶町・紺屋町といった職人町や商人町を疲労困憊の状態で通り抜けた。続いて両側に武田の武将達の屋敷が連なる、真直ぐに伸びたゆるやかな坂道を、喘ぎながら歩ききった。ここでやっと躑躅ヶ崎の館の前に立つことができ、堀を渡って帰還することができたのである。

我々は、そのあとすぐに頭領の出浦対馬守と面談し、加賀の一向一揆の大将から受け取った返書を手渡し、口答でも了承を取り付けたことを報告した。但し、我々が門徒達との会話の中で受けた衝撃に関しては、武田忍者としての忠誠心を疑われるかもしれないと思い、いっさい口にしなかった。

対馬守は、すぐに御屋形様に報告に行ったが、半刻あまりで戻ってきて、厳かに「御屋形様がお目通りする」と言った。しかしSが心配そうな顔で、

「せっかく身に余る光栄な機会をいただきましたが、我々は、一〇日以上も風呂に入っていません。そのことによる悪臭と、こんなに汚い身なりでは、御屋形様にご迷惑をお掛けします」

と言って、辞退しようとした。しかし対馬守から、

「御屋形様は、そのようなことは一切気にされない方だ」

と、諭された。納得した我々は、すぐに対馬守に導かれ、曲がりくねった廊下を、中曲輪の奥へと向かった。

そして奥の一間で待つように言われ正座していると、別の襖が開き、御屋形様が現れた。我々は緊張のあまり体が硬直して、からくり人形のように、ぎこちなく平伏した。

「雪の飛騨の山々を越え、苦労をかけた」

しばらく平伏していると、御屋形様は自ら、慈愛に満ちた言葉で労われたので、私とSは、神に接したかの如き感動に打ち震えた。我々にとって、まさしく神である信玄公から認められたことで、何度も遭難しかけた苦労が一気に報われたように思え、歓喜の気持ちで胸が一杯になった。


こうして御屋形様から直接に信頼を得た私とSは、その年の十二月に再び使者として、信長包囲網を形成しうる潜在的同盟国である伊賀へと派遣されることになった。

そして我々は、加賀のときと同じ質の衝撃を、伊賀でも受けることになった。

私とSが何よりも衝撃を受けたことは、我々と同じ忍者達や民衆が、自分達で代表を選び、その代表達が、多数決で全てのことを決めていたことであった。

我々は出浦対馬守から、

「伊賀は、鎌倉時代までは東大寺領であったが、その支配は次第に形骸化していった。室町時代以降は、実質支配できる戦国大名を持たなかった」

と、事前に教えられた。さらに
「そのような歴史的経緯もあり、伊賀は、各地から選ばれた十二人の評定人が掟を定め運営している。また何らかの意思決定が必要なときに、全員が一致しない場合は、多数決で決めている」

ということも、聞かされていた。

こうした事前情報により、私とSは、伊賀が〝忍者と民衆が創る独立した平等な国家〟なのだと理解できた。

我々は、伊賀の政体が、このように異なることを考慮して、行き先を探った。その結果、評定人の協議の場が、平楽寺であることを突き止めた。

そこで、迷うことなく平楽寺へ向かい「武田軍の西上作戦と連携して、伊勢ないし近江の織田領に侵攻してほしい」という主旨の御屋形様の書状を、同寺に集まっていた評定人の一人に手渡すことができた。この書状の返事を受け取るまでの間、平楽寺内にいた我々は、伊賀の主に中忍の忍者達と、差し支えない範囲で情報を交換し合った。

彼らにとって〝敵である織田信長の敵である武田〟は味方だということで、彼ら伊賀忍者は我々に好意的で、会話も平和的な雰囲気の中で、次第に盛り上がっていった。

しかし伊賀忍者との会話が盛んになればなるほど、伊賀と武田の領国が、様々な面で、あまりに違うことが明らかになっていった。そのため私とSが受けた衝撃は、さらに深まっていった。

我々は忍者達から「伊賀は、周囲を山に囲まれ、八里四方の盆地からなる小国であること」「にもかかわらず、その小国に、三百に近い城塞や館がひしめいていること」「他国からの侵略がある場合には、全ての村で鐘を鳴らし知らせあうこと」「侵略軍との戦いにおいては、十七歳から五〇歳までの忍者・地侍・農民が全員武装して、防衛にあたること」を、聞かされたのだった。

武田の領国は、戦国大名である御屋形様を頂点に階層化された社会が構築されていた。その上で、御屋形様が全て専制的に意思決定し、それに基づき常に上から指令が発信される社会であった。私もSも、この社会に帰属し、馴染んできていた。

それゆえに、今まさに、全く異なった仕組みで動く社会に足を踏み入れていることに驚愕し、戸惑い動揺せざるをえなかったのである。

その後、私とSは、十二人の評定人から「伊賀の政体や独立に関し、絶対に干渉しないことを条件とする」という制約を課された上で、武田軍への協力を表明され、その主旨の返書を渡された。

我々は、急ぎ返書を携えて戻るべく、伊賀と伊勢の国境を越えた。そして伊勢の村を通過するとき、三方ヶ原において武田軍が徳川軍と織田の援軍に大勝利したという噂を、耳にすることができた。そして武田軍は、すでに遠江を通過し三河に進軍していることもわかった。

我々は、三河にまで進出し在陣している御屋形様に報告すべく、休む間も惜しんで、三河の武田本陣を目指した。

ところがその翌年の四月、私とSにとって神の如き存在だった御屋形様は、伊賀との軍事連携を実行することも、宿願だった京に旗を立てることもできずに、死去したのだった。

その後も我々は、武田の忍びとして、文字や書状を読むことができ、使者も担えるということで、地位においても経済面でも優遇され続けた。

そのため信玄公死後も武田家に恩義を感じている私とSは、武田の領国外に全く政体の異なる国があること、そこでは自分達で掟を作り、多数決でものごとを意思決定する自由で平等な国があることを、考えるべきではないと強く自制していた。

しかし時折、二つの国の光景が脳裏をよぎり、加賀の門徒衆や伊賀の忍者達は今頃どうしているのかと、懐かしく思い出してしまうのだった。

明日の食事にも困る貧しい地侍の家で育った私とSは、貧しさを共有して助け合い、互いに自律して団結する彼らに強い親近感を抱き、共感するのだった。

「もしも信濃が加賀や伊賀のようであったなら、自分達にも、そうした生き方がありえたのではないか……」

　そう自問自答する自分に気付き、私は、愕然とするのだった。

　このことを、秘かにSだけに話すと、はっとするような眼で私を見つめ、その後、俯き加減にしてじっと黙っていた。しかし、しばらくすると、聞き取れそうもない小声で、

「自分も、そう自問自答したことがある」

と、苦しそうな表情で告白した。

「それにKは、武田忍者の掟より一向宗の価値観に共鳴して、ひょっとして、すでに一向宗徒になっているかもしれない」

と、ぽつりと呟くのだった。


　草影は、この第二の手記を読んで、忍者の政体の異なる他国での仕事が、忍者個人の内面を激しく動揺させ、精神的に不安定な状態をもたらすことを、はっきりと理解できた。そして「ここに、忍者の仕事の一番の難しさが隠されている」と確信するのだった。さらに中野学校の教育においても、この不安定性を直視すべきだと思った。

　むしろ生徒達を信頼して、自らこの第二の手記を教材に、

「このように君達も、異国の人々に心から共感し、時に祖国と異国の板挟みになって、深刻に悩むこともあるだろう」

と、はっきりと教えるべきだと思った。

　さらに、この悩みを克服するためには、狭量な愛国心にとどまることなく、

「人種や民族の違いを超えて、植民地支配に苦しむアジアの、ひいては全世界の民衆を救うために、『誠』の精神を持って戦う！」

という崇高な理念を、教えるべきだと思った。

但し、〝謀略は誠なり〟という崇高な理念は、押しつけの教育では決してものにならず、自律性を重んじ、生徒自身に徹底して考えさせることが重要だと思った。

再び部屋の窓を開けると、一〇時を過ぎたためか、街の灯の数も大幅に減りつつあった。草影は、その寂しくなった夜景を眺めながら、十六世紀の戦国の忍者も、二〇世紀の現代の忍者も、時代を超えて、同じ悩みを抱えることになるのだ、としみじみと感じるのだった。しばらくして席に戻った草影は、さらに第三の手記を、夜の更けるのも忘れて読み始めた。

手記三『強大な領国の崩壊』

天正一〇年（一五八二）旧暦二月に入ると、信濃の佐久の宿駅では、頻繁に飛脚や早馬が行き交うようになっていた。さらに諏訪湖へ向け、幾つもの完全武装の部隊が、棒道をあわただしく通過していった。

上杉との同盟関係が成立してからは、川中島方面からの狼煙は減り、新たに敵対関係になった北条の領地と接している西上野からの狼煙が上がるようになった。しかし、その頻度も減り、ここ数日ぴたりと止まってしまった。

私もSも四〇歳代になり、すでに壮年の域に達していたが、年何回かの遠い他国での仕事に従事していることもあり、忍者として鍛えた健脚は、全く衰えなかった。

そのため狼煙台のある山頂にも、未だに息を乱すことなく登ることができた。


同盟国への使者や他国での情報収集といった我々の主要な活動は、勝頼公の代になると、次第に軽視されるようになっていった。

そのため多くの忍者は、戦争そのものの斥候や、夜襲・火攻め等の撹乱戦で使われるようになり、その任務を変えられていった。

その結果、忍者の戦場周辺での戦死者が増大することになった。

特に長篠の戦いにおいて、斥候活動により明らかとなった鉄砲大量使用のための敵陣構築の情報が、多くの忍者から報告されていたにもかかわらず、勝頼公とその側近は、それを完全に無視した。

さらに、この情報を踏まえた歴戦の武将達の諫止も聞かずに、無理やりに突撃を命じた。

そのため大敗を喫し、数多くの武田の将兵が、織田・徳川の鉄砲隊の犠牲になった。そして多くの忍者も死んでいったのである。

私やSは、出浦対馬守の指示で、長篠の戦いに参戦しなかったが、それにしても使者の仕事や他国へ潜入しての情報収集の活動は、めっきり減っていった。

その後、北条との戦いでは〝戦忍び〟として、強力な風魔一族との戦いに、我々も参戦させられることになった。そのため何度となく死の瀬戸際まで追い詰められ、何人もの仲間が、撹乱戦の罠にはまり、殺された。

こうして武田忍者の数は減っていき、信玄公の代に築かれた全国にまたがる忍者の情報網は、瓦解していったのである。

その原因を辿っていくと、戦争における情報を軽視した勝頼公によって、もたらされたと言いきることができる。

武田の忍びとして言ってはいけないことだが、「勝頼公の積極果敢な戦争は、所詮は匹夫の勇に過ぎなかったのではないか」と、我々は秘かに語り合うのだった。


その日、三月三日の早朝、仲間の飛脚から、「新府の城に危機が迫っている！」という情報がもたらされた。我々は念のため山頂に登ってみたものの、先月から噴火した浅間山が、不吉な未来を暗示するように巨大な濃い灰色の噴煙を上げている以外、どこからも狼煙の煙は上がらなかった。

「今日も、狼煙は上がらないのか」と、私とSは、未だ残雪が残るうら寂しい信濃の山々を眺めながら、不安と苛立ちを持って話していた。

ところが昼近くになって、甲斐の方面から、数百人の部隊が整然と隊列を組んで、棒道を行軍してきた。そして麓の宿駅に着くと、休息をとり始めた。

「いままでの部隊と違うな！」と私が呟くと、Sも頷き、

「いままで通った部隊は、まるで落ち武者のようにバラバラで、統制がとれていなかったからな」と言った。

先月から日を追うごとに、軍事情勢は急速に悪化していた。

武田の領国が今や危機的状況に陥っていることは、数少ない情報と落ち武者のような兵士達の通過から、我々にもひしひしと伝わってきた。

宿駅においても、賦役で常駐しなければならない農民達が勝手に村に帰ってしまい、情報伝達用の馬もいなくなっていた。今や宿駅には、武田直轄の我ら忍び以外は常駐しておらず、閑散としていた。

もはや宿駅としての機能は、停止状態になっていたのである。

このようにあらゆる面で末期症状が加速する中で、私とSが不安そうな顔で山頂から見下ろしていると、Mという若者が無駄のない俊敏な動作で山を登ってくる。

山頂に着いたMに対し、私とSが、「どうしたのだ」と問いかけると、

「宿駅で休息している部隊の大将が、『皆を集めろ！』と言っている」

と、全く息を乱さず返答した。

私とSは一瞬躊躇したが、頭領である出浦対馬守から連絡がない今、何か手掛かりがあるかもしれないと思い直し、直ちに下山した。

私とSとM、それに宿駅の忍び四人が加わって、床几に座る小柄な武将の前に導かれた。

「時間がないので要点だけ話そう。敵の侵入が予想外に早く、籠城の準備が整わないため、昨日の軍議で新府の城を放棄することが決まった。勝頼公は、甲斐郡内の岩殿城に移られる。おまえ達の頭領の出浦対馬守は、一度は織田方となるが、織田の情報収集が完了したら、私の配下になる」

と、全体状況を明らかにし、我々が窮地に立たされていると指摘した。

「したがってこれからは、狼煙も上がらないし、飛脚も早馬も来ない。来るとすれば、勝ち誇り勢いに乗った織田の軍勢だけだ。おまえ達がいくら農民を装っても、忍びであることが発覚すれば、即座に殺される。この辺りの農民達も、度重なる戦いによる重税と新府城建設の使役に疲れ切っている。武田家直轄で忍びの仕事をしてきたおまえ達に反発して、おまえ達を匿うどころか、

敵に密告するかもしれんぞ！」

　そう言って武将は身を乗り出し、猛禽類のような鋭い眼光で、我々七人を品定めするように、一人また一人と凝視していった。そしてやや表情を和らげ、我々に語りかけてきた。

「そこで相談だが、わしの配下で働いてみる気はないか？　わしは、これから西上野の山中にある岩櫃城に戻り、持久戦に持ち込み、天下の情勢を見守りたいと思う。幸い越後の上杉は同盟関係にあるし、織田も北条も山深い岩櫃城までは来れないだろう」

　武将の思わぬ提案に、我々は戸惑いを隠せず、お互いに顔を見合わせているだけだった。

　そこで私が代表して、「しばし相談の時間をいただきたい」と返答した。

　しかし武将は、「時間がない。即答せよ！」とたたみかけてきた。

　私は、この武将の領地内で農民が大切にされていると聞いていた。

　その一方で、かなり以前から忍者を配下で使っており、忍びの役割を重視していることを、上田方面の忍者から聞いていたことを思い出していた。

　それに加えて自分達の頭領である出浦対馬守も、この武将の配下になると言われた。

　私は、それらのことを脳裏に浮かべながら眼をつぶり、わずかな時間に熟考して答えを出した。

「わかり申した。忍びとして、ご家来衆の末席に加えてくだされ」

　と言って、深々と頭を下げたのである。それにつられるようにSとM達も「お願い申す」と言って、頭を下げた。

　この我々の返答に対し、鹿の抱き角を打った特徴ある兜をかぶったその武将――真田昌幸は、満足そうに何度も頷いた。

　話がまとまったということで、その横に座っていた未だ少年の面影を残す若い武将が立ち上がり、「父上、ご出発を！」と促すのだった。

我々は行軍に加わってすぐに聞かされたが、この若き武将こそ昌幸の次男――真田幸村だったのである。こうして私とSそれにM達が、真田の忍びとなり、新たな主君となった真田昌幸に従って、岩櫃城へ向かった。

一方、岩殿城に向かった武田勝頼は、甲斐郡内の岩殿城主小山田信茂からも裏切られた。そのため郡内との境にある笹子峠を越えられず、織田軍と武装蜂起した農民達に追いつめられて、三月十一日に天目山で自害した。

その報せは、後日岩櫃城に到着した我々にも伝わってきた。


かくして、戦国の世を代表する、偉大な神の如き存在だった武田信玄公、その信玄公が築いてきた強大な領国は、その死後わずか九年で、あっけなく消滅したのだった。

私とSは、忍者に理解を示していた慈悲深い信玄公に、直接労いの言葉をかけられただけに、栄枯盛衰の激しい戦国の世のはかなさを感じるのだった。そして長年武田忍者として尽くしてきた武田家が、あまりに脆く短期間に滅んだことが、無念でならなかった。


草影はこの第三の手記を読んで、石崎から学んだことと照合してみた。

その結果、勝頼のカリスマ性の無さと、戦国大名の二層構造からなる組織の脆弱性が、多くの国人領主の裏切りと、農民の武装蜂起により、一気に顕在化したことがわかった。

特に、第三の手記の行間を読みとることで、勝頼による領国の経済力を無視した軍事偏重、さらには情報戦の極端な軽視が、そのあっけない滅亡の主要な要因になったと結論付けた。

その結論を、現在の日本陸軍と比較してみて、草影は二つの不安を感じた。

その第一の不安は、勝頼の戦争のやり方と、現在の日中戦争の陸軍の戦争方法とが、極めて似ていることだった。

そして第二の不安は、我々が育てた情報戦士の情報戦・謀略戦の活動に、現地の司令官が無理解だった場合、両者の間で深刻な軋轢が生じる、という懸念事項の存在だった。

この懸念事項を、今後どう解決していくかが、我々の大きな課題だと、草影は感じた。

しかし、さすがに深夜になり、旅の疲れも出てきて、抗し難い睡魔に襲われ、そのまま蒲団の中に倒れ込み、すぐに深い眠りの中に入り込んでいった。


翌朝、廊下から「朝食の準備ができました」という声が、何度もかかった。

ようやく目覚めた草影は、あわてて朝食を済ませ、部屋に戻ると、早速その日に予定していた作業を開始した。

作業の手順としては、まだ読んでいない第四の手記は後回しにして、まずは昨晩読んだ三つの手記を、再読しながら書き写すことだった。そして一つの手記を書き写し終えるごとに、昨晩読後に考えさせられた感想をノートに書いていった。さらに、そのときに気付いたN学校の教育に役立ちそうな事項や課題を、頭の中で整理しながら、次のページに書いていった。

こうして作業は、順調に進捗していった。

その結果、午前中には三つの手記を書き写す作業と、読後の感想や教育に役立ちそうな事項や課題を書く作業を、共に終了させることができた。

根を詰めて作業をしたために、さすがに強い疲労感を覚えた草影は、気分転換に温泉街を歩いた。しばらく歩くと、蕎麦屋の看板が目に入った。

そこでその店の暖簾をくぐり、信州上田の腰のある美味しい蕎麦の味を楽しんだ。

そして再び温泉宿の部屋に戻ると、すぐに第四の手記を読み始めた。根津老人は、第四の手記に『戦国の忍者の挽歌』というタイトルを付けていた。

手記四　『戦国の忍者の挽歌』

時は流れ、元和元年（一六一五）秋、全山鮮やかに紅葉している信州佐久の山を、私は杖をつき喘ぎながら登り、昼過ぎにようやく山頂に達した。

私は、今は年老いた農民となっていた。そして私が農民になるに際し、真田忍者として共に活動し、同棲していた〝歩き巫女〟だった元女忍者を、正式な妻に迎えていた。

妻とは、忍びとしてのお互いの過去を語り合ったことは、一度もなかった。しかし、つらい孤独な任務についてきた似かよった経歴が、何も語らなくてもわかり合え、夫婦の絆は日々強くなっていった。

私も妻も、農民となってからは、同じ村の農民達と長年付き合いを続けることで、腹を割って話せるようになり、穏やかな人間関係を創り上げることができた。

しかし今回の私の佐久の山への登山には、村民達も、私の心境を知っている妻さえもが、私が高齢であることを理由に、強く反対した。そのため、これまでになく気まずい雰囲気となったが、敢えてその反対を押し切って、この山を目指してきたのである。

私は山頂に佇み、しばし上田方面の山並みを感慨深く見つめていた。そして、

「そうだ！　ここで狼煙を焚いて、何度か上杉軍の北信濃侵攻を伝えたものだ。S、覚えているか？」

と独り言を呟いていた。

私は、すでに七八歳になっていた。そして私と同い年だったSは、一か月程前に、私も住む同じ村で、静かに息をひきとっていた。少年の頃から常に行動を共にし、艱難辛苦を乗り越えてきたSが亡くなったことに、私は強い衝撃を受け、どうしようもない寂寥感に苛まれ続けた。

そうした中で数日前、Sと生きた若き日々を思い出すために、この山に登ろうと、決意したのである。なぜなら、この山に登り、Sと苦労した日々を思い出すことが、Sに対する何よりの供養になると、私には思えたからだった。

しばらくして体の向きを変え、甲斐の方面の山並みに目を転じると、武田の忍者として活動してきた若き日々が、次々と思い出されるのだった。

日常は狼煙による情報伝達の役割を担い、武田忍者が得意とした火術の訓練に励んだこと、年に何度かは敵地に深く潜入して情報収集にあたったことが、まず思い出された。

さらに大きな戦のときには武田軍に先行して敵方の動きを探索したこと、緊急を要する場合に使者として書状を他国の指導者に届けたことが、走馬燈のように頭をよぎるのだった。特に加賀の一向一揆の大将や、伊賀の忍者の評定衆に対し、使者として赴いたときのことが、まるで昨日のことのように鮮明に蘇ってきた。

武田氏滅亡以降は、真田の忍者として、情報戦・謀略戦に長けた知将――真田昌幸の配下とし

て活動した。

上田城攻略を目指した徳川軍との二度の戦いでは、Sや妻となる〝くノ一〟と共に、農民兵を組織した。そして上田城に籠城する本隊と連絡を取り合いながら、特殊な鉄砲や火術を駆使した撹乱戦を展開した。その結果、二度共に徳川の正規軍に勝つという得難い経験をすることができたのである。

しかし関ヶ原で西軍が敗北したことで、西軍についた真田軍の勝利は意味をなさなくなった。この西軍の敗北により、真田昌幸と次男の幸村は、わずかな家来を連れていくことのみ許され、紀州の九度山に、幽閉されることになった。

こうした経緯から、我々は、長年の陰の世界から訣別し、武器を捨てたのである。私は、すでに同棲していた〝くノ一〟と農民夫婦として暮らし始め、それ以降、我々夫婦やSの前から、死と隣り合わせの緊張の連続する殺伐とした戦争は、その姿を消していったのである。

私はここまで回想し、何かわりきれないものを感じ、「しかし」と、首を傾げた。

「確かに悲惨な戦争が無くなり、平和になったことは、間違いなく良いことの筈である。しかし同時に、うまく説明できないが、決定的に大事な何かを失ったように思えた。それは、あの独特の熱気であり、何度も体験してきた体全体が震えるような感動であり、赤く燃え立つような興奮だった。そうした大事な何かを、完全に無くしてしまったのかもしれない」

真田忍者の大半は、裏の世界から足を洗い、表の世界で生活するようになった。我々と同じように上田の村の農民となるか、あるいは仮の姿であった商人や職人を本業とするようになっていったが、若いMだけは、忍者として九度山に向かう幸村についていった。

そして関ヶ原から十四年経ち、大坂冬の陣が始まり、Mは幸村の配下として情報戦・謀略戦を戦い、夏の陣では幸村に従って戦死したと伝えられた。また、火術に長じ火薬製造に高い技能を持つMが、事前に仕掛けていた地雷火を大爆発させたことも伝わってきた。

しかし、すでに平和が長く続く上田で農民になりきっていた私には、かつて共に忍者として戦ってきたMの戦死という悲しい知らせにも、正直なところ実感がわいてこなかった。Mの死を知ったとき、戦場で地雷火が大爆発する情景が、幻影のように私の脳裏をかすめたが、はるか遠い国の出来事としか感じられなかった。このような突き放した見方しかできなかったのである。

そして、その地雷火が大爆発する情景が、戦いに明け暮れてきた戦国という一つの時代が終焉したことを、象徴しているように思えるのだった。

三方ヶ原の戦いでも、二度の上田城防衛戦でも、私とSが忍者として関わってきた大きな戦いにおいて、常に敗北させてきた筈の徳川軍が、今や天下を制覇したのである。さらに皮肉なことに、覇者である徳川家康の参謀役が、若き日に家康に叛旗を翻し、長年にわたり熱心な一向宗徒となったが、その後転向し、家康の家臣に復帰した本多正信なのである。

他方で、私とSが若き日に衝撃を受け、秘かに共感した加賀の一向一揆の〝百姓の持ちたる国〟も、伊賀の忍者集団が自主管理する国も、今はない。

我々が懐かしく思い出していた数多くの門徒や忍者や民衆達も、織田信長とその武将達の大虐殺により、地上から抹殺され、今や影も形もなくなったのである。

そして薬商人になりすまし、金沢に住んでいたKは、ついに戻らなかった。

「たぶんKは、一向宗徒となり、一向宗徒として戦い、戦死したのだろう」

と、私とSは同じように推測して語り合った。

私は、松本方面の山々を眺めながら、その先の高峰を越えた、この山から見えぬ加賀や伊賀へ思いを馳せた。しかし「もはやその政体もなく、彼らもいない」と思うと、何とも言えない喪失感に襲われるのだった。

これからは戦もなくなり、兵農分離し秩序立った徳川政権の支配体制の下で、上田の村民達も、安定した平和な日々を過ごすことができるだろう。

時折、私とSは、好奇心旺盛な同じ村の若い農民達から、真田の家臣だったRとSは徳川軍とどう戦ったのか、さらにそれより昔に、武田信玄の下でどう戦ったのかと、聞かれることがあった。その度に私は、自分達が実は忍者だったこと、正規の軍隊の一員として戦争するのではなく、一瞬の油断も許されない死の恐怖に染め上げられた情報戦・謀略戦に従事していたこと、そして情報収集や使者の仕事として、幾つもの他国を訪ね、武田の領国だった信濃とは質の異なる社会に接し、煩悶したことを、全て話してしまいたい強い衝動に駆られた。

しかし、そんなときには必ずSが若者達の間に入り、話題を変えようとした。そして若者達が去ると、不満そうにしている私に対し、決まって同じ主旨のことを、諄々と諭すのだった。

「戦争の時代、その中で新しい何かが創られようとしていた変革の時代が、終焉した今となっては、我々の特殊な仕事、他国における数奇な経験は、信じられないような話となってしまった。だから、誤解されることはあっても、正しくは伝わらないだろう。我々の数奇な経験を教訓化し、若者達に伝えることで、後の世に残したいRの気持ちは、よくわかる。しかし、この一〇数年で時代は変わり過ぎた。それだから、我々と異なり、価値観も行動様式も内向きにされている若者達に、我々の経験は理解されないだろう」

Sはあきらめ顔で言うと、さらに
「しかも彼らの多くは、上田の盆地を囲む山々さえも、越えたことがない」

とため息をつき、亡き戦友達の鎮魂をすべきだと語った。

「それよりも、陰の世界で、戦士共同体の構成員だった我々の戦友達に、思いを馳せるべきではないのか。彼らは、人知れず遠い敵国での情報戦・謀略戦に敗れ、戦死した。彼らは、名も知られず、誰にも語ることなく死んでいったのだ！　しかし彼ら一人一人は、我々にとって掛け替えのない大切な戦友だった筈だ。だから死者となった彼らを弔ってやるのが、生き残った我々が、第一にやるべきことではないのか！」

こうSに言われると、長年の戦友として、また同時代者としても、私は心から共感せざるをえなかった。

こうしたSとの会話を懐かしく思い出していると、突然に、Sがたった一度だけ若者達の質問に答えたことが、脳裏にはっきりと蘇ってきた。

それは若者の一人が、

「昔、爺様が農兵として武田軍に従軍していたときに、海というものを見たと聞いたが、海とはどんなものなのか？」

と、質問したときのことだった。

この質問にだけは、Sは遠くを見つめるような目をして、はっきりと答えたのだ。

「海は、数えきれないほど多くの波が打ち寄せ、どこまでも青く、はるか水平線の彼方まで広がっている。海は、どこまでも広く、さえぎるものは何もなく、川船よりもずっと大きな船が、自由に行き交っている。そして水平線のはるか彼方のさらにずっと先には、言語も風俗習慣も全く異なる国々がある。そうした国々から、どこまでも続く海を、数ヶ月の航海を経てやってくる異国人もいる。彼らは、眼の色も髪の毛の色も違い、我々以上に勇敢で冒険心もあり、南蛮人と呼ばれている」

私は、このSの発言を追想し、武田軍の斥候として、初めて駿河で海を見た衝撃の光景を思い出していた。

そのとき、我々は、周囲に敵がいないか、警戒しながら林の中を歩いていた。やがて木々が疎らになり、林を抜けそうになったとき、我々は遠雷のように腹に響きわたる音を聞いた。ようやく林を抜けると、限りなく白に近い薄い灰色の砂浜が眼に入った。

そしてその先に初めて見る青い海が、我々の視界いっぱいに広がり、潮の匂いが体全体に沁み込んできた。

晴れた空とどこまでも続く青い大海原。その空と海が接する水平線までの眺め。そうした雄大な景観と、絶え間なく打ち寄せる波の音が、頭の中で交錯し、そのときの感動がはっきりと蘇ってきた。

そして同時に、なぜSがあれほどまでに熱心に話したのか、はっきりとわかる気がした。私は、Sが上田盆地の外の広い世界を語ることで、表面上は否定していても心の底では、自分達の数奇な経験を若者達に話したかったのだ、と初めて気付いた。

しかし、若者達に海を語り、吶々とした調子で話をするSは、今はもういない。

全山が鮮やかに紅葉している山々の中で、私が立っている山頂付近だけが、すでに紅葉した多くの葉を落とし始め、厳しい冬の足音が聞こえてくるようだった。私には全山の紅葉が、冬枯れに向けて自然の命がつきる直前の最後の燃焼のように思えた。

「この紅葉が散りゆくように、一つの時代が終わったのだ。私は、その時代を精一杯生きてきた。だから今はもう何も悔いはない」

私は、自分の生きてきた戦争の時代、新しい何かが創られていった躍動する時代に思いを馳せ、一人呟いていた。

陽は、すでに西に没しようとしていた。

私は、塑像のように動かず、かつて使者として旅した西方の国々の方向が夕焼けに赤く染まるのを、いつまでも見続けていた。


（注釈）これがRの最後の手記で、これ以降の手記はない。そして、これから程無くしてRは、妻と村人達に看取られながら死んだと伝えられている。


草影は、この第四の手記を読み終えると、晩年のRとSの心境を行間から汲みとろうとしながら、書き写す作業に移っていった。その作業を進めていくうちに、RとSがひどく身近な存在に思えてきて、筆舌に尽くし難い不思議な感動に襲われるのだった。

こうした気持ちの中で作業を終えることで、明日の午前中には、根津老人に借りた現代語訳の忍者の手記を返せる目処が立った。そう思うと、ようやく肩の荷が下りた気持ちになり、温泉にゆっくり入ることにした。

そして湯の中に浸りながら、第四の手記の感動が何によってもたらされたのか、もう一度じっくり考えてみた。

そうすると、この手記は、躍動する戦国時代から平和で秩序立った江戸時代への時代の転換にともなう世代間の断絶論としても、読めることがわかってきた。さらに、時代の転換に取り残され、若い世代と語り合えない旧世代の情報戦士の悲哀が、読者の心に迫ってくる。だから感動するのだと、その感動に至る構図もわかってきた。

そして、ふと戦国の忍者・RとSの晩年の悲哀は、明石大佐の晩年の孤独な心境と極めて類似しているように思えてくるのだった。

草影は、かつて経験したことのない感慨に耽りながら、夕食にはまだ時間があるので、腹ごなしに温泉宿の近くにある安楽寺や常楽寺を参拝しながら、散策することにした。

さすが信州の鎌倉というだけあって、新緑の木々が眩しい中に、ひっそりと建つ寺が、視界に入ってきた。この歴史を感じさせる静謐な小道を歩いていると、ふと忍者Rの第四の手記は、自分の、そして自分が育てようとしている中野学校の生徒達の、決して明るくない未来を暗示しているように思えてきた。

陽がまもなく沈もうとしていたためか、草影は感傷的な気分になり、

「過去も現在も、そして未来も、いつの時代においても、情報戦士は、幸せな晩年を望むことなどできないのかもしれない。だとするならば、中野学校の生徒には、決して情報戦士になることを強制してはいけない」と、独り呟くのだった。

アジアの抑圧された民衆の植民地支配からの独立を支援しようとする崇高な理念。

その理念を自らのものにすること。

その上で報われないことを知りながら危険な情報戦・謀略戦に意義を見いだせること。そうした使命感を持ったほんの一握りの若者だけが情報戦士になるべきなのだと、草影は心の底から思うの

だった。

（十六）再び上田の郷土史家に会う

翌朝、朝食を終えると温泉宿を後にして、根津老人の住む家へと向かった。門をくぐると、根津老人は玄関脇の門の見える廊下に座っており、草影をずっと待ち続けていたようだった。

「おはようございます」と言って、深々と頭を下げると「おはよう、ずいぶんと早いな」と根津老人は機嫌良さそうに言った。そのあと一昨日と同じ眺めのよい八畳間に、草影を案内した。

根津老人は、二人が座るなり、「手記はどうだった？」と、いきなり感想を聞いてきた。

草影は鞄から封筒の中に入った現代語訳の手記を取り出し、根津老人の前に置き、まずは丁寧にお礼を言った。

「四つの手記は、全て書き写させていただきました。原本は、この通りお返しします。ありがとうございました」

しかし型通りの挨拶に、根津老人は苛立ったのか、

「お礼の挨拶などどうでもいい！　わしは、感想を聞いているのだ！」

と、語気を強めて怒鳴り出した。そこで草影は、まず何よりも、これから育てようとする情報戦士を〝いかに教育すべきか〟という点で、大変参考になったこと、次に、戦国の忍者も、現代の情報戦士を育てる上でも、どこに本質的な難しさがあるかを、この手記を通してはっきりと掴めたこ

とを、二つの成果として、まず話した。それから自らの感想と、教育に役立ちそうな項目や課題を、ノートのメモを読みながら、具体的に説明していった。

根津老人は、草影の筋道立てた説明に、何度も頷きながら、とても満足した様子だった。草影はこうした根津老人の満足げな顔を見て、今がよい機会だと思い、手記を読んで、どうしても聞きたかったことを質問した。

「この四つの手記以外は破れたり、文字が薄れて判読できないことは、一昨日古文書そのものを見せていただき、よくわかりました。しかし、そこを敢えて工夫して、判読できる断片をつなぎ合わせ、おおよその中味を類推できないのでしょうか？」

すると根津老人は、この質問をあらかじめ想定していたのか、すぐにてきぱきと答えた。

「まず手記一の前の最初の部分は、RとSが、頭領の出浦対馬守から、どのような教育を受けたが書かれている。そして手記一のあとの大部分は、手記二のような、他国での情報収集や使者の仕事の中味が書かれている」

と言うと、彼らの行動範囲が、実に広かったことを強調した。

「西は、自由貿易都市の堺まで出向いて、薬商人になりすましていた忍者夫婦と情報交換している。そして北は、伊達政宗への使者となり、奥州の米沢まで出向いているのだ。後半は、第三の手記で若干書かれていた〝戦忍び〟としての戦いが、迫力を持った描写で書かれている」

と、締め括った。これに対し草影は、

「そうですか。彼らは、それほど広範囲に活動していたのですか。大変に参考になります」

と応じ、さらに聞きたかった三つの質問をすることにした。

「次に、どうしても聞いておきたい三つの質問をさせていただきます。第一の質問は、忍者Rと女忍者が、どういう経緯で愛を育み、なぜ結婚したのか、というものです。二人が知り合ったのは、Rが四〇歳を過ぎてからだ、と推測できます。また女忍者も、〝歩き巫女〟として諸国を渡り歩いて情報収集していたことから、三〇歳は過ぎていたと類推できます。この適齢期をとっくに過ぎた二人が、なぜ結婚したのか、興味があります」

「中佐は情報将校だけあって、さすがによく忍者の手記を読みこんでいる。しかも情報戦士の長に内定されるだけあって、推理力は冴えている。二人が知り合ったのは、武田が滅び、二人が共に真田の忍者になってからだろう。だとすると、わしも、中佐による二人の推定年齢は当たっていると思う」

「それでは、女忍者に関する記述の断片は、ないのでしょうか?」

「Rが真田昌幸に仕えた直後の手記に『新たに忍びとして加わった〝くノ一〟は、〝歩き巫女〟として諸国を渡り歩いていただけではない。ある時期から近江の織田方の城に、侍女として潜入することに成功していた』と書かれ、また『その後、城主である武将の側室になって、軍事情報を盗み、武田方に届くよう密書の形で別な〝くノ一〟に渡していた』とも書かれている。その前後の文章は判読できないが、そのことが真田忍者の間で噂となっていたことが、手記の断片から読みとれる」

「そうですか。だとするならRの妻となる女忍者は、かなりの美貌の持ち主だったのですね」

と確認すると、根津老人はにやりと笑った。

「男は皆、美人が好きだからな。石崎も同じ質問をしてきた。わしもRの妻は、美人だったと思う。それどころか、ひょっとすると絶世の美女だったのかもしれないな。ところで草影中佐、美人と聞いて、目の色が変わっているぞ!」

草影は痛いところを指摘され、照れ笑いをした。しかし、その後すぐに普段の茫洋とした顔に戻すと、さりげなく言った。

「敵の武将を夢中にさせたRの妻は、いわゆる〝傾国の美女〟だったのですね」

「草影中佐は、年の功を重ねてきただけあって、うまいことを言うな。若い石崎は、直截に『なぜRは、そんな敵方の武将の側室だった女忍者を妻にしたのか?』と聞いてきた。わしは、『それだけの美女だ。それに敵方の武将をさえ騙すほどの〝くノ一〟だ。当然Rも言い寄られ〝くノ一〟が持つ夜の秘儀で籠絡されたのではないのか?』と、わざと下卑た言い方で答えると、石崎は顔を赤くし、何も話せなくなってしまった。しかし草影中佐は結婚し、もう四〇歳を過ぎているのだから、なぜRがそうした経歴の〝くノ一〟を妻にしたのか、わかるんじゃないか?」

と、根津老人は草影の顔を覗き込むようにして、質問してきた。

草影は頭の中でさまざまに考えたが、うまい回答は浮かんでこなかった。そこで「自分が忍者Rの立場だったらどうしただろう?」と考えてみた。

すると突然、第四の手記に書かれていた文章が頭に浮かび、「なぜだろう?」という疑問は一気に氷解していった。そこで草影は、鞄の中から昨日写しとった第四の手記を取り出し、机の上に置くと、慎重に話し始めた。

「私は今、忍者Rの立場になって、考えてみました。すると、昨日精読した第四の手記の文章が頭に浮かびました。ここには、『妻とは忍びとしてのお互いの過去を語り合ったことは、一度もなかった』こと、『つらい孤独な任務についてきた似かよった経歴が、何も語らなくてもわかり合え、夫婦の絆は日々強くなっていった』ことが書かれています。この文章に、二人が結婚した真の理由が、凝縮して語られているような気がします。だとするなら、Rにとって、妻が何をしてこようが、その前歴などどうでもよかったのではないでしょうか?」

第四の手記を指差しながら、草影は根津老人に目を向けた。

根津老人はじっと聞いていたが、草影の話が終わると腕組みを解いて、

「よく手記を、そこまで深読みしてくれたな。わしも中佐と全く同じ見解だ。わしもこの年になるとわかってきたが、Rもその妻も、それまで傷つきながら、つらい日々を過ごしてきたから、何よりも心の平安を求めていたのではないだろうか」

と、ぽつりと言った。

「特に、Rの妻の女忍者は、幼い頃に捨て子か、戦災孤児として拾われたのだろうから、人には言えないとてもつらい孤独な日々を過ごしてきたと推測できる。だからこそ、R以上にその妻は、二人でいることで、心の平安を得ることができたのかもしれない」

そのとき草影には、この忍者夫婦がとても身近な存在に思えた。

なぜなら自分と妻の関係に、とても似ていると感じたからだった。妻はもちろん違う男性と暮らしていたわけではない。だが、つらい過去を背負っていることで、夫婦の絆が強くなってきた、という点ではそっくりだった。

しかし草影は、このことにはふれずに根津老人の方を向き、第二の質問を始めた。

「二つ目の質問は、なぜ手記が残ったのか、という質問です。Sは、若い世代に忍びの話をすべきではない、と否定的ですし、Rもこの主張に共鳴しています。それでは、なぜRは、この手記を廃棄しなかったのでしょうか？　そして誰がこの手記を残そうとしたのでしょうか？」

根津老人は、再び腕組みをしながら暫く考え、自分の推測を含め、一語一語噛み締めるように、慎重に語り始めた。

「それは、わしにもわからん。Rの妻が残そうとしたのかもしれないし、村の若者が、この手記を

発見して、土蔵に保管したのかもしれない。しかし、いずれにしても、手記は残されたわけだ。だとするならRは、Sの言っていた持論には共鳴していたが、やはり手記は残したかったのじゃないか。わしには、『未来の世代に、自分達の歴史を伝えておきたい』という想いから、発せられた行為だったように思えてならない」

草影も、この根津老人の推測が正しいと思った。そのためその説明を聞きながら、戦国の忍者Rの心情に、強い共感を覚えた。しかも三百年の時代の隔たりを超えて、彼をとても身近な存在に思えるのだった。

草影はこうした感慨に耽りながらも、三つ目の質問をしてみることにした。それは一昨日に根津老人が語っていた〝想像もつかないような忍者に関する二つの驚くべき発見〟への質問だった。この二日間ずっと気になっていた、この謎めいた発言の中味を聞いてみた。

根津老人は、その質問を待っていたとばかりに眼を輝かせ、謎解きをする探偵のように、身を乗り出して話し出した。

「まず一つ目の驚くべき発見から話してみよう」

五年前、根津老人のもとに一通の手紙が舞い込んで来た。差出人は、信州小諸の城下町で、戦国時代末期から薬の商売をしてきた旧家の主人だという人物であった。

その家の先祖は忍者の夫婦であり、堺で薬を扱う商人になりすましていた。その後の勝頼の時代に、堺での情報収集の必要がなくなったため、堺の店をたたんで、出身地である信州小諸に戻り、陰の世界からは足を洗って、再び薬の商売を始めた。

代々の店主は、毎朝必ず仏壇を拝んでいるが、その仏壇の奥の扉は絶対に開けてはいけないとされてきた。もし開けるようなことがあれば、一家は不幸のどん底に突き落とされるという。

その禁忌と、先祖が戦国時代に堺で薬商人になりすました忍者だったという言い伝えとが何か関係しているように思えるので、郷土史家である根津老人にこの禁忌を調べてほしい、というのがこの手紙の主旨であった。

この言い伝えと、Rの手記が一致することに興味を持ち、根津老人は早速その商家を訪ねてみた。

実際に仏壇を見せてもらうと、その形状から、奥が二重の造りになっていることが、すぐにわかった。そこで、

「わしは、あなた方と違って、この商家の家族でも親戚でもないので、わしだけ部屋に残って仏壇の奥の扉を開けてみよう」

と説得し、了承を得たので、根津老人が一人で奥の扉を開けてみたのだった。


「草影中佐、そこに何があったと思う?」

草影は、質問されても皆目見当がつかず、

「Rの手記と同じように、堺での忍びの手記でもあったのですか?」

と言ってみたが、根津老人は首を横にふった。

「その回答は、残念ながら全くはずれている。わしは、彼らが薬商人だったことから、秘薬作成の秘伝書でもあるのかと思った。しかし、扉の中にあったものは、秘薬作成の秘伝書でもなかった。わしの想定も、完全にはずれていたのだ」

ここで根津老人は、一呼吸おくと、草影を正面から見据え言い放った。

「そこには何と、マリア像が、安置されていたのだ!」

草影は、この衝撃の事実に、異様な興奮を覚えた。

ＲとＳが接触した堺の忍者夫婦は、堺の薬商人になりすますことはできた。しかし、堺の人々の影響を受けて、キリスト教徒として洗礼を受けていたのである。


根津老人は、暫く間をおいて、草影の興奮が静まったと判断してから、静かに話し始めた。

「草影中佐、おまえが先程言っていたように、戦国の忍者も、現代の忍者も、政体の異なる国での情報収集の活動は、極めて難しい。なぜならその活動が、忍者個人の内面を動揺させるような不安定性を、本質的に内在させているからだ。おまえは、このことを理解しているが、この不安定性には常に気配りする必要がある。ここで、現代の忍者の指導者にも参考となる、わしが郷土史家として調べてきた逸話を一つ教えてやろう」

と言うと、Ｗという真田忍者を紹介していった。

「Ｗは、もともとの真田忍者で、敵城潜入による撹乱戦などで何度も勝利をもたらしてきた、優れた〝戦忍び〟だった。Ｗは、東軍側になった真田幸村の兄である信幸の配下の忍者として活動してきた。しかし関ヶ原の合戦以降、戦争はなくなり、Ｗも忍者として活躍する機会を失っていった。そうしたこともあってか、Ｗはその特技を活かして、何と盗みをはたらくようになってしまった。しばらくして、この盗みが発覚し、それまで仲間だった忍者に捕まってしまった。その後は真田忍者にあるまじき犯罪者として、真田信幸の武将となっていた出浦対馬守に、処刑されてしまった。草影中佐、そのとき、主君である真田信幸は何と言ったと思うか？」

といきなり聞かれ、そのときの信幸の心境を想像することができず、全く答えることができなかった。草影が答えられそうもないと察した根津老人は、自らその答を話し始めた。

「信幸は、出浦対馬守から『断腸の思いで、部下のWを処刑した』と、報告を受けた。そのとき、信幸は、Wの忍者としての技量と実績を高く評価していたこともあってか、『Wを盗人にまで追い込んでしまったのは、私のWへの気配りの無さであり、そうした意味では、私の責任だ』と言って、Wを不憫に思い、はらはらと涙を流したと、記録されている。一般的には、幸村が名将として有名だが、この逸話から、兄の信幸も部下思いの名将だったと言えるだろう」

と総括し、教訓を導き出した。

「この逸話から、お前達のような指導者が、余程しっかりして、情報戦士に、お前達の言う崇高な理念を教え続けないとだめだ、ということがわかる。そうしないと、彼らのモラルは維持できないし、その活動はうまくいかない！　そして彼らを最後まで見守ってやることが、お前達の責任だということを決して忘れてはいけない！」

と、真剣な表情で諭すのだった。

草影は、根津老人の心のこもった助言に、何も応えることができずにいた。情報戦士の指導者になることがいかに大変なことなのか、その重圧に押しつぶされそうな心境だった。

「しかし、その重圧に耐えることこそが、指導者としての自分の使命なのだ」と、自分に言い聞かせるのが精一杯な草影には、そのとき春のさわやかな風が部屋に吹き込んできたことにさえ気が付く余裕もなく、ましてや第二の驚くべき発見の話を聞くことを、すっかり忘れてしまっていた。

そのことを察した根津老人は、おもむろに

「それでは、そろそろ第二の発見の話をしようか？」

と切り出した。

草影は、はっとして、

「すみません。頭が混乱して取り乱し、お聞きすることをすっかり忘れていました」

と謝り、姿勢を正して
「第二の発見の話をお聞かせください」

と、頭を下げた。

「劇薬を飲ませてしまったようだな。第二の話は、もっと劇薬かもしれん。聞くのはやめるか」

突き放すように言った根津老人は、草影をじっと見つめた。

「いいえ、どんな劇薬でも耐えることが私の使命ですから、是非共お聞かせください」

と答えた草影は、根津老人の目を正面から見返した。

「それでは話すことにしよう」


武田忍者のKは、金沢で薬商人になりすましていた。〝百姓の持ちたる国〟は長く続いたが、織田の北陸方面軍である柴田勝家の軍隊に戦争で敗れ、金沢御坊も落城することになる。その混乱の中で、おびただしい数の一向宗徒が戦死し、虐殺された。そのときに、Kの女房や薬屋の手代や女中達も一向宗徒ということで殺されたと、根津老人は推測していた。

しかし、その後もKのほんとうの末路がずっと気になっていた根津老人は、昨年、金沢の知り合いの郷土史家を訪ね、柴田勝家の武将が書いていた陣中日記を見せてもらった。根津老人が武田や真田忍者を調べていることを知っていた郷土史家は、日記のある箇所について説明しだした。

郷土史家によると、金沢御坊が落城した後も、生き残った一向宗徒の一部は、白山の麓にある鳥越城を最後の拠点に、頑強に抵抗し続けた。彼らは、一度は柴田軍に制圧された鳥越城を、再び奪還するほどの粘りを見せた。しかし翌年の三月には、柴田勝家の甥であり猛将の佐久間盛政の軍隊に攻められ落城した。その際に籠城していた一向宗徒三百余人全員が磔刑にされた。

多くの一向宗徒が、念仏を唱えながら従容として処刑されていった。しかし、その中に一人だけ念仏を全く唱えず、槍を持って処刑しようとする武士達をにらみ返した男がいた。処刑人の一人が、この悠然と構える正体不明の男に苛立って、

「なぜ念仏を唱えぬ。一向宗徒でもないのに、なぜ抵抗した！」

と問い質すと、男は、

「私は金沢の薬屋だ。女房や手代や女中達を殺され、店を滅茶苦茶に破壊された。だから私も徹底抗戦したのだ」

と昂然と言い放った。自らの死にも動じないこの男の態度に感じ入った柴田勝家の武将は、

「一向宗徒でもないこの男の正体は、薬屋などではない。しかも胆がすわっているだけでなく身のこなしに隙がないこの男は、間違いなく忍者だろう」

と推定し、この陣中日記に書き留めていた。

「ここまで説明を受けて、わしは、その男が間違いなくKだとわかった」

根津老人が一呼吸おくと、すかさず草影が真剣な表情で質問してきた。

「なぜKは〝隠れ道〟を使って逃げなかったのでしょうか？　それにその陣中日記からKは、裏の組織で密接につながっていた筈のRやSの推測にさえ反して、一向宗徒にはなっていなかったということになります。それではなぜKは、死ぬのがわかっていながら、鳥越城に踏みとどまり戦ったのでしょうか？」

「わしには、そのときのKの心情がわかる気がする。Kは長い歳月を薬屋として過ごし、その中で女房を娶り、深い愛情を育み、手代や女中達と共に苦労して商いをすることで、彼らとも離れがたい絆でつながっていたのではないか。いわば仮面だった筈の薬屋としての顔が、ホンモノの顔になりかけていたため、下手人である柴田軍を許すことができず、自らの死を賭して一矢を報いたかったのではないか。但し言えることは、Kは、裏の顔である忍者としての正体を、いかなることがあっても決して明かさないという掟だけは、守り通したということだ」

「話は変わるが、キリシタンで天正少年使節の一人として、ローマにまでいった中浦ジュリアンの最後を知っているか？」

「……」

「彼は、徳川政権の禁教令によって、実に十九年間の潜伏生活を強いられた。この間、彼は迫害に苦しむキリシタン達を慰め力付けていったが、ついに捕まり処刑された。その処刑のとき、多数の住民が見守る中で、奉行や処刑人に対し『私は、ローマへ行った中浦ジュリアンだ』と、挑むように言い放ったという。彼は、自分の栄光と苦難の人生に悔いはなかったから、誇りを持って自らを名乗ることができたのだな。それに比べてKは、自らの裏の顔を隠し通し、裏組織の戦友であるRやSにさえも何も知らせず、孤独のうちに処刑されたのだ。わしは、ホンモノになりかけた表の顔に、裏の顔が押しつぶされそうになりながらも、忍者としての筋を通したKの最後を知り、強くそして深く心を打たれた……」

　ここまで語った根津老人は、草影の深刻な表情を見ると、もはや何も言わなかった。

会話の途切れた部屋の中には、さわやかな春の風だけが吹き込み続けていた。

しばらくして草影は、感謝の気持ちを込めて深々と頭を下げ、別れの挨拶をした。

根津老人は、この日も門の外まで出てきて、

「今日も晴れていい天気だ。上田城は、今日あたり桜が満開だから見ていくといい」

と言ってくれた。しかし続けて、やや翳りのある表情になって暗い近未来を語り始めた。

「わしには、時代がどんどん悪い方向に進んでいるように思えてならない。驕り高ぶっている日本陸軍は、無敵皇軍と称して、自分が見えなくなってきている。だから、ひょっとすると近いうちに、中国だけでなく、国力の差を無視して英米とも開戦するかもしれない。そうなれば奈落の底に突き落とされるような敗北を喫するだろう」

しかし、その暗い予測だけではまずいと思ったのか、草影を元気付けようとした。

「だが、たとえそうなったとしても、おまえとおまえの生徒達は、決して桜のように潔く散ってはいけない。戦国の忍者がそうであったように、現代の忍者も、切腹や自殺をすべきではない。わしは、何が起ころうとも、たとえ卑怯者と言われようとも、次の新しい時代まで、絶対に生き抜き、新しい時代を創っていくべきだと思う！」

と、癖のある言い方だが、心に沁み入るような激励の言葉で、見送ってくれたのである。

上田駅に昼近くに着いた草影は、上田城の数多い満開の桜を見ながら、久しぶりに心が浮き立ち、明るい気分で散策することができた。

しかし、花見をしながら、今回の出張の予想をはるかに超えた成果を、満足感を持って振り返るうちに、根津老人の別れ際の言葉が突然に思い出された。

特に、「日本が英米との戦争により、奈落の底に突き落とされる」と言った予測が、妙に気になり始めた。そしてそうなった場合、世界を網羅して情報戦・謀略戦を指導する立場にある自分は、根津老人の言う「次の新しい時代」に、決して生き残ることはできない、という暗い予感がしてくるのだった。だとするなら、こうした満開の桜を日本で見る機会は、もはや今日だけかもしれないと思えてきた。

すると、ふと目の前の桜と重なって、

　ささ波や　滋賀の都は荒れにしを　昔ながらの　山桜かな

という和歌が、脳裏をよぎった。この歌は、平家物語に登場する平忠度が都落ちしたときに、藤原俊成に献呈した秀歌だった。

忠度はその後、一ノ谷の合戦で戦死した。そのさらに後、平家は壇ノ浦の戦いで滅亡し、勝利した源氏の天下となったため、この秀歌は、俊成によって選ばれ『千載和歌集』に載せられはしたが、「よみ人しらず」となり、忠度の姓名は記されなかった。

草影はこのことを思い出し、目の前の桜を見るうちに、忠度の滅びゆく生涯と同じ道を、情報戦を指導する自分の未来も辿っていくのではないか、と思えてきた。さらに忠度の歌が「よみ人しらず」だったように、自分の情報戦も、決して後の世に語り継がれることはないと思った。

上田城の桜一色の華やいだ風景と対照的に、こうした暗い予感が、黒雲が広がるように、心の中を覆っていくのだった。

そうした暗い予感に陥れば陥るほど、一昨日と同じ想いが頭に浮かんだ。それは公務ゆえ許されないことだが、最後の機会になるかもしれないのだから、麻千子を連れてくればよかった、という強い想いだった。

夕方になって信越線に乗った草影は、途中の小諸駅が近づくあたりから、車窓から見える山々が気になり始めた。というのは、ひょっとすると汽車の窓越しに、RとSが狼煙を焚いた山が見えるかもしれない、と思ったからだった。

そんな期待を持った草影は、佐久方面の山並みを、じっと見つめ続けた。そのように熱心に眺めながら、ふと、自分はなぜRとSに親近感を抱いたのか、もう一度その原因を探ってみようと思いたった。

草影は思索を深めるうちに、情報戦を戦うという共通項以外に、RもSも自分も、子供の頃に貧困というつらい経験をしている共通項があることが、はっきりとわかってきた。

そう気付くと、彼らが、下積みの貧しい人間でも救おうとした一向宗徒に共感したことが、彼らの内面の気持ちになって、よく理解できた。

こうした彼らへの共感から、自分も若いときに読んで、深く感銘した親鸞の『歎異抄』を、もう一度じっくり読んでみようと思った。

その後も草影は、夕陽に照らされた佐久の山並みを、車窓から見えなくなるまで、感慨深けにじっと見続けるのだった。

（十七）中野学校開校——そして太平洋戦争勃発

昭和十三年（一九三八）七月、日本陸軍創設以来、初めての情報戦士を養成する専門学校である中野学校が、ついに開校することになった。草影、福西、虎岩、三人の中佐の柔軟な発想を駆使した粘り強い努力により、ようやく開校にこぎつけたのである。

残念なことに虎岩中佐は、異動となってしまった。そのため草影中佐が所長、福西中佐が主任という役割分担でスタートした。

中野学校に入学する生徒は、全国の予備士官学校生の最も優秀な中から、さらに選りすぐられた二〇名から構成されていた。

入学の初日、背広姿で来校するように指示された二〇名の生徒達は、九段牛ヶ淵の古ぼけた教室に集められた。そこで、同じ背広姿の草影所長と福西主任から、中野学校の基本目的と基本任務及び基本精神、そしてそれに基づく四つの基本方針の説明を受けることになった。

まず草影が、緊張した面持ちで壇上に立ち、所長となったことを意識して、力強く宣言した。

「今日広く東アジアを見渡すと、長年にわたる欧米列強による植民地支配の圧政に、数多くの民衆が未だに苦しんでいる。中野学校は、こうした現状を踏まえ、東アジア各地を解放し、政治的独立を支援するための情報戦士の育成を、基本目的としている。そして、そうすることで、東アジアに新たな経済圏を創出し、平等互恵の新秩序構築を目指す」

と、グランドデザインを提示した。

「その新秩序実現に向けて情報戦・謀略戦を戦うのが、我が中野学校に選抜されて、本日入校し、この教室に集まった諸君である」

そう言うと、期待を込めて一人一人に眼を向けた。さらに続けて、

「欧米列強の植民地支配から、東アジア各地の民衆が独立するためには、平和的な解決の道はありえないだろう。したがってそれは、武装した民衆による独立戦争によってしか達成されないであろう」

と言って、楽観的な見通しを否定し、厳しい戦いを予想して、生徒達の卒業後の基本任務と基本精神を説明していった。

「その独立戦争における情報戦・謀略戦を担うことで、東アジア各地の民衆を支援することが、諸君の基本任務となる。そのため諸君は、民間人になりきり、長期にわたり現地にとけこんで、言わば〝現代の忍者〟となって、孤独な戦いを担わねばならない。その孤独な戦いを支えるために、我が中野学校は、〝謀略は誠なり〟を基本精神とする」

と強調し、〝あるべき情報戦士像〟を提示した。

「この基本精神に示されているように、我々は、諸君を志の低い特殊技能を持つだけのスパイにすることは、毛頭考えていない。諸君は誇りを持って、『知の力で創られた情報＝インテリジェンスを創出できる最高の知識人としての現代の忍者』に、なってほしい」

話し終えた草影は、生徒達一人一人の反応を探ろうとした。しかし彼らは、草影の説明が全く想定外だったのか、一様に驚愕した表情で、戸惑っている様子だった。

次に福西が壇上に立ち、淡々とした口調で説明を始めた。

「諸君は、本日付で少尉に任官することになった。そして、将来もずっと日本陸軍の将校であり続ける。但し、この学校で学ぶ諸君は、在学中も卒業後も、本日背広姿で集まってもらっているよう

に、今後は一切軍服を着用する必要はない。このことからわかるように、中野学校の第一の基本方針は、背広姿の民間人になりきることである」

この福西の、口調は穏やかだが、予想だにしない説明に、多くの生徒が陸軍の金筋に星章の輝く将校服に憧れていたためか、明らかに落胆した表情になっていった。そのときに説明者でなかった草影には、多くの生徒のその表情の変化が、はっきりとわかった。

しかし福西は、そうした生徒達の落胆した気持ちを忖度することなく、全く表情を変えずに、第二の基本方針の説明を始めた。

「基本方針の二つ目は、諸君が本日から極秘の任務を担う情報戦士となるために、現在の氏名を、今日限りで捨ててもらう、という方針だ。その上でそれぞれ新しい名前を考えて、今後はその氏名を名乗ってもらうことになる」

この二つ目の基本方針には、全員が衝撃を受けたようで、一人の生徒が、納得できないという表情で挙手し、質問してきた。

「我々が、情報戦士となって、国のため、東アジアの新秩序建設のため、情報戦・謀略戦を戦わねばならないこと。そのために長期にわたり、民間人の顔を持って活動しなければならないという主旨は、どうにか理解しました。しかし、なぜ本名を捨てて、偽名まで名乗らねばならないのでしょうか？」

この質問に対し福西は、

「一般に諸外国においても、情報戦士やスパイは、偽名を名乗るケースが多い。しかも、これからの諸君の活動は、日本陸軍の最高機密事項となる。したがって、敵との情報戦・謀略戦において、家族や友人からの情報で、正体を暴かれないようにしなければならない。

そういうことで、過去の経歴や人間関係を断ち、偽名を名乗らねばならないのだ」と、冷徹な表情で答えた。

草影は、この説明では、未だ説得力に欠けていると、咄嗟に判断した。ともかくまずは、情報戦士としての実際の活動と、その活動が如何に大きな意義を有しているかを、この場ですぐに具体的に説明する必要があると感じた。

そこで、急遽予定を変更し、明石大佐の西ヨーロッパにおける情報戦・謀略戦を、約一時間かけて説明することにした。その中で、〝明石大佐が如何に日露戦争の勝利に貢献したか〟を丁寧に説明した。さらに、それだけでなく明石大佐が単なるスパイではなく、〝謀略は誠なり〟を実践していたことを、力を込めて語りかけた。

特に、明石大佐が日本の勝利という枠組みを超えて、ロシアの革命諸党派と連携して、ロシアの圧政に苦しむ民衆を救おうとしていたことを、具体的に明らかにした。さらにその活動が、人類愛に満ちた崇高な理念に基づいていたことから、草影自身が、明石大佐の勝利への貢献と崇高な理念に感動したことを率直に伝えた。同時に、にもかかわらず明石大佐の晩年が孤独だったことも、隠すことなく説明した。

この草影による熱い気持ちを込めた明石大佐の説明は、生徒達の心に感動をもたらしたようだった。生徒達は次第に眼を輝かせ、耳を傾けて聞くようになったのである。

しかし草影は、明石大佐の孤独な晩年の話を聞くことで、生徒達が〝割に合わない任務〟と逃げ腰になるのではないか、と秘かに危惧していた。ところが生徒達の反応は意外にも全く逆で、さらに深い感銘をもたらしたように見えた。

むしろ情報戦士の報われない戦いを、自らの問題として受け止め、それぞれが深く考えているよ

うだった。この予想外の生徒達の反応から、何も隠さずに明石大佐の説明をして心から良かったと思い、

「何か質問はあるか？」

と聞くと、背の高い精悍な顔付きの、見るからに知的好奇心の強そうな生徒が、挙手して立ち上がった。

「私は、風間徹といって、もともとは世界経済論を専攻してきましたが、気になったことが一つあります。それは、明石大佐が現在のソ連や北欧や東欧、さらには西欧までを活動範囲にしていたことです。だとするならば、われわれ情報戦士の活動は、何も東アジアに限定されるわけではないと思えるのですが？」

この質問に対して、草影は正面から受けとめ、真剣に対応した。

「もちろん、限定されるわけではない。欧米列強の植民地は東アジアのみならず、インド・アフガニスタンを越えて、中近東、さらにはアフリカ大陸にまで及んでいる。したがって、我々の基本方針も、より普遍化して『アジア・アフリカの植民地で、長年の欧米列強の白人支配の圧政に苦しむ全ての民衆を救うこと』だと、言い換えるべきかもしれない」

と答えると、風間は、「よくわかりました」と言って、大きく頷きながら満足気な表情で頭を下げ、着席した。

草影が予定外で明石大佐の説明をしたため、生徒達も、ある程度中野学校の基本目的と基本精神、それに基づいた二つの基本方針を理解できたようだった。そこで福西は、第三、第四の基本方針を、予定通りに説明していくことにした。

「第三の基本方針は、自国語の日本語以外に、二つの外国語を日常会話ができるレベルまで、この

一年間で習得することである」

と言って福西は、ハードルの高い第三の基本方針についての生徒達の反応を探ろうとした。しかし、異国の地で情報戦士として民間人の顔で活動するためには、この程度の語学力・会話力が必要とされていると彼らは納得しているように見え、質問も出なかった。

「第四の基本方針、この四つ目の方針が、草影所長も私も、一番大切だと思っている」

福西が切り出すと、生徒達は何を言い出すのかと、一斉に彼の口元に着目した。

「それは、君達生徒諸君の自律性を徹底して尊重することだ。明日からは、政治・経済から宗教・文化まで、幅広い分野の知識を習得し、社会を深く洞察できる見識を養う授業が組まれている。それに加えて、情報戦士になるための専門の技術教育の課目も、すでに組まれている。さらには、甲賀流忍者第十四世による忍術の授業も組まれている」

ここで一呼吸おくと、より力を込めて生徒達に語りかけた。

「しかし、諸君が常に受け身で受講したのでは、我々が組んだカリキュラムの習得効果は、減殺されてしまう。諸君が、受講するカリキュラムを真に活かすためには、常に自分の頭で考え、自分の言葉で話し、自主的・自律的に学ぶ習慣を身に付けていかねばならない。所長も私も、諸君がそうした能力を有する人材だと判断して、中野学校の生徒として採用している」

説明が終わると、生徒達は、自律性を重視する第四の方針に納得し、幅広い授業内容に興味を持ったようだった。この生徒達の反応に自信を深めた福西は、さらに革新的な校則について説明し始めた。

「第四の基本方針に、もう一点付け加えると、諸君には、授業をきちっと受ける以外に、禁止事項は一切ない。外泊も自由だし、行ってはいけない場所もない。それが中野学校の校則だ！　所長も私も、この自律性を最大限に尊重する校則を、中野学校の校風にまで高めていきたい、と思っている」と言うと、多くの生徒が、一瞬拍子抜けしたような表情になった。

軍人養成の学校としては不似合な方針をどう受けとめるべきか、戸惑う雰囲気が生徒達に広がる中で、また別の生徒から質問が出た。

「軍人を育てる学校で、自由や自律性を重視する学校は、今までになかったように思うのですが……。なぜそのようにするのでしょうか?」

この当然の質問に、福西は論理立てて答えていった。

「諸君は、卒業後はたった一人、異国の地で、孤独かつ過酷な戦いに従事することになる。そのためには、上官から何の指示も拘束もない自由の中で、自主的に判断し、自律的に活動しなければならない。自らを、自らが律するしかないのだ。だからこそ、明日から全員が、自由の中での、自律性を持った生活様式や、戦いの方式を、徹底して学ばねばならないのだ」

この答えに対し、全ての生徒達が、自問自答し始めることで「自由の中での自主的行動は、自分の責任で、自らを律しなければ、決して実行できない」という、隠れた難しさに気付き始めたようだった。

しかも、卒業後の自主的行動は「孤独の中で、実践しなければならない」という、実は極めて厳しいものだということが、生徒達にも、ようやくわかってきたのである。

こうして翌日から、授業が開始された。

草影と福西の事前要請により、講師陣も、生徒と同様に、軍人も学者も例外なく、背広姿で教壇に立つようになった。

草影と福西は、きめ細かく二〇名の生徒達を指導した。こうした積み重ねと、生徒達が少人数だったことが相俟って、かつての寺子屋のような雰囲気の学校となっていき、生徒達は、次第に強い結束力で結ばれるようになっていった。しばらくすると生徒達は、草影を「所長さん」、福西を「主任さん」と、親しみを込めて呼ぶようになった。

毎日の授業は、今は転任した虎岩と福西によって、事前に練りに練って組まれたカリキュラムに沿って、着実に実施された。

それに加えて、草影が自ら講師となり戦国時代の忍者を中心に、日本軍事史における情報戦・謀略戦に関する特別講義を実施した。

特に『戦国の忍者Rの手記』を題材に、〝戦国の忍者のノウハウや彼らが抱えていた課題を、現代の情報戦に如何に活かすべきか〟というテーマで、生徒達に徹底的に討議させた。

また、入校式で草影が説明した〝謀略は誠なり〟という中野学校の基本精神を、徹底させようとした。そのために、参謀本部の倉庫に埋もれていた明石大佐の報告書『革命のしをり』を、謄写版刷りにして配布した。このテキストを使い、入校式の説明よりも詳細に、明石大佐の人類愛に基づく情報戦・謀略戦の内容を、自ら講義していった。

さらに今後、それぞれの生徒が、卒業後に「自分自身が、情報戦・謀略戦を、どのように担うべきなのか」を、複数の視点から個別テーマを設定させ、意見交換させるようにした。

そして、こうした講義と意見交換の後には、必ず草影と福西は、

「これほど報われない任務なのだから、いつでもやめてもらって、正規の軍人に戻っていいのだぞ！」と、付け加えるのだった。

しかし生徒達は、数か月を過ぎる頃には、入校当初の戸惑いや迷いから脱け出るようになった。

むしろ日増しに、それぞれの自律性を存分に発揮するようになり、情報戦士としての能力や特殊技術に、磨きをかけるようになっていった。

さらには、〝愛国心を超えた東アジアの平等互恵の新秩序、ひいては世界人類の植民地支配からの解放〟という崇高な理念に基づき、〝謀略は誠なり〟の基本精神を、自らのものにしていったのである。

当時、日中戦争が泥沼化し、ヨーロッパの軍事情勢も日増しに緊迫化しつつあった。そうした時代背景もあり、すでに高等学校や中学校においても、配属将校による軍事教練が義務付けられていた。それに加えて、神憑り的な精神教育や、上からの規律や規則が強化されていった。

こうした学校教育の変質によって、中野学校のように、生徒の自律性を重んじ、自由に振る舞える学校は、日本全国のあらゆる学校を見渡しても、すでに皆無となりつつあった。にもかかわらず、流れに抗うように、草影も福西も、全ての講義の終了後はタブーを設定せず、生徒全員が納得するまで、徹底して自由に討議させた。

あるときは、天皇制を巡って、講師と生徒の間で激論となった。一部の生徒達は、

「異国において『天皇は現人神だ』と説明しても、通用する筈がない」

と言って、立憲君主制的な主張をした。そのため講師は、

「おまえ達は、軍人として、おそれおおくも天皇陛下を、何と思っているのか！」

と激怒し、暴力沙汰になりそうになった。

草影は所長として講師と生徒の間に割って入り、両者の主張を冷静に聞いた上で、驚くべきことに、

「天皇陛下は、現人神ではなく、人間である。したがって教官、あなたが間違っている！」

と、言い切った。

天皇機関説が否定され、当時の神憑り的な異様な空気が支配する時代の中で、生徒達の主張は、不敬罪と言われても仕方のない内容だった。しかし草影は、それを全面的に支持する進歩的な裁定を下したのだった。

このように二人は、神憑り的な非合理性を全否定する一方、上から権威的に押し付ける型にはめるような軍人教育も否定した。生徒の自律性を尊重する教育を、あくまで貫いていったのである。

こうして瞬く間に一年が過ぎ、やむをえない事情を抱えた二人の生徒を除く、一八名の第一期生が卒業した。卒業した生徒達は、背広を着た情報戦士となり、東アジアを中心に世界各地へ巣立っていった。

第一期生が卒業した二か月後の昭和十四年（一九三九）九月には、ナチス・ドイツがポーランド侵攻を開始した。その強引な侵攻作戦が引き金となり、イギリス・フランスがドイツに宣戦布告し、第二次世界大戦が開始された。

さらに戦火が広がりそうな緊迫した世界情勢の中で、中野学校では、十二月には第二期生七〇名を迎えた。彼らも同じ教育を受け、昭和十五年（一九四〇）一〇月には卒業した。彼らもまた、世界各地に巣立っていったのである。


情報戦士養成学校としての中野学校を福西と共に基礎固めし、順調に軌道に乗せていった初代所長・草影は、第二次世界大戦の勃発にともない、「日本陸軍のヨーロッパにおける秘密情報機関の指導者となり、情報戦・謀略戦を展開せよ」という特命を受けた。

第二期生までを教育して、中野学校を離れた草影は、表の顔は満州国の官吏として、ドイツに赴任することになった。

当時のヨーロッパでは、陸海空の正規軍による戦いが拡大する水面下で、イギリス・ドイツ・ソ連など各国のスパイが入り乱れ、激しい謀略戦が展開されていた。ヨーロッパの謀略戦は、二重スパイが暗躍し、時に三重スパイがいるとさえ言われていた。

草影の目には、高いモラルを持つごく少数のスパイを除き、大部分のスパイが〝誠の精神〟を完全に欠落しており、祖国愛さえもが希薄になっているようにしか視えなかった。そして仮面をかぶって演技する行為が日常化するうちに、仮面そのものが裏に隠れたホンモノの顔を食い尽くし、仮面をかぶっていること自体が、その人間の本質的特徴と化しているようにさえ思えた。その結果、裏の闇の世界では、情報を得るためには手段を選ばず、金、セックス、酒を絡めた裏取引が横行するようになる。こうした薄汚れた謀略戦が、スリリングなゲームを楽しむような、ホンモノの顔を失ったスパイ達によって、モラル無き仮面劇として展開されていたのである。

以降の世界情勢は、こうした水面下の謀略戦が奇怪な様相を呈する中で、ヨーロッパを中心にめまぐるしく変転していく。

昭和十五年（一九四〇）には、ドイツは電撃作戦を開始し、四月にはデンマーク・ノルウェー、五月にはオランダ・ベルギーに侵攻した。さらにフランスにも進撃し、六月には早くもパリを占領していた。そして翌年の昭和十六年（一九四一）六月、ドイツは突然ソ連に侵入し、独ソ戦が開始された。

日本は、こうしたドイツの攻勢に引き摺られ、「バスに乗り遅れるな！」とばかりに、昭和十五年九月には、日独伊三国同盟を締結した。その結果、米英との対立が、急速に深まっていった。

同時期にドイツに赴任していた草影は、ヨーロッパでの戦争を総力戦として調査分析すればするほど、大島ドイツ大使やドイツの電撃戦に幻惑される武官達が言っているほどに、「ドイツの勝利は近い」とは思えなかった。

しかもナチス・ドイツは、ユダヤ人を迫害するだけでなく、収容所に連行して大量虐殺しようとしている、というにわかに信じがたい断片的な情報が、草影のもとに集まってきた。人種差別を最も嫌う草影は、「総力戦としては、ドイツ優勢にあらず」「しかもユダヤ人を大量虐殺しようとしている」という機密情報を発信し続けたが、陸軍参謀本部からは完全に無視された。

そうした中で、草影・福西と共に中野学校を立ち上げた虎岩は、軍務局軍事課長として、日米交渉を担当した。

虎岩は、アメリカとの国力の差から、アメリカと開戦しても、勝算の可能性は全くないと確信していた。そこでそれを、客観的な数値で証明しようとした。

鉄鋼一対二〇、飛行機生産能力一対五など具体的数値を示し、全体として物量の戦力比はアメリカの一〇分の一にも満たないと主張し、日米戦の回避に奔走した。

しかし、虎岩の主張は否定され、主戦派に押し切られそうになった。そこで最後の打開策として、大胆不敵にも東条陸軍大臣に直談判し、説得しようとした。

ところが、この虎岩の強引な方法は、説得どころか逆に東条大臣の逆鱗に触れることになった。その結果、軍事課長を解任され、陸軍の中枢から遠ざけられて、近衛第五連隊長への転出を命じられたのだった。

このように陸軍の草影や虎岩、陸軍を追われた石原元将軍、知米派の栗林忠道大佐、山本連合艦隊司令長官などの「ドイツ優勢にあらず。アメリカとの圧倒的な国力の差から、日米戦は回避すべきだ！」という主張は、結局ごく少数の意見にとどまったままだった。

そのため、もはや日米戦を回避させるまでのパワーを持つには至らなかったのである。

こうして昭和十六年（一九四一）十二月八日、日本は、アメリカ・イギリスに宣戦布告し、ついに太平洋戦争に突入することになってしまった。

草影が、この開戦のニュースを聞いて、最初に思い出したのは、三年前に根津老人の言った「アメリカ・イギリスとの開戦は近い」という予測だった。

この言葉を思いだし草影が感じたことは、結局のところ自分の機密情報の発信が何の歯止めにもならずに、根津老人の予測通り、太平洋戦争を勃発させてしまったという無力感だった。

さらに草影の頭の中には、

「国力の差を無視して開戦すれば、奈落の底に突き落とされるような敗北を喫する」

という根津老人の開戦後を予測した言葉が蘇り、草影自身も、

「根津老人の予測通りに、事態は推移するだろう」

と思い、暗澹とした気持ちになっていくのだった。

しかも草影が不満だったのは、『米英両国に対する宣戦の詔書』の内容だった。

「米英両国は、蒋介石政権を支持することで、東アジアの混乱を助長し、東洋を征服する非道の野望をたくましくしている……このような事態が続けば、日本帝国の存立は、危機に瀕することになる。事ここに至って、我が帝国は、自存と自衛のため、立ち上がった……」

という一貫して受け身に終始する中味だった。

そこには、「欧米列強の植民地支配から、東アジアの民衆を解放し、政治的独立の実現を支援することで、新たな平等互恵の東アジアの新秩序を構築する」という、かねてより草影、虎岩、福西

の三人が主張してきた太平洋戦争の大義名分も、戦争終結に向けたグランドデザインも、書かれていなかった。

これでは、「東アジアの民衆と連帯した正義の戦争なのだ！」というメッセージが全く無いため、「東アジアの広範な民衆の心を奮い立たせること、そのことを起爆剤にした僅かな勝利の可能性」をも、日本軍自ら、摘み取っているとしか思えなかった。

草影は、開戦後の悲観的な予測と、大義名分もグランドデザインもない宣戦詔書への不満から、当時の陸軍最高指導部に対し、やりきれない憤怒の気持ちを持つに至った。

「驕り高ぶっている日本陸軍は、無敵皇軍と称して、自分が見えなくなってきている」

「わしには、時代がどんどん悪い方向に進んでいるように思えてならない」

この根津老人の二つの言葉を今また噛み締めながら、日本の社会は〝不治の病〟に蝕まれ、破局に向かって突き進んでいるように思うのだった。

草影が定義する〝不治の病〟とは、〝知識や知恵を創造していく能力を完全に奪い尽くす特徴を持った悪性の病〟であった。

特に、ここ数年でこの〝不治の病〟が、日本軍において急速に進行したと実感せざるをえなかった。今回の太平洋戦争の勃発は、さらにその進行を加速させ、その病の範囲も広がり、今や日本のあらゆる組織を蝕んでいくように思えた。

そして、その最先頭で知を退廃させ〝不治の病〟による破滅への道をひた走っているのが、今や首相兼陸相となって権勢を振るう東条英機を筆頭とする日本陸軍のごく一部の最高指導者達だった。

しかし戦争が進行する中で、日本からはるか離れたドイツにいる自分には、〝不治の病〟による破滅への道を止めることなどできないと、あきらめざるをえないという心境になっていた。そのため軍人である自分は、情報戦を最先頭で担い、日々の戦いに忙殺されているのだが、その一方で、まるで傍観者のように醒めた心境のもう一人の自分が、「何をやっても破滅するのだ」とささやく声を打ち消すことができなかった。

〝知の退廃〟を象徴的に示しているのが、日本陸軍創設以来の天才と言われた石原将軍が、東条陸相の画策により、この年の三月に予備役に編入されたことであった。

その後、石原元将軍は、立命館大学で国防学を講義することになり、『戦争史大観』を出版することになった。しかしそのペンの力を恐れた東条陸相は、執拗に政治的圧力をかけ、石原元将軍を大学講師の座からも引き摺りおろして、退職に追い込んだ。

さらには、『戦争史大観』を絶版の上、全部数を没収したのである。

こうした東条陸相の露骨な政治的弾圧により、石原元将軍は、故郷の山形に帰らざるをえなくなった。その後は東亜連盟の指導者として、日本人や独立を目指す朝鮮人の会員達と共に、連盟の活動を地道に続けるのだった。

この石原将軍の追放劇に端的に示されているように、この時期においてもなお、石崎功の主張した〝昭和の軍人三タイプ論〟を適用できると、草影は思った。

「まず第一のタイプ対第二のタイプの派閥抗争では、二・二六事件以降、第一のタイプの統制派が一方的に勝利した。しかしその後は、第一のタイプは、その主観主義に加え、政敵である第二のタイプ＝皇道派の特性である神懸り的な非合理性をも、併せ持つようになっていった。この結果、第一のタイプ統制派は、石原元将軍のようにグランドデザインを持ち、知識や知恵を創造し、合理性重視の少数派である第三のタイプを毛嫌いし、駆逐していった」

と、その後の推移を〝三タイプ論〟で説明できると思ったのである。

この第二の特性を併せ持った第一のタイプの勝利を、象徴的に表現している文章が、この時期に発表された。それは、開戦の年に東条陸相によって、全軍・全国民に示達された『戦陣訓』であった。

「夫れ戦陣は、大命に基づき、皇軍の真髄を発揮し、攻めれば必ず取り、戦えば必ず勝ち……」

と、文体は洗練されていたが、その内容はおよそ知性も合理性も欠落させていた。その『戦陣訓』を東条首相は発表し、しかも自ら朗読し、そのレコードを紀元節に発売するほど、その増長慢は頂点に達しつつあった。

さらに『戦陣訓』において、「生きて虜囚の辱を受けず」と、世界各国の軍隊の常識において、ありえないことが、書かれていた。

草影は、戦国の忍者がそうであったように、教え子達にも、

「敵に捕まり捕虜になっても、逃げる可能性を追求せよ！

たとえ戦傷で体が動かなくなっても、ほんの少しでも再び戦える可能性がある限り、自殺することなく、最後まで生き抜け！

そうすることが、君達、情報戦士の任務である！」

と、再三再四にわたり教えてきただけに、この異様な『戦陣訓』の文章を、とても承服することはできなかった。

こうした知識や知恵に関する創造能力を奪い、非合理性を強要する〝不治の病〟の進行は、日本陸軍の教育においても進行していた。草影が中野学校の所長を退任し、ヨーロッパの秘密情報機関の責任者として赴任する昭和十五年秋、陸軍士官学校の採用試験科目から、なんと英語の除外が決定されたのであった。

この決定も、「敵を知り、己を知れば、百戦危うからず」という戦争の基本原則を逸脱しており、草影には考えられない決定だった。

中野学校では、その後も英語教育は続けられたが、海外で活動する情報戦士を育て指導する立場から言えば、当然のことであった。なぜならアジアの多くの植民地において、英語が公用語として使われていたからである。したがって、その地で情報戦・謀略戦を戦うためには、英会話ができることが必須条件となる。

その英語を、陸軍士官学校では、太平洋戦争開戦直前に試験科目からはずしてしまった。その後は新聞も、「敵性語廃止は、天の声、民の声、皇国民全体の輿論だ！」と迎合し、むしろ先頭に立って、煽っていく役割を担っていった。

草影は、こうした敵性語廃止の動きに、「ほんの一部の例外を除き、日本全体が、修復不可能な〝知の退廃〟に陥っている」と、強く感じた。

開戦後の日本の軍隊での英語教育は、中野学校と海軍でのみ続けられたが、その海軍においてさえも、兵学校の英語教育は、英語科の教官を除き全教官が英語教育廃止に賛同し、廃止寸前まで追い込まれた。

だが、井上成美校長だけは、反対した。

「各国の海軍で、自国語一つしか話せないような兵科将校はありえない。海軍将校にとって、英語は必須不可欠の学術であり、技能である。海事貿易上、英語が今日なお、世界の公用語として使われており、この明らかな事実を率直に認めなくてはならない」

この三つの論理的で筋の通った反対論により、海軍兵学校の英語教育は、かろうじて続けられたのである。

草影は、陸軍ではあまり知られていないこの話を伝え聞いて、まともな第三のタイプの数少ない軍人である井上成美校長の孤独な決断に、心から賛同するのだった。

〝知の退廃〟は、螺旋状のマイナスの自己運動を起こし、そのマイナスの運動範囲を拡大することになった。その自己運動は、まるで蟻地獄のように、あらゆる組織を引き摺り込んでいった。その結果、残り少なくなっていた知識や知恵を創造しうる組織も、例外なく巻き込み、知の機能を圧殺した。

こうしたマイナスの自己運動は、ついに東アジアの新秩序形成の構想立案能力を持つ満鉄調査部にも及んでいった。

開戦後の昭和十七年から十八年にかけて、関東軍憲兵隊は、満鉄調査部の中に大掛かりな反政府集団ありと疑い、調査部の主要メンバー四〇名以上を大量に検挙した。

石崎功もその検挙者の中に含まれていたが、その後の憲兵の取り調べでは、特に反政府活動の証拠は見つからなかった。加えて「石崎が中野学校の設立に寄与している」という福西の関東軍憲兵隊への強力な働きかけにより、早期に釈放になった。このことを聞き、草影は一安心した。

しかし、こうした大量検挙による調査員に対する踏み絵のような思想調査、皇国史観の強要は、とてつもない悪影響をもたらした。その悪影響は、満鉄調査部という組織が本来持っていた充実した調査機能を、大幅に低下させていくことにより顕現した。

まさに関東軍は〝知の退廃〟というマイナスの自己運動により、戦争において不可欠となるインテリジェンス収集や調査分析能力を自ら削ぎ落してしまったと言える。まるで目隠しをしたライオンのような状態に、自らを貶めていったのである。

太平洋戦争は、緒戦のハワイ・マレー沖海戦での大勝利を皮切りに、開戦後半年間は勝利が続いた。しかしミッドウェイ開戦の敗北以降は、虎岩が主張した通り、アメリカとの国力の差が顕著に現れるようになり、坂道を転げ落ちるように敗北を重ねていった。

そうした不利な戦況の中でも草影は、中野学校の卒業生達が、ビルマの独立に貢献していると、伝え聞くことができた。

また近衛第五連隊長から異動した虎岩が、東南アジアに情報・謀略機関を設立したという情報ももたらされた。その情報には、そのメンバーに、複数の中野学校の卒業生が加わっていることが記されていた。

さらに虎岩は、かねてより交流してきたインド独立運動の志士達を指導者達に迎え、イギリス軍から投降してきたインド兵達を、集めているとのことだった。その数多くのインド兵達を、インド独立を目指すインド義勇軍として組織化すべく、我が卒業生達がその一翼を担い、日々活躍していることも伝わってきた。

草影は、断片的とはいえ、伝えられてくる卒業生達のめざましい活躍に、虎岩と福西とで設立した中野学校での教育は、決して間違っていなかったのだと確信することができた。

しかし他方で、中野学校卒の情報戦士達が、現地の民衆の側に立ったために、日本陸軍の司令官や参謀達と少なからず軋轢を起こしていると伝え聞いて、心を痛めるのだった。

こうして月日は経過し、草影は少将となり、ヨーロッパから戻って、満州の関東軍へ赴任した。そこで草影は、ソ満国境の最前線にある虎頭要塞の第四国境守備隊の旅団長となった。ところがその後、日本の敗北が決定的になった昭和二〇年（一九四五）になって、「余人をもっては代えがたい」ということで、同じ満州の特務機関長へと異動した。

かくして草影は、敗戦必至の絶望的状況の中で、対ソ連の情報戦・謀略戦を指導することになったのである。

（十八）敗戦――指導者草影の責任の取り方

昭和二〇年五月に同盟国ドイツが降伏すると、ドイツ攻略に投入されていた大量のソ連軍が、シベリア鉄道経由で移動できるようになった。その結果、この移動してきたソ連軍の大部隊が、従来からソ満国境に配置されていたソ連軍に加わった。ソ連軍増強の情報は、対ソ情報戦・謀略戦を主務とする特務機関長の草影に、頻繁に伝わるようになってきた。

これに対し、南方の戦いに多くの精鋭師団が抽出された関東軍は、開戦時に誇っていた軍事力を急速に低下させていた。そのため草影は、ソ連軍の満州侵攻による破局の時が、確実に近付いていると、判断せざるをえなかった。

日本軍にとっては、いかなる打開策もない決定的に不利な状況の中で、八月八日、ソ連は、日ソ中立条約を一方的に破棄､同時に､増強されたソ連軍が､ソ満国境の各地から一斉に侵攻を開始した。国境での戦いは、増強されたことで圧倒的な兵力と装備を擁するソ連軍が、各方面で一方的に日本軍を撃破する展開となった。ソ連軍の破竹の勢いは止まらず、刻々と満州中心部に迫りつつあった。

七日後の八月十五日、日本は、ポッダム宣言を受諾し、ついに連合軍に無条件降伏することになった。

米英に宣戦布告することで開始された太平洋戦争は、四年も経たずに日本の敗戦で終結した。その直接の敗因は、グランドデザインも大義名分も明確化せず、国力の差を無視したことにより、物量面で追い詰められたことにつきると言えた。

しかし草影には、日本社会の内部においてこそ、より深刻な敗因を抱えていたように思えた。その深刻な敗因とは、戦争中に何度も感じたことだが、軍部を中心に日本のあらゆる組織が〝知の退廃〟による〝不治の病〟に蝕まれていたことだった。

そして、その病に蝕まれた各組織が、相互に影響し合い、社会全体で螺旋状にマイナスの自己運動を加速し、そのことが一気に破局を迎えた最も深刻な敗因だと思えた。

特にこの第二の敗因については、我々日本の指導者達が、単に言葉の上で反省するだけでは、再び同じ過ちを犯すように思えた。それよりも〝知の退廃〟を生み出した要因や、破局へ向けた自己運動のメカニズムを科学的に解明することが、何よりも必要だと感じた。その上で、次代の指導者達に、その解明された知識や知恵を引き継ぐことが大切だと思えた。

草影は、日本が無条件降伏した八月十五日から、迅速な敗戦処理を指示した。

まずハルビンにある特務機関が長年にわたり蓄積してきた厖大な数の機密文書と、機関員並びに協力者の三千人を超える名簿を直ちに焼却するように指示した。

それと同時に、情報戦・謀略戦を担った特務機関員は、ソ連軍からスパイ罪等の適用により、最も重い戦争犯罪人にされる危険性が高いので、特務機関員全員の迅速な帰還を、即刻実現させることにした。

日本人は日本への帰還計画、朝鮮人は朝鮮への帰還計画に沿って、帰還させた。また満州人や中国人の機関員に対しては、任務を遂行してきた活動拠点であるハルビンの本部及び各支部から直ちに移動するように指示した。

特に赤軍のリシュコフ元大将や白衛軍の元将軍達を核にしたロシア人の機関員や協力者は、捕まれば国家反逆罪ということで、極刑を科される危険性が極めて高かった。そこで草影は、彼らロシア人の逃亡計画を最優先事項とし、一刻も早く南下し、想定されるソ連軍の占領地域から脱出するように指示したのである。

翌十六日夜には、関東軍司令部も、前線の各部隊に対し、戦闘行為の即時中止を指示してきた。

一方、ソ連軍も、ハルビンのソ連領事館を通じ、草影が管轄する特務機関を経由して、総司令官のワレンスキー元帥名で、停戦協定に応じると通告してきた。

そして八月一八日夕方には、早くもハルビン飛行場に、ソ連の飛行機一〇数機が飛来してきた。編隊を組んだソ連機は、しばらく上空を旋回し、関東軍の抵抗がないことを確認すると次々に着陸し、直ちに飛行場を占拠した。その後すぐに、ソ連軍の停戦協定を担当する将校団と兵士達が、ハルビンヤマトホテルに進駐することになった。

ハルビン市街は、列車に乗って避難できなかった不安げな表情の日本人市民に加え、撤退してきた日本軍将兵、さらに長距離を歩いて避難してきた疲れ切った日本人開拓農民の集団が、市街に入ってきていた。

他方で、早くもソ連軍を支持する満州人や中国人の不穏な動きに、市街は混乱し、騒然としてきていた。

翌十九日の夕方には、ソ連軍の一人の将校が、数名のソ連兵を従えて、騒然としつつある市街を通り、アール・ヌーヴォー風の特徴ある特務機関の建物の玄関に現れた。

その将校は、

「明日、特務機関長である草影少将と将校全員は、ヤマトホテルに出頭せよ！」

と、勝ち誇った勝者の顔で、高飛車に要請してきた。しかしソ連軍の傲慢な姿勢はそこまでで、まだ兵士の数が少ないためか、あるいは特務機関員の反撃を恐れてか、建物の中にまでは侵入してこなかった。

ところが建物の内部は、すでにもぬけの殻だった。なぜなら、すでに帰還計画に沿って、終戦時に数百名いた大部分の将校と特務機関員は、建物を退去していたからだった。今や残っているのは、一〇名足らずの将校と通信兵だけだった。

草影は、ソ連軍将校に応対した通信兵から、その要請内容を聞くと、

「一時間後に全員、会議室に集合せよ！」

と指示した。

そのあと草影は、機関長室の窓際に立ち、これが見おさめになるかもしれない満州の大きく真っ赤な夕日がゆっくりと沈むのを見ながら、じっとただずんでいた。

草影の内心は揺れていた。

数多くの特務機関員が祖国や故郷に帰還すべく、次々と建物を出ていった。最初に建物を出たリシュコフ元大将をはじめロシア人の協力者達は、今頃は大連港に着いている筈だった。今や帰還計画は完了しつつあり、その点では、機関長としての任務は終わりかけていた。そう思った途端に、激しく突き上げてくるような望郷の念に駆られた。

「帰りたい！　そして、もう一度だけでいいから、麻千子に会いたい！」と思った。

これまで押さえていた感情がほとばしり、最後まで任務をまっとうしたのだから、未だ残っている僅かな機関員と共に、自分も帰還していいのだと、自分を正当化しようとしていた。

しかしそのとき、すでに異国の地で人知れず死んでいった教え子達の顔が、一人また一人とはっきりと思い出された。草影は、少なくとも五人の教え子が、異国の地で戦死していたことを知っていた。彼らは、本名を捨て偽名を名乗り、たった一人で情報戦を担い、孤独のうちに死んでいったのだ。そしてこれからも、日本が敗戦したことで、スパイ罪により、犠牲になっていく教え子が出ることが予想された。そう思うと、アジアの植民地からの独立のために、情報戦を戦ってきた彼らの若々しい生真面目な顔が、次々と鮮明に思い出され、やはり自分は、彼らを指導した責任をとらねばならないのだと思った。

そして「だから私は、帰還すべきではないのだ」と、自分に言いきかせた。

しかし他方で、自分がこの建物に残留し、ソ連軍の捕虜になれば、間違いなく死刑になるだろうと思うと、体全体が震えるような恐怖感がわきあがってくるのを、押さえることができなかった。しかもそれ以前に、ソ連の秘密警察によるテロルをともなった厳しい尋問に、自分は耐えられるという確信を持てなかった。

あまりの心の動揺にいらつき、自己嫌悪に陥った草影は、たいして広くもない室内を歩き始めた。するとじっとりと汗ばんできて、帰還計画の指示と残務整理のために、何日も風呂に入っていないことに気付いた。


その瞬間、ふと、幼い頃の、風呂場での父との会話の記憶がよみがえってきた。

そのとき父は、幼い自分の背中を流しながら、突然に話し出した。

「史朗、おまえが親友と二人で砂漠を越えようとしていたとする。しかし砂漠は予想以上に広く、たっぷりあった水も、コップ一杯しか残っていなかった」

そういった父は、風呂に入るように促し、じろりと見つめながら、

「史朗、おまえだったらコップ一杯の水をどうする！」

と、質問してきた。その質問には、即座に答えることができた。

「親友と半分ずつ飲むよ」

この答えに父は満足して、賛成してくれると思ったが、意外にもこの答えを否定した。

「史朗！　それは間違いだ！」

「なんで間違いなのですか？」

驚いた顔をすると、父は噛んで含めるように言った。

「史朗、この質問の正しい答えは、その友達が親友で誰よりも大切ならば、親友にコップ一杯の水を全て飲ましてやることなのだ！」

「それじゃ、おれは死んでしまうよ！」

「そうかもしれないな」

「だから二人で半分ずつ分けあって飲んだ方が、いいじゃないか」

「しかしコップ一杯を飲めば、親友は砂漠を越えられることができるかもしれないのに、コップ半分の水では、二人共、砂漠を越えられない確率が高まってしまうぞ」

「……」

「友情とは、そういうものなのだ。自分を犠牲にしてでも助けたいと思える友人こそが、親友というものなのだ。よく覚えておけ！」

そう言われた幼い史朗は、父の言うことを完全に納得できなかったが、仕方なく頷いていた。


草影は、この父との会話を懐かしく思い出す中で、不思議と心の動揺がおさまっている自分に気付いていた。そして自分がコップ一杯の水を渡すこと、すなわち自分が犠牲になることで、一人でも多くの部下が助かるのなら、どんなにつらくとも、自分は帰還せずに責任をとらねばならないのだと決意することができた。


草影の決意が固まったときには、すでに一時間近くが経過していた。

そこですぐに、機関長室に残っていた二本の千福の一升瓶を自らが持って、会議室に向かった。残務整理を各自ほぼ完了していたのか、同じ時間に将校六名と通信兵二名の全員が時間通りに会議室に集まってきた。

「私も含めて、残っているのは九名か……」

草影はやや寂しげな表情で感慨深けに呟いた。

そのあと一人一人に視線を向けながら、

「今日まで、不利な戦況の中で、つらい過酷な情報戦・謀略戦を、よくがんばって戦ってくれた。しかし日本は敗戦し、私は何も報いることができなかった。それでも諸君は、停戦交渉の連絡や仲介などの敗戦処理をしっかりとこなし、最後まで残ってくれた。機関長として、心からお礼を言いたい。ありがとう」

と言って、深々と頭を下げた。

つい数日前まで数百名が働いており、喧騒に満ちていた建物も、もはや会議室に集まった九名しか残っていなかったため、この会議室以外は、物音も人声も聞こえず森閑としていた。そうした中での草影の率直な感謝の言葉に、全員が万感の思いで胸が一杯になっていった。そのためか、声一つ出ない会議室は、次第に粛然とした雰囲気に包まれていった。草影は、全員を見渡すと、再び話し始めた。

「先程、ヤマトホテルに進駐したソ連軍の将校が、当館に来て、『明日、私と将校全員は、ヤマトホテルに出頭せよ！』と、言ってきたとのことだ。したがって諸君とは、今日でお別れだ。そこで今から、訣別の盃を交わしたい」

と言って、持ってきた千福の一升瓶二本を、ドンと机の上においた。同時に、若い方の通信兵が、用意してきた盃を全員に配った。

この草影の行為に、怪訝な顔をした一人の将校が、

「全員で、帰還する約束だったのではありませんか？ それに機関長は、『何が何でも、故国に帰ろう』と、言われていたではないですか！ それが、何で訣別の盃を、交わさねばならないのですか？」

と、質問してきた。この発言に同調した別の将校も、

「再会を期しての盃ならわかりますが、なぜ訣別の盃になるのですか？」

と、納得できないという表情で詰め寄ってきた。

これに対し、草影は静かに語り始めた。

「確かに私は、『何が何でも故国に帰ろう』と言ったが、帰るのは私を除いた君達だ。私は、特務機関長として、ここに残る。対ソ情報戦・謀略戦を全面的に担ってきた我が特務機関は、ソ連赤軍の指導部にとっても、最高指導者のスターリンにとっても、最も憎むべき仇敵である筈だ。したがって我々は、関東軍の一般の将校や兵士とは全く別の、忌み嫌うべき存在であり、捕まえれば、いの一番に重刑に処すべき対象だと言えるだろう。であるから、もし私が、諸君と同じように姿をくらまし、逃げおおせたとしたら、彼らは、私の代わりとなる君らの何人かを、血眼になって捕まえようとするだろう。彼らの諜報網は、巧妙に仕組まれており、すでに我々主要メンバーの正体を、突きとめていると考えた方がいいだろう。但し彼らは、責任者の私さえ捕まえることができれば、彼らの面子を取り繕えるだろうから、君らを追跡することの優先度を下げるだろう」

自分を犠牲にして、部下の帰国を助けようとする、この草影機関長の予想だにしなかった発言は、会議室に集まった将校や通信兵一人一人の心を、強く揺さぶった。

そのあとは静かな感動が、さざ波のように広がっていった。

「時間がない。さあ酒を注いでくれ」

と草影は、若い方の通信兵に指示した。通信兵は、各自に配られた盃に、酒を注ぎ始めた。

このとき、突然に訣別の儀式の進行を遮るように、四〇歳過ぎの中年の将校が、声を震わせながら、草影に食い下がってきた。

「草影機関長、なぜ機関長だけが、そこまで責任を取らねばならないのですか！『情報戦・謀略戦を担う我々は、常にしたたかに生き抜かねばならない』と、普段から言っていたではありませんか！　確かに明日になり全員がいなくなれば、ソ連軍、とりわけ秘密警察は、血眼になって我々を捜すでしょう。しかし彼ら赤軍兵士の数は、まだこのハルビンでは少ないのですから」

　この訴えにも、草影は肯定せずに静かに応えた。

「そこまで言ってくれて、ありがとう。しかし私は、特務機関の責任者として、ここに残る。それに君達に話したことのない、もう一つ残らねばならない決定的な理由がある」

　そう言うと、今から七年前の昭和十三年（一九三八）の夏に情報戦士を養成する中野学校を創立し、その初代所長として、少なくとも八〇名以上を直接に教育し、世界各地で情報戦・謀略戦を戦うように命令したことを、初めて明らかにした。

「彼らの中には、すでに誰にも知られずに異国の地の戦いに破れ、戦死していった者もいると伝え聞いている。しかし生き残った情報戦士達も、今、日本の敗戦を知って、どうしていいかわからず、戸惑っているに違いない。さらに彼らの中には、今も敗戦を知らずに戦っている者もいるだろうし、すでに捕まって死刑を宣告されている者もいるかもしれない」

　ここまでは静かな口調で話した草影だったが、そのときふと、正体を明かさずに磔刑にされた忍者Kのことが脳裏をかすめ、教え子達の姿とKが重なっているように思えた。そして教え子一人一人の顔が浮かび、「がんばれ！」と祈るような気持ちになると、その気持ちの昂りを抑えることができなかった。そのため声は大きくなり、叫ぶような口調になっていた。

「苦しんでいる彼らは皆、私と心を通わせた最愛の教え子なのだ！　彼らが異国の地で誰にも知られずに、自分のほんとうの名前さえ名乗れずに死んでいくかもしれないときに、教師である私だけが、おめおめと日本に帰れると思うか！」

この草影の強い口調に、中年の将校も、もはや説得できないと諦めたのか押し黙り、それ以上に反論する将校はいなくなった。そのため発言する者はなく、しばらく沈黙が支配した。

ただ直接の教え子ではないが、中野学校を第三期生として卒業した二〇代前半の若い将校だけが、肩を震わせながら溢れる涙をぬぐっていた。草影は、ちらりと第三期卒の若い将校を見ながらも、自分が残ること、すなわちソ連軍に捕まることを、全員が納得してくれたと感じた。

そこで自らの気持ちの昂りを沈め、あらためて訣別のための挨拶をしなければならないと思った。

「私は、特務機関長として、また中野学校の初代所長として、自らの意志で、ソ連軍の捕虜になる。場所は異なっても、同じ境遇におかれている部下や教え子の先頭に立って、屈しないようにがんばるつもりだ。私は、間違いなく死刑になるだろうが、決して精神的には屈しない！」

と言って、まず指導者としての自己の責任の取り方を明らかにした。

次に、特務機関が悪の謀略機関のように一方的に非難され、歴史の闇に葬られたとしても、最後まで残ったメンバーに誇りを持たせようとした。

「我が特務機関は、昭和十三年、当時の機関長樋口将軍の英断で、誇るべき歴史を創ることができた。それは諸君も知っての通り、大量の難民を救済したことだ。ナチス・ドイツの迫害により、ソ連領を横断して逃れてきた多数のユダヤ人難民を、救援列車を出して受け入れ、衣類・食糧を難民全員に配給して救った。樋口機関長は、同盟国ナチス・ドイツの反ユダヤ政策を、人種差別であると激しく非難し、職を賭して、多数のユダヤ人を救ったのだ。このユダヤ人を救済した事実は、たとえ戦勝国といえども、歴史から消しさることはできないだろう。そして諸君のうち何人かは、実際にこの崇高な人道的任務を担っていた。だから若い諸君は、特務機関員の一員だったことを、誇りに思うべきだ」

と語りかけ、挨拶を締め括った。

「諸君は何としても、日本に帰国して、新しい日本を再建してほしい！　これが、私の諸君に贈る訣別の言葉だ。それでは、盃を交わそう。この日本酒は、うまいぞ！」

草影は、張りつめた空気を和らげるため、努めて明るくふるまって、酒の注がれた盃を高々と掲げ、訣別の盃でありながら、あえて「諸君の再出発のために！」と力強く言って、一気に酒を飲みほした。

そして全員が盃の酒を飲みほしたあと、名残り惜しそうに感慨無量といった顔をしている部下一人一人と、視線を交わしていった。

それが終わると草影は、特務機関長としての最後の命令を発した。

「これから夜になったら、各自目立たないように、一人一人分かれて、この建物から出ていくようにしてくれ。ソ連の正規兵は少ないが、すでにソ連のスパイが、この建物を見張っている可能性が高いからな。ともかくハルビンの市街から抜け出すまでは、細心の注意を払ってほしい」

と言うと、酒を注いでいた若い通信兵が、心配そうに、

「機関長は、どうされるのですか？」

と、聞いてきた。

「私は、この会議室の隣の仮眠室に泊って、明日はこの部屋にずっといるよ。日本が敗戦したからといって、ソ連軍の要請通りに卑屈になって、のこのこと自分から出頭などできるか！」

と感情を露わにすると同時に、冷静に、自分から出頭しないことのメリットを強調した。

「明日、彼らがこの建物に乗り込んできたときに、捕縛できるのが私一人だということを知り、驚き激怒するに違いない。しかし、そうすることが時間稼ぎにもなるのだから、諸君は、その間にな

るべく早くハルビンから離れることだ。以上、解散！」

こう草影が最後の命令を発すると、彼らは何度も振り返りながら、重い足取りで部屋を出ていくのだった。

全員が退出すると、草影は会議室の椅子にどっかりと座り込んだ。そして、

「これで現役の軍人としての自分の人生は、全て終わった」

と思った。そう思った途端に、指導者としての責任という肩の荷が降り、緊張で張りつめていた糸が、ぷっつりと切れたような放心状態になっていった。そうした中で、一人、盃に注いだ二杯目の日本酒を、ちびちびと飲み出した。自分の人生を彩ってきた味わい深い日本酒も、今日が飲み納めだと思うと、何とも言えない寂寥感を覚えるのだった。

（十九）石崎功との再会――そして訣別

がらんとした会議室の中で、草影は独り、酒を深く味わいながら少しずつ飲み続けた。酔いがまわるにつれ、この一〇日間余りのあわただしい日々の疲れが出てきたのか、しばらくすると、椅子に座ったままで、うたた寝を始めていた。

ところが二時間程たった頃、突然に廊下を足早に歩いてくる靴音が聞こえてきた。もうソ連兵が来たのかと、草影は咄嗟に身構えた。しかし扉が開かれると、そこにはソ連兵ではなく、若い方の通信兵が立っていた。通信兵は敬礼し、何か言おうとした。草影がその前に「まだいたのか！」と

咎めるように言うと、通信兵は弁解がましく報告した。

「私も今、建物を出ようとしていたのです。ところが玄関に一人の二等兵が立っており、『草影少将に面会したい』と言ってきたのです。あまりに突然なので、私が『草影少将と、どういう関係にあるのか?』と詰問すると、『石崎功が来ました、と伝えてくれればわかる』と、自信を持って言い張るのです。どういたしましょうか?」

この通信兵の言葉ですぐに、七年前に会った石崎のことを思い出していた。

「石崎君か……石崎君は昔、大変お世話になった私の先生とも言うべき人物だ。すぐに会議室に連れてきてくれ」

この指示に通信兵は、なぜ二等兵が将官に会えるのか、と怪訝な顔をしたが、すぐに踵を返すと玄関に向かい、石崎を連れてきた。

「草影少将、お久しぶりです」と言って、草影の前に兵隊姿のやつれきった二等兵が、直立不動の姿勢で敬礼した。顔も汚れ殺気立った顔になっていたが、よく見ると、その彫りの深い顔は、紛れもない石崎だった。

「おう! 石崎君か。七年ぶりですね」

懐かしそうに声をかけると、石崎も表情を和らげ、

「あの満鉄調査部の大量検挙事件の折には、福西さんに助けていただきました。ありがとうございました」

と、深々と頭を下げた。

このお礼は、福西に言うべきで筋違いだと草影は思い、

「あのときは、私はヨーロッパにいて、何も助けることができず悪かったなあ」

と言葉を濁し、

「ところで、石崎君も、ついに召集されてしまったのか」

と話題を変えて質問した。これに対し石崎は、召集されて以降のことを淡々と語り始めた。

「一昨年、召集されてしまいました。東条元参謀長が強権政治の常套手段としてよく使い、関東軍の憲兵隊が引き継いだ懲罰のための召集だったのかもしれません。そういうこともあってか、いきなり黄河を遡った最前線の砦を占拠する連隊に配属されました」

そこで一呼吸おくと、毛沢東の紅軍との銃撃戦について語った。

「彼ら紅軍は、攻めると退却し、我々が砦に退くと、夜間に闇にまぎれて攻めてきました。彼らは農民を味方にしており、巧みに遊撃戦を展開します。昨年の大陸打通作戦の折りには、陸軍の大部隊が長蛇の列を成して、何日も続いて我々の砦を通過していきました。そのとき、紅軍は退却していましたが、大部隊通過後は、再び攻勢に転じてきました」

石崎は、書物で学んできた毛沢東の紅軍と実際に戦うことで、その強さをあらためて思い知らされたと、語った。

その体験を踏まえ、結局のところ日本陸軍は、連隊が占拠していた砦のような〝点〟と、大部隊移動時の〝線〟しか押さえることができなかったと結論付けた。

「そのあと今年になって、我々の連隊は、関東軍の第四軍に編入され、ハルビン市北方の守備に着きました。しかし八月十六日に関東軍の即時戦闘中止の指令を受けて、長く駐屯できる建物を求めて退却しました。そして昨日、ハルビン近くの村の学校に到着しました。とりあえず雨露をしのげるということで、この学校に駐屯することになったのです。そこで連隊長と将校達が、善後策を協議しました。しかし名案は浮かばず、『ともかくハルビン市がどうなっているか、調べよう』ということになりました」

　ここで石崎は一呼吸おくと、続いて、ハルビン市調査の兵隊として、中国語と英語が話せるということで、自分に白羽の矢が立った経緯を話していった。

「それまで私は、満鉄調査部出身の左翼崩れの新兵ということで、連日ビンタの制裁を集中して浴びてきた二等兵に過ぎませんでした。それが敗戦と同時に二か国語ができるというだけで、将校も古年兵も、手の平を返したように、大切に扱い出したのです。私は、草影さんがハルビンで特務機関長をしていると、連隊長から聞いていましたので、『しめた！』と思いました。そこで、すぐさまハルビン市に向かい、騒然としつつある市内の状況を概ね把握し終えたので、ここを訪ねることにしたのです」

「そうでしたか。一昨年召集されて、実際に戦闘し、二等兵として大変つらい思いをされたのですね。お国のために、ご苦労様でした」

　と言って草影は、石崎を労うように頭を下げた。

　その後は草影の方から、直近の状況を説明した。特務機関の全ての機密書類を焼却し、全ての部下を故国へ帰還させるため退去させたこと。ただ自分は、特務機関長として、また中野学校の初代所長として、自ら捕虜になることを、手短に語っていったのである。そう語りながら、まだ通信兵が残っていることに気付き、すぐ建物から出るように促した。

　通信兵が名残惜しそうに会議室を出ていくと、草影は石崎に顔を向け、

「まだ八時です。今生の別れに、しばらく飲んでいきませんか？」

　と誘った。

「いいですね。連隊長からは本日中に何があっても帰還するように言われていますが、駐屯地には

二時間もあれば帰れます。まだ時間がありますので、飲ませていただきます」

草影は、一升瓶がもう一本あってよかったと思いながら、別の盃を用意して、日本酒を注ぎ、石崎と訣別の盃を交わした。

「この日本酒は千福ですね。懐かしいなあー」

石崎の発言をきっかけに、二人は、再会までの七年間、日中戦争から太平洋戦争の敗戦まで、どんな人生を歩んできたのか、語り合った。

草影は、石崎の自分に対する熱心な講義と助言により、中野学校を順調に軌道に乗せることができたと話した。それに加えて、そこで育った情報戦士達が、それぞれ成果をあげていったことを話した。

続いて草影は、大局的観点から、太平洋戦争が物量の格差だけでなく、グランドデザインも大義名分もないことから敗北したと話した。さらにもう一つの敗因として、日本社会の〝知の退廃〟をあげ、その進行と共に失敗を重ね、敗北せざるをえなかったという持論を話していった。

石崎からは、満鉄調査部の大量検挙以降に、調査能力が急低下していった目を覆うような惨状が語られた。

続いて草影は、石崎の仮説〝昭和の軍人三タイプ論〟が、その後の昭和の軍事史にも適用できると語った。特に「第一のタイプの統制派が権力を握ったがゆえに、日本は敗戦したのだ」と力説した。すると石崎は、目を輝かせて応じてきた。

「よく三タイプ論を、覚えておられましたね。さらに、それほど的確に、私の三タイプ論で、昭和の軍事史を説明いただくとは、思ってもいませんでした。私の仮説を活用していただいて、とても嬉しいですね」

と、心の底から満足そうに、満面笑みをたたえるのだった。しかし、そのあと石崎は、思わぬ方向へ話題の転換を図ってきた。

「ところで第三のタイプの草影さんは、本来、学者になるか、教壇に立って学生を教える講師になった方が、よかったのではないですか。残念ながら、同じ第三のタイプの石原元将軍は、東条の差し金で、立命館大学の講師の座から、引き摺り下ろされましたが……」

石崎にそのように言われて、草影は、顔には出さなかったが、ひょっとすると、自分は人生の選択を誤ったのかもしれない、と思った。

草影は、幼い頃に母が亡くなり、父の手一つで育てられた。しかも七歳のときに、父は事業に失敗した。そのこともあって養子に出され、遠縁にあたる養父母に育てられた。

養父母は二人共に、親としても、人格的にも尊敬でき、実子達と養子である自分を全く差別なく育ててくれた。

しかも「おまえは、成績がいいから、大学まで進学しなさい」とまで、言ってくれた。しかしそうは言われても、やはり子供心に養子であることが気になった。それに時たま感じた実子達のよそよそしい態度に、肩身が狭かった。

そこで学費がかからず自活できる学校ということで、自ら陸軍士官学校を受験することにした。幸い合格することができたので、以降は軍人としての道を歩んできたのである。

ただ正直に言えば、草影は、養父母に経済的負担をかけたくなかっただけで、軍人になりたかったわけではなかった。

その後、語学の才能が認められ、陸軍の公費で、東京外国語学校に留学できた。草影は周囲から優秀な陸軍士官として認められたが、留学してみると、彼の内面には深刻な迷いが生じた。なぜなら、そのときの授業から、自分は軍人ではなく、学者に向いていると何度も思ったからだった。

しかし過去の回想から、現在の自分が置かれている絶望的な状況に思いが至ると、「そのことを今更考えてみても、明日のない自分にとって何になるのだ」と、投げやりな気持ちになった。

そんなことを思いながらも、なぜか石崎に、自分が学者になりたかったことを、気付かせたくなかった。そのためか、自分でも思ってもみなかった言葉が、口を衝いて出てきた。

「確かに石崎君の言う通りかもしれない。しかし現代の一流の情報戦士は、学者以上に勉強している。

昨年、日本で処刑されたリヒャルド・ゾルゲが、その典型だ。ゾルゲは、日本で情報戦・謀略戦を戦うために、日本の歴史、日本の社会を、徹底して研究していた。彼は、実に八百冊から千冊の日本に関する書籍を読んでいたと聞いた。実際、この厖大な数の本が、家に保管されているのを、特高が発見している」

石崎は、このゾルゲの日本に関する研究活動を全く知らなかったためか、驚いたようであった。

「そうですか。ゾルゲは、それほど多くの本を読み、日本を研究していたのですか。だからこそゾルゲは、日本政府及び日本軍の意思決定に関する生情報を正しく加工してインテリジェンスとして把握し、絶妙なタイミングでソ連に送り続け、ソ連軍勝利の流れを創出できたわけですね。まさにゾルゲは、草影さんの言われていた〝高度なインテリジェンスを創出できる最高の知識人としての現代の忍者〟だったのですね！」

そう感慨深げに言うと、草影はソ連軍に捕まるべきではないと、話題を転じた。

「しかしだからこそ、ソ連軍勝利に貢献したゾルゲを死刑にした日本を、ソ連は深く恨んでいる筈です。今後はその報復の対象として、草影さんを選ぶことは間違いありません。だから草影さんは、日本に帰還すべきなのです！」

石崎はこう言って、静かな口調だが、筋道立てた説得を試みてきた。これに対し草影は、

「石崎君、それだけは無理だ。特務機関長として、中野学校の初代所長として、さらには若い情報戦士に異国で戦うことを命じた指導者として、日本への帰還は、ありえない選択肢だ。私の責任の取り方は、明日、ソ連軍のスケープゴートとして捕虜になることだと決めているのだ！」

と、強く言い切った。そして柱時計を見て、もう一〇時近くになっていることに気付いた。もう石崎との別れの時間が迫っていた。

「石崎君、もう時間がなくなってきた。ここで最後に一つだけ、冥土の土産に、聞いておきたいことがある」

と言って、真剣な面持ちで質問した。

「もはや明日のない私が聞くのは変なことだが、敗戦後これからの日本やアジアは、どうなるのだろうか。果たして日本は再建できるのか、アジアの植民地は独立できるのだろうか？　以前、石崎君は、中国の将来について、毛沢東政権ができる可能性が高いと予言された。『それでは、日本の、そしてアジアの将来はどうなるのか？』――これが、私が気がかりな最後の質問です」

石崎は、草影がソ連軍の捕虜になり、死刑になる覚悟をしていることが、はっきりとわかったショックで、心が動揺していた。しかしその揺れ動く感情を必死に抑え、冷静に日本とアジアの将来を予測しようとした。

これまで何度も熟考してきた仮説を頭の中で素早く整理し、死にゆく草影に対する最後のメッセージだと思い、一語一語噛み締めるように語り出した。

「まず日本ですが、日本は、必ず再建されます。その理由は、三つあります。一つは、日本を破局

させた古い指導者達が一掃されるからです。二つ目の理由は、新しい若い世代の政治家や経営者が、社会のリーダーとなり、新しい日本の社会を建設しようとするからです。三つ目の理由は、草影さんが的確に指摘された日本の社会を蝕んできた〝知の退廃〟の進行が、敗戦により止められるからです。これからは、新世代による〝知の創造〟——いわゆるイノベーション力を、取り戻すことができるようになります」

次に、日本の歴史上、戦国時代においても、明治維新においても、同じ経済発展のプロセスを経て、実績を上げてきたと振り返りながらも、日本の近代化の歪みを指摘した。

「明治維新からの経済発展では、遅れてきた帝国主義国家として、欧米の帝国主義列強に追いつこうと、無理を重ね過ぎていたのです。だが残念なことに、日本の指導者達の大部分は、このことを自覚していませんでした。しかも日露戦争に、かろうじて勝利したことで思いあがり、朝鮮や台湾を併合し、満州を属国扱いにしてしまったのです。このように遅れてきた帝国主義国家として背伸びしたことによる歪みが、暗い昭和の時代を招き寄せてしまいました」

さらにその歪みが、〝知の退廃〟という〝不治の病〟となり、日本の社会を蝕み、一気に破局へと突き進ませてしまったと、草影の見解に賛同した。

こうした歴史分析を踏まえ、再びこれからの日本の再建が可能なことを強調した。

「ところが今回の敗戦により、もはや膨張政策をとることができなくなりました。また今回の敗戦から日本は平和国家となり、軽武装という制約を受けることになります。そのことが逆に幸いして、軍事費負担が軽減され、経済成長する可能性が高まります。このことが、先程お話した三つの理由と相俟って、日本は必ず再建され、経済発展します。一〇年後は無理かもしれません。しかし二〇年も経てば、我々が想像もつかないような〝豊かな社会〟を、未来の世代は享受できるかもしれません」

　この石崎が語る日本の明るい展望に、草影も気持ちが高揚した。

「そうなってほしいですね。日本が起こした〝グランドデザインなき戦争の時代〟も、ソ連の現状が示す〝理想と正反対の収容所国家をもたらす革命の時代〟も終わるのですね。そして〝豊かな社会〟が到来し、さらにその先には、石崎君の以前に言っていた〝世界中の人々が、国境を越えてネットワークでつながる平和な時代〟が実現できれば、素晴らしいですね」

　と明るく言って、次世代への期待を伝えた。

「そうした時代の大転換の波に乗って、石崎君はじめ次世代の人達が、日本の再建を担うことができれば、きっと新しい日本の社会が到来するだろうと確かな予感がしてきました。石崎君、そのためにも何としても帰国することで、日本の再建に取り組んでください！」

　と、草影が別れの挨拶のつもりで言うと、石崎は、まだ話が終わっていないと遮るようにして、草影のもう一つの質問であるアジアの将来についての話を続けた。二人は、アジア各地の植民地解放や独立国家成立の可能性をめぐって語り合った。

　最後に石崎は、

「……だから草影さんは、アジア各国との橋渡しの役割を担うべきなのです」

　と言って諦めきれない顔で、心変わりするかもしれない僅かな可能性を探るように、草影を見つめた。

　しかし草影は、この最後の石崎の提案を、意図的に無視した。

「私の人生の最終局面で、もう一度、石崎君に会えてよかった」

　と、静かな声でしみじみと言うと、別れの握手を求めてきた。仕方なく石崎も両手を差し出し、二人は固く握手を交わした。しかし握手する石崎の手は、草影の責任の取り方に、込み上げてくるものがあるのか、小刻みに震えていた。

「会いに来てくれて、ありがとう。石崎君には、僅かな時間の中で、実に多くのことを学ばせてもらった。そして今晩、私の人生の最後の舞台に知の彩りを与えてくれたこと、それに日本やアジアの明るい未来の可能性を示唆してくれたことに、心から感謝したい。これで、ほんとうにお別れだ。さようなら」

草影が石崎の手を離してこう言うと、言葉が出なくなった石崎は、無言で深々と頭を下げることしかできなかった。そして、未練を断ち切るように踵を返し、肩を落として静かに部屋を出ていった。


石崎の靴音が消えると、これでほんとうに最後の一人になってしまったという気持ちになった。しかし不思議と精神は動揺せず、澄み切った心境になっていった。

二本目の一升瓶は、ほとんど石崎と飲みつくし、最後の一杯が盃に残っているだけだった。再び椅子に座り込んだ草影は、人生最後の一杯を、愛しむように味わいながら飲むのだった。

そして、ついさっき話題になったゾルゲのことを思い出し、酔った頭の中で一人呟いていた。それは、石崎の「草影は日本に帰るべきだ」という主張の説得材料となるので、あえて言わなかった中味だった。

「独裁者スターリンは、間違いなく私の死刑を決定するだろう」

しかしその理由は、日本がゾルゲを死刑にした報復ということではなく、単に自分が、ソ連に対し謀略戦を仕掛けた指導者だったからである。

スターリンにとってゾルゲは、単なる利用価値のある有能なスパイでしかなかった。しかもスターリンは、ゾルゲに指令を与えていた赤軍の諜報部長ヤン・ベルジンを粛清していたし、ゾルゲと意見を同じくする同志である共産党員を、数多く粛清していた。

このことからもスターリンは、ゾルゲを共産党員としては全く信用していなかった。それにゾルゲ自身も、自分が帰国すれば粛清されると、知っていたように思えた。

そのように推測すると、「ゾルゲは、どれほど孤独でつらかったろう」と、敵ながら同情を禁じえなかった。

さらに草影は、石崎には言わなかったゾルゲの言葉を、思い出していた。ゾルゲは、獄中にありながらも、将来の夢を語っていたと伝え聞いていた。

「今度は、歴史研究家……。情報活動をやめて、歴史の研究をしたい。私は、スパイ活動をやめて、歴史の研究家になるのだ」と。

自分も、〝戦争と革命の時代〟、昭和の暗い時代に生まれなかったら、情報戦・謀略戦をやめて、歴史研究家になることができたのかもしれない。そう思うと、この点では敵であるゾルゲに、心から共感するのだった。

しかし、自分の人生に、もはや明日はなく、そうした選択はありえないのだ、と自らに言い聞かせた。こうして草影は、次第に諦観の境地に入ると、日本酒の酔いも手伝って、再び強烈な睡魔に襲われるのだった。

◇　◇　◇　◇

ぐっすりと寝入っていた草影の耳に、トントンと食材を切る包丁の音が聞こえてきた。草影は、その音で目を覚ますと、四谷南伊賀町の自宅の茶の間にある卓袱台に、もたれかかって、寝入っていたことに気付いた。

台所では、妻の麻千子が、後ろ向きの割烹着姿で、料理を作っている。

草影は、未だに自宅で料理を作る妻の後ろ姿を見て、ひどく動揺した。なぜなら二年前にヨーロッパから帰国した折に、東京は空襲を受ける危険性が高まっているので、妻の弟夫婦が住む山形の実家で暮らすように、強く指示していたからだった。

「麻千子、なぜ山形に帰らなかった！」

と言ったが、妻は何も答えない。

「あれほど言っただろう。山形に帰るように！」

と繰り返し言って、妻を詰問した。それでも妻は、返事をしようとしなかった。何かが変だと草影が戸惑っていると、しばらくして妻が、後ろ姿のままで、静かに語り始めた。

私は、あなたが学校を設立すると言って、図書館通いをされているときが、主婦としての幸せを感じ、一番楽しかったのです。あなたは、毎日時間通りに帰られ、私の作った料理を、『美味しい。美味しい』と言って、食べてくださいました。

私は、あなたが背広姿で出掛けられるので、あるいは軍人をやめられ、平和な暮らしができるかもしれないと淡い期待を抱き、あなたにその期待を一度だけ話しました。

しかし、あなたは、何も話してはくれませんでした。

その年の春、あなたは、長野に二泊の出張をされましたね。私がお弁当を作り、早朝に出発されました。あなたは、温泉饅頭と信州上田の蕎麦を、『これは、うまかったから』と、お土産に買ってきてくれました。

そのとき、あなたが何と言われたか、覚えていますか。

『我々の新婚旅行は、あわただしくて箱根で僅か一泊の旅行だった。だから今度は、一度ゆっくりと二人で、長野を旅行しよう』と、言ってくれたのです。


そう妻に語りかけられ、草影は七年前のことを、懐かしく思い出していた。

妻は一瞬沈黙したが、後ろ姿のままで再び語り出した。


結局あなたは、服装だけは相変わらず背広を着ていましたが、軍人のままヨーロッパへ赴任されました。その後ほんの短い期間、帰国されただけで、そのあとは二年近く満州に行かれたままです。

今年になってから、何度も空襲がありました。周りは焼け野原になり、女一人で、どれほど心細かったことか……。それに食材が不足するようになり、あなたの大好きな天麩羅を揚げることもできなくなりました。

この八月に、ようやく戦争は終わりました。私にとって戦争の勝ち負けなど、どうでもいいのです。どんなに日本が惨めな負け方をしようが、あなたが無事に帰ってきてくれさえすればいいのです。

きっとお帰りになりますよね。

私は、いつまでも、あなたのお帰りをお待ちしています。


草影は、日本が敗戦してから、未練を断ち切るように考えまいとしてきた妻の麻千子、その麻千子の言葉に胸をかきむしられ、いたたまれない気持ちになっていった。

「麻千子！　そこまで言ってくれて……。だけど、それはできない。私は、軍人として今までやってきたことの責任を取るためにも、どうしても帰国するわけにはいかないのだ！」

そう言っても、妻は何も答えず、後ろ姿のまま、じっと立っているだけだった。

そのとき、突然、激しい金属音がして、妻の後ろ姿が靄に包まれたように、見えづらくなっていった。焦った草影が、必死になって、

「麻千子！　私も、お前にどれほど会いたいことか！　でも、どうしても帰国できないのだ！」

と、繰り返し語りかけた。しかし、語りかければ語りかけるほど、妻の姿は、幻のように草影の視界から消えていくのだった。

（一〇）現代の忍者の挽歌

草影は、激しく体を揺さぶられていた。

目が覚めると、目の前に、大男のソ連の監視兵が立ち、自分の肩に手を掛け、揺さぶっているのがわかった。

監視兵は心配そうな顔で、「大丈夫か？」と、問いかけてきた。

草影は、しばらく眼をこすりながら、自分がハバロフスクの収容所で尋問され、拷問された後、この囚人列車に乗せられた経緯を、ようやく思い出していた。

そして先程、夢の中の妻が消えかけていったときの金属音は、目の前の監視兵が鉄格子の錠を開けた音だったことに気付いた。

「大丈夫だ」と、草影が答えると、監視兵はいかつい顔をほころばせ、

「ヤポンスキー、お前は昨晩からずっと寝続け、今日の朝になっても、昼を過ぎても寝続けていた。俺は、お前が余程疲れているのだろうと思い、起こさないようにしていた。ところが先程からうなされて、苦しそうにしているので、心配になり、起こすことにしたのだ」と、いたわりの気持ちを込めて話してくれた。

「そうか、それはありがとう」

と礼を言うと、監視兵は少しほっとしたような顔になった。

しかし草影の内面は、暗澹とした気持ちに陥っていた。なぜなら目が覚めても、麻千子の言葉が、はっきりと耳に残っていたからだった。

そしてふと、麻千子は自分がいつ帰ってきてもいいように、疎開しなかったのかもしれないと思った。そのために空襲で死んだのかもしれない、という暗い予感が脳裏をかすめ、居ても立ってもいられない自責の念に苛まれた。

先程の夢は、もしかすると『雨月物語』の「浅茅が宿」のように、死んだ妻が夢に出てきたのかもしれないとも思った。

しかし他方で、「そんな筈はない！　妻が亡くなったならば、必ず連絡がある筈だ！」と、必死に自分に言い聞かせ、不吉な予感を打ち消そうとした。

こうした葛藤する草影の落ち込んだ表情を見て、監視兵は、また心配になったのか、

「ヤポンスキー、どんな夢を見ていたのか？」

と、聞いてきた。

草影は一瞬答えることを躊躇したが、自分を心配してくれている監視兵の澄んだ目を見ているうちに、

「私のこれまでの人生を、早送りの映画のように、夢で見ていた。故国に残してきた妻も出てきたが、夢を見ていただけで、何も心配する必要はない」

と、自分にも言い聞かせるように、努めて表情を和らげて答えた。監視兵は、この答えと表情を見て、ようやく安心した顔をして頷くと、鍵をかけて廊下へ出ていった。

草影は気持ちを落ちつかせるために、目を鉄格子のはまった車窓の外に向けた。

車窓の外は、相変わらずシベリアの白い雪原がどこまでも続いていた。

草影は、どこまでも続く白い雪原を見るうちに、先程「夢で、自分の人生を、早送りの映画のように見ていた」と、監視兵に言ったことを思い出していた。この発言は、さほど考えずに言ったのだが、心が落ち着いてくると、「自分の人生は、ほんの僅かな時間が経過する中での夢でしかなかったのかもしれない」と思った。
草影は歴史上の人物の中で、豊臣秀吉は晩節を汚していたため嫌ってきた。しかし、近日中に処刑されるかもしれない我が身を思うと、嫌ってきた筈の秀吉の辞世の句、
露と落ち　露と消えにし　我が身かな　浪速のことは　夢のまた夢
が、意外なことに鮮明に思い出された。そして、この秀吉の句を、現在の自分の心境と、ごく自然に重ね合わせることができた。
また自分の五十一年の人生は、上杉謙信の辞世の句のように〝一睡の夢〟でしかなかったのかも

しれない、と思った。

あるいは、すでに、自分の人生は、ソ連軍に逮捕され、その直後に何度も激しく殴られて意識を失った時点で、終わっていたのだとも思えた。だとするなら、果てしなく続く白い雪原の中を囚人列車に揺られているこの世界は、すでに現実の世界ではなく、黄泉の世界に向かっているのかもしれない、と思うのだった。


監視兵の出してくれた食事をとり、一時間余り経って気持ちが落ち着いてくると、ハバロフスクの収容所で、中野学校第一期生の風間徹に出会ったことを、思い出していた。その二日前の記憶が鮮明だっただけに、

「そうだ！　風間との出会いは、夢ではなく、紛れもない現実だった」

と、確信することができ、現実感覚が戻ってきた。


二日前の朝、大佐に「内務人民委員部直轄の収容所へ移れ」と指示された草影は、収容所の入口で、監視兵に銃を突きつけられながら、ベンチに座っていた。

しばらくすると、背の高い不敵な面構えの若い日本人の捕虜が、草影の座るベンチに近づいてきた。監視兵は、そのことに気付くと、その若い捕虜に銃を向け、

「これ以上、近づくな！」

と、叫んだ。

草影は、その捕虜が一期生の風間徹だとわかり、何としても話がしたいと思った。そこで咄嗟に機転をきかして、ロシア語で監視兵に話しかけた。

「彼は、私の故郷の同じ村の青年だ。何年も会っていないのだ。軍事上、何も問題ないのだから、話させてほしい」

と、監視兵に詰め寄ると、「故郷の同じ村」という言葉が効果を発揮したのか、

「迎えの車が来るまで、話してよい」

と、言ってくれた。監視兵が横に退くと、風間はすぐに歩み寄ってきて、

「所長さん、お久しぶりです」

と言って、頭を下げた。これに対し草影が、

「懐かしいなあー、風間君か！　君がこの収容所で捕虜になっているとは、知らなかった」

と言うと、風間は堰を切ったように話し始めた。

「私は、卒業後ずっとインド独立を目指すインド義勇軍の組織化を担務して、中野学校設立に関わった虎岩大佐の部下となり、戦ってきました。その虎岩大佐の的確な情報戦により、イギリス軍の配下にいたインド兵が、開戦後次々に投降し、インド義勇軍に身を投じてきました。その数は、実に二万人を超えるまでになりました。インパール作戦は、作戦それ自体の杜撰さから、惨憺たる失敗に終わりましたが、インド義勇軍と我々は、インドの地コヒマとモイランに、インドの三色旗を翻すことができたのです！」

と言って、目を輝かせるのだった。

「そうか、それは、すごく歴史的に意義のあることをしたな！」

と、草影が高く評価すると、風間は勢いづいて、さらに話し続けた。

「そのあと私は、インド独立のために、アフガニスタンに潜入し、インド人の同志と共に、独立工作のための情報戦を仕掛けようとしたのです。しかし、ソ連から国境を越えて侵入してきていたソ

連の諜報組織に、捕まってしまいました。その後は、中央アジアの収容所で捕虜となり、日本軍のスパイという烙印を一方的に押され、このハバロフスクの収容所に送られてきたのです」

草影は、愛弟子とも言うべき教え子の孤独な情報戦の実践に、深く心を揺さぶられ、感動しながらも、じっと聞いていると、風間はさらに話し続けた。

「私は、この収容所でも黙秘を続けたのですが、スパイ行為をしたと、勝手にでっち上げられました。そのでっち上げに基づき反ソ諜報罪とされ、一方的に重労働二十五年の刑を言い渡されました」

草影は、その不当な判決に怒りが込み上げてきたが、冷静になるよう気持ちを立て直し、教え子を、元気付けようとした。

「その罪は不当だし、減刑される筈だ。日本は独立国に復帰するだろうから、日本への帰還は、そう遠くないと思う。風間君、君は若いのだから、がんばるのだ」

と言うと、風間は、精一杯に明るい表情で応じてきた。

「私は、いいのです。生き続けることができるのですから。所長さん！　東南アジアで戦っている中野学校の卒業生は、全員誇りを持ってがんばっています！　それぞれ紆余曲折はありましたが、ビルマは、同期生の努力の積み重ねもあり、独立することができました。インドネシアやマレーシアも、中野学校卒の我々情報戦士の情報戦・謀略戦により、独立できる可能性が、高まってきています」

と、中野学校卒業生の各地での活躍を語っていった。風間はここで一呼吸おくと深刻な顔になり、日本軍の権威主義的アジア統治の問題点を指摘した。

「しかし他方で、日本陸軍の首脳陣は、フィリピンやビルマの独立は認めるが、資源が豊富なインドネシアは、直轄領にしようとしてきました。このように東条元首相の発想する大東亜共栄圏は、あくまで日本が主導することを、大前提としています。しかも、日本の文化や神道を一方的に強制する植民地主義的色彩の濃い特徴を、超えることができていません。そのため東アジアの民衆からは、日本軍が権威主義を笠に着た新たな支配者でしかない、と映っている側面も、否定できないのです」

と言って、そうした権威主義が戦争犯罪をもたらしたと指摘した。

「しかも、とても残念なことですが、日本軍の一部は、中国で三光作戦を展開することで、数多くの中国人を虐殺したと聞きました。加えて東南アジアでも、心無い一部の傲慢な軍人達が、現地の民衆を土民と見下し、虐殺し、虐待したのです。このことは事実として直視し、その命令者は、裁かれねばならないと思います」

しかし他方で、深刻な問題点を抱えながらも、直近の卒業生達の活躍を、草影に力強く報告した。

「私が、アフガニスタンで伝え聞いた話では、中野学校卒の同士達は、スカルノを指導者とする軍隊を支援し、全幅の信頼を得ているとのことです。それに加えて日本降伏後も、我々の同志達を先頭に、一部の日本軍の将兵が、インドネシア軍と連合して、オランダ軍と戦っていると聞きました。さらにフランスの植民地だったベトナムでも、ホーチミンを指導者とするベトナム独立同盟＝ベトミンの独立に向けた軍事行動を、後輩の卒業生が、支援していると聞きました。このように我々が、アジアの民衆を植民地支配から解放するために、彼らと連帯し、〝誠の精神〟を持って、懸命にがんばってきたこともまた否定しえない事実なのです。所長さん、なぜインド義勇軍が、我々と共に戦うようになったと思いますか？」

「その原因は、君たち情報戦士のインド独立を支援しようという〝誠の精神〟が、彼らに伝わったからではないのか」

と、風間の質問に草影が答えると、風間は頷きながら、さらに話し続けた。

「それも基本にあります。しかし彼らが我々を真の戦友とみなしてくれたのは、イギリス軍と違って、彼らと同じ料理を、同じ作法で食べ、寝食を分け隔てなく共に過ごしてきたからなのです。このことに、彼らインド義勇軍の将兵達は『とても親近感を覚え深く感動し、まさに戦友として生死を共にできる』と、言ってくれました」

草影は、この教え子である情報戦士の説明に、深い感銘を受けていた。

しかしそのとき、収容所の外の道を、一台の車が、白樺林の間を通り抜けて近づいてきた。その車は、三か月前にこの収容所に草影を乗せてきた運転席以外に窓のない異様な形をした護送車だった。

収容所の門番の監視兵が鍵を外して入口を開けると、護送車は草影と風間それに二人を見張る監視兵の前で停止し、車の中から別な二人の監視兵が降りてきた。

草影も風間も、この車が草影を連行するための護送車であり、もはや二人が会話する時間が、なくなろうとしていることに気付いた。

草影は、これが最後の別れのメッセージだと思い、風間を正面から見据えて力強く言った。

「ここで風間君から、私が教えた生徒達の活躍する話が聞けて、心の底から嬉しかった。私は君たち情報戦士を育てた教師として、自分の人生に誇りと意義を見いだすことができた。風間君、よくがんばったな！　心から感謝する。私には、もはや明日はない。しかし君等若者には明日がある。確かに今は、凍てつく厳寒の最中にある。しかし明日は必ず、君等の努力によって、草花が一斉に咲き乱れる希望に溢れた春が訪れるだろう。それまで風間君、いかなる屈辱を受けようとも、希望を捨てずに生き抜くのだ！」

　このように締め括ると、監視兵達は別れの挨拶が終わったと判断し、強引に草影を車に乗せようとした。

　すると血相を変えた風間は、監視兵を力ずくで押しのけ、怒りで体全体を震わせて、草影の前に立った。そして監視兵をにらみつけて、

「まだ、私の方から、別れの挨拶をしていないじゃないか！」

　と言い放つと、日本語がわからない監視兵達も、その風間の迫力にたじろぎ、動きを止めた。その隙を衝くように、叫ぶような大声で話し始めた。

「所長さん！　いや草影少将、私は聞きましたよ！　ハルビンの特務機関に最後の日まで残って訣別の盃を交わし、その後の逃亡中に運悪く捕まり、現在この収容所にいる将校の方から聞きました。草影少将は、部下全員を逃がした後に、最後まで残り、捕虜になられたそうですね！　彼は、今日は早朝から、森林の採伐作業に出ており、ここにはいませんが、『草影少将を上官に持ったことを、終生誇りに思う』と言われていました。草影少将、いや私にとっては、やはり所長さんです。私も、所長さんに教えてもらったこと、中野学校卒の〝誠の精神〟を持つ情報戦士になったことを、生涯誇りに思って生きていきます。そしてインド義勇軍の戦友達と共に戦ったことは、未だインド独立を実現できていませんが、決して間違っていなかったと確信しています！」

　風間はそう言うと、半ば嗚咽しながら草影に近付こうとした。この風間の異様な形相に危険を感じたのか、監視兵が二人の間に割って入った。同時に護送車で来た二人の監視兵が、草影を無理矢理に車に乗り込ませて、すぐにエンジンを駆け、急発進した。

　窓の無い護送車だったため、草影には風間の叫び声だけが聞こえていたが、それも次第に遠ざか

り、いつしか雪道を走る車の音だけしか聞こえなくなっていた。

草影は、ハルビンの特務機関で訣別の盃を交わしたときも、石崎と別れたときも、決して涙を流すことはなかった。それどころか草影は、七歳のときから涙を流したことがなかった。

しかしこのとき、四十四年の時を経て、突然に草影の目から涙が溢れだしてきた。その後も、止めどもなく涙が溢れ出てきたが、涙を拭おうともしなかった。

草影が涙を抑えなかったのは、自分の部下や生徒達が、自分を慕い、誇りにさえ思ってくれていたからだった。

そして何よりも、自分の育てた若い情報戦士達が、〝謀略は誠なり〟の精神を持って、アジアの民衆の政治的独立のために、健気にがんばっていたことを知り、感極まってしまったからだった。

草影は今、こうして二日前の風間徹との別れの情景を思い出しながら、未完成とはいえ、風間のような情報戦士達を育てることができた達成感にひたっていた。そして、次第に生に対する執着から自由になり、澄み切った心境になっていった。

同時に、身は異国の地に朽ちるとも、いかなる拷問にも屈しないという、勇気と誇りを持つことができている自分に気付いていた。

囚人列車の窓の外を眺めると、相変わらず白い雪原が続いていたが、冬のシベリアの陽は短く、もう夕陽となって、西方の空を赤く染めつつあるのが見えた。

そのとき突然に、草影の頭の中に、七歳のとき、事業に失敗した父と別れた光景が、はっきりと蘇えってきた。

そうだ！　あのときも夕陽が、西方の空を赤く染めていた。

あのときに、寡黙な父は、別れ際に二つのことを突き放すような言い方で幼い自分に命じた。

「いいか史朗！　お前は、日本男児として、二つのことを守って生きていけ！　第一に、〝何事も人の倍の努力をし、世のため人のために尽くすこと。そして最後の責任は必ず自分がとること"、第二は、〝どんなにつらいことがあっても、決して泣かないこと〟だ。いいか、この二つのことを守って、父のことは今日を限りに忘れて、養父母を実の父母と思って孝養をつくすのだぞ」

こう冷たく言われたが、父と別れ難かった史朗は、歩き出すことができず、泣きそうになっていった。すると父は厳しい口調で、

「だめじゃないか。男は、決して泣くな、と言っただろう。さあ行け！　俺は帰るぞ」

と、追い立てるので、史朗は仕方なく、風呂敷に包んだ僅かな身の回りの品を持って、とぼとぼと農道を歩き出した。父も背を向けて、反対方向に歩いていく。

史朗は、隣村の養父母の待つ家に、陽が暮れないうちに着かねばと思い、さらに百歩ばかり歩いたが、やはり父が気になり、振り向いてしまった。

そのとき、幼い史朗の目に、夕陽が空を赤く染め、まさに山々の影に沈もうとしているのが見えた。そして農道の先に、歩くのを止め、こちらを向いている父の姿が、ひどく寂しげに見えたのである。

父は、何も言わずに立ち尽くしていた。史朗は幼かったが「父もほんとうは別れ難いのだ」と、はっきりと父の心情が理解できた。

この光景は、その後も草影の原風景となって、何度となく思い出され、その度に耐え難い寂寥感をともなって、草影の気持ちを揺さぶるのだった。

その後、歳月は経過し、草影が陸軍士官学校を卒業し、東京外国語学校に在校していたときに、父は亡くなった。

養父から「父危篤。しかし『史朗に絶対に伝えるな。来させるな！』と頑なに言っている」という連絡を受けた。

草影はすぐに生家に向かったが、到着したときには、父はすでに死亡していた。

養父に、「父は、何か言い残していましたか？」と聞くと、養父は、

「わしには何のことだがわからんが、『約束した二つのことは必ず守れ！』と、それだけを何度も言っていた」

と、あまりに厳しい実父の言葉に同情したのか、控え目な口調で、草影に伝えた。

草影が黙っていると、やさしい養父は不憫に思ったのか、

「史朗君は、陸軍士官学校を優秀な成績で卒業し、今は陸軍参謀総長からの特別な命を受けて、東京外国語学校で学んでいる」

と実父の耳元で囁くと、実父は、

「それはよかった」

と言って、何度か呟き、とても満足そうな顔をして亡くなったと伝えてくれた。

今また、こうして同じ夕陽を眺めていると、遥か異国の地シベリアの雪原の上の夕陽だが、なぜか草影には、この夕陽に照らされたすぐ近くに、父がいるような気がした。

そして、父に語りかけていた。

父さん、俺は、第一の約束は、どんなにつらい苦しいときでも守ってきたよ。人の倍は努力して、一生懸命に勉強し、軍人になり、〝世のため、人のため〟に、やはり人の倍の努力をしてきた。

そして今、最後の責任を、ちゃんと取ろうとしている。

しかし父さん、第二の約束は、二日前に破ってしまった。

でも俺は、どんなに寂しいときでも、どんなに父さんに会いたいと思ったときでも、じっと耐えて、誰にも愚痴を言うことをせずに、たった一人だけで、精一杯がんばってきたんだ。だから俺は、一度でいいから父さんに会って、父さんから『よくがんばったな！』と、言ってもらいたかったんだ。

そう語りかけたとき、夕陽の下にいる父が、やさしく微笑みながら頷いたように、草影は感じた。

草影の手元には、捕虜収容所でも、仏教書ということで没収されなかった『歎異抄』が置かれていた。『歎異抄』は、何度も読んだのでぼろぼろになっており、その傷んだ本には忍者Rの『第四の手記』が、折りたたんで挟んであった。

草影は、この第四の手記を、シベリアの夕陽を浴びながら、じっくりと読んだ。

そして忍者Rは、妻と村民に囲まれて死んでいったが、自分は、次の収容所でたった一人で、忍者Kのように、誰にも看取られることなく処刑されるのだと思った。

そう思った草影は、歎異抄の何度も読んで暗唱していた言葉、「親鸞は弟子一人ももたずさふらふ」を、自分の生き方に、あらためて重ねていた。

自分は、情報戦士として教え子を育て、部下を持ったが、彼ら一人一人が自律できるように指導しただけだった。弟子にしようとしたのでも、ましてや自分の派閥を形成し、子分を作ろうとしたわけでもなかった。自分は一人で生き、一人で死ぬのだと思った。

しかし死に方は違っても、「一つの時代が終わったのだ。私は、その時代を精一杯生きてきた。だから今はもう何も悔いはない」というRの心境は、まさに今の自分の心境だと思った。

現代の忍者として生きた草影史朗は、手記を読み終えると、戦国の忍者Rと同じように、沈みゆく夕陽を、いつまでも眺め続けていた。

その後の草影の消息に関しては、モスクワ郊外の収容所で「ひどく痩せ衰えた草影を見かけた」という満州国の高官だった日本人の情報があるだけだった。

草影が処刑されたのか、獄死したのか、定かな情報はない。

そして草影が、異国の地ソ連のどこに葬られたのかも、日本人で知る者は、一人もいなかった。

＊　　＊　　＊　　＊

太平洋戦争開戦以降、東アジア各国は、次々に政治的独立を獲得していった。

すでに戦時中の一九四三年には、ビルマとフィリピンが独立した。

終戦の年の四五年には、インドネシアとベトナムが独立を実現した。

続いて四七年にはインドも独立を獲得し、四九年には毛沢東率いる中華人民共和国が成立した。

その後、やや遅れて五七年にはマレーシアも独立したのである。

そして、一九五五年には政治的独立を獲得したアジア・アフリカ二十九か国によって、アジア・アフリカ会議が開催されるまでになった。

インドネシアのジャワ島の高原都市バンドンで開かれたアジア・アフリカ会議は、欧米諸国を入れずに、アジア・アフリカの有色人種のみが結集した、世界史において初めての会議であった。

もちろん参加二十九か国の政府代表の中には、日本政府の代表も含まれていた。

インドネシアのスカルノ大統領による開会演説は、「アジア・アフリカ諸国の誇りの上に立った国際協調」を提唱し、アジア・アフリカ諸国の広範な民衆に感動を与えた。

こうして一九五〇年代の末には、欧米の植民地支配の長い歴史は、完全に終わりを告げたのである。

しかし、この東アジア各国の独立に、中野学校卒の情報戦士達の〝謀略は誠なり〟という精神に基づく情報戦・謀略戦が寄与していたことを知る人は、極めて少ない。

彼らの情報戦・謀略戦の全容を書いた公式記録が無いため、戦後も長きにわたって断片的に語られるだけで、本格的に取り上げられることはなかった。

それは、中野学校の創設者にもあてはまる。

中野学校創設者の一人である虎岩は、インド独立工作を指導したことで、戦後はイギリスから目の仇にされ戦犯に指名されそうになった。しかしアメリカが、日米開戦を回避しようとしていたことを評価し、戦犯にならずにすんだ。

こうして虎岩は、戦後も生き延びることができたが、決して歴史の表舞台に立とうとはしなかった。日米開戦に反対し戦後に首相になった吉田茂は、虎岩への親近感からか自衛隊の幹部就任を強く要請してきた。しかし虎岩は「敗軍の将である自分に、その資格はない」と固辞した。その後は、京都の大学の小さな研究所で、激変する戦後世界の政治経済の研究に専念した。

福西も同様に多くを語らず、ひっそりとその生涯を終えた。

中野学校の創設者と情報戦士達の活躍は、何ら歴史に刻印されることはなかった。ところが世紀を超えた二〇一五年、歴史の闇に葬られた筈の彼らの情報戦・謀略戦が、突然に歴史の表舞台に登場する。

英国立公文書館所蔵の秘密文書が公開され、シンガポールやパレンバンの攻略、さらにはインド独立工作をはじめとする植民地の解放・独立を目指した彼らの活躍は、完璧なインテリジェンス能力により実現したと、高く評価されていたことが明らかとなった。

その高い評価を下したのは、何と敵である、イギリスの諜報機関MI5だった。

MI5の海外責任者の秘密文書には、「中野学校の創設者と情報戦士達は、世界有数のインテリジェンス能力を持っていた」と、書かれていた。

草影が主体となり、虎岩や福西がサポートして創りあげた〝謀略は誠なり〟というコンセプトに基づく情報戦士達の戦いは、謀略戦において世界最高の水準を誇っていたイギリスの脅威となっていたのである。

最後に、再び時計の針を二〇世紀に戻し、石崎功の戦後について、ごく手短に語ることにしたい。

それをエピローグに、真田忍者から昭和の情報戦士に至る忍者の系譜――報われることのなかった忍者達による仮面劇にして長い歴史劇の幕を閉じることにする。

石崎功は、草影と再会したあと、ソ連に抑留され、昭和二四年（一九四九）に、ようやく帰国することができた。その後は、社会科学系の出版社に就職し、編集者として幾つもの名著を出版した。研究者としては、ムッソリーニに捕えられ獄死したイタリアの思想家アントニオ・グラムシの著書の翻訳に没頭した。

戦後は多くの転向者が社会党や共産党に復帰し、政治活動を積極的に担っていった。しかし石崎は、彼らと距離をおき、戦前の著名な理論家としての若き日の活躍とは対照的に、目立たない生き方を選択した。

六〇年安保闘争が盛り上がった時期にも、政治活動には参加せず、

「多くの日本人が知的にも道徳的にも成熟し、自律した市民として多様なネットワークを構築しない限り、社会の構造改革はありえない」

という醒めた意見を、周囲に語るだけだった。

一九六〇年代に至り政治の季節が終焉すると、高度経済成長の恩恵を受けた多くの日本人が経済的貧困から脱し、テレビや家電製品を購入できるようになり、ささやかであるが豊かな生活を享受できるようになった。

二〇世紀前半の〝戦争と革命の時代〟は、少なくとも日本では終わり、〝平和と繁栄の時代〟を迎えたかに見えた。しかし石崎は、この新しい時代の豊かな家庭を志向する内向きの雰囲気に馴染めず、自分が望んでいた筈の平和や繁栄を、単純に謳歌する気になれなかった。

そうした戸惑いの中で、一つだけやり残したことが常に気になっていた。それは、終戦直後にハルビンで会った草影の最後の言葉を、中野学校創設者に伝えることだった。しかし中野学校出身者は、前歴を語ることがなかったため、何の手掛かりもなく、創設者を探し出すことはできなかった。わずかに草影の住んでいた四谷の南伊賀町を訪ね、近所の住人から、草影の妻が、東京大空襲の日に浅草の仲人夫婦の家にいたため、亡くなったという悲しい事実を知らされただけだった。

こうして何年かが過ぎていった。

石崎は、半ばあきらめかけていたが、昭和四〇年（一九六五）の晩秋に、編集者の同僚が思わぬ情報をもたらしてくれた。その情報は、歌舞伎好きの同僚が、帰りによったカレー料理店がかつてインド独立運動の志士だったA・M・ナイルの店であり、しかもナイルと話してみると、時たま虎岩元少将が訪れるという吉報だった。

石崎は、矢も盾もたまらず、すぐにナイルの店に向かい、直接ナイルと会い自己紹介して、虎岩元少将の訪問日を聞きだし、面談してもらいたい主旨を伝えるようにお願いした。翌日には、ナイルから電話で、「三日後の午後二時に会える。というよりも自分の方こそ是非共お会いしたい」との虎岩元少将からのメッセージが伝えられた。

三日後の午後二時、石崎功は、ついに中野学校の創設者の一人である虎岩真悟にあうことができた。二人はカレーを食べるのもそこそこに、草影史朗に関するお互いに知らない話を披瀝し合った。途中から店主のナイルも加わり、さまざまなエピソードが語られ、会話は途切れることなく続いた。

時間はあっという間に経過し、窓の外を見ると、すでに陽が沈みかけていた。石崎は、そろそろ客が入ってきそうに思い、終戦直後のハルビンで、責任をとろうとして一人で残っていた草影と会った最後の面談を話していった。

石崎が話し終えると、虎岩が独り言のようにぽつりと言った。

「草影には、申し訳ないことをした。私は、日本に戻り、アジア各国が独立したことを知ることができた。だから自分の戦った情報戦に意義を見いだすことができ、自分のやってきたことにささやかな誇りを持つことができた。しかし草影は、自ら責任をとることで、あれほど望んでいたアジア各国の独立を知ることができずに死んだのだから……」

そういった虎岩は、下を向き溜息をつき、

「草影は、無念だったろう。その心中を思うと、草影があまりにかわいそうだ」

と言って、眼にうっすらと涙をにじませた。

そのとき、突然、石崎はきっとなり、虎岩に激しい言葉を投げつけた。

「虎岩さん！　あなたは間違っています。私はそのとき、『アジアの独立が達成されるまで生きるべきです。結果を確認すべきです！』と迫ったのです。この発言に対し、草影さんは決して首をタテには振りませんでした。そして、はっきりと言ったのです。『自分は、情報将校として、とりわけ中野学校の所長として、アジアの植民地からの独立のために、誠の精神をもって、全力をあげてがんばってきた。しかも部下の若い情報戦士達にも同じことを強いてきた。精一杯、ない頭をしぼって知恵をだし、燃えつきるまで、がんばったんだ！　だから結果がどうなろうと、自分には一片の悔いもない。あとは自分の教育と過酷な指令により、人知れず異国の地で死なせていった部下の責任をとるだけなのだ』と」

ここで言葉をきった石崎は、虎岩に挑むような顔をして、さらに大きな声で、はっきりと言った。

「だから、草影さんはかわいそうではないのです！　『かわいそうだ』などと言うのは、生き残った者の死者に対する不遜な発言そのものです！」

横で聞いていたナイルは、一言も発しなかった。

虎岩は、そのとき、不思議と石崎の激しい批判の言葉に反発を覚えず、体全体から熱い炎が燃え上がるように感じた。そして、

「そうだったのか！　そういう生き方もあったのだ」

と、つぶやいていた。


その会話のあと、客が次々と来店してきたので、二人はナイルと別れの挨拶を交わし、店を出た。そして有楽町の駅まで、歩くことにした。

翌週には師走に入る銀座の街は、あわただしい喧騒に包まれ、道路には車が渋滞し、歩道には華やかに着飾った男女が溢れていた。二人はその雑踏の中を、無言のまま有楽町駅まで歩いた。


別れ際、虎岩が言葉を発せずに、夜空を見上げているので、気分を害していると感じた石崎は、言い過ぎたかなと思い、

「勝手を言って、申し訳ありませんでした。草影さんにも『石崎君は、はっきりとものを言うね』と言われていました。しかし一方で私は、虎岩さんのインドや東南アジアの独立に貢献された実績は、歴史的に意義のある活動だったと以前から高く評価しています」

と言って、虎岩自身が担った情報戦を、否定したのではないことを強調した。

虎岩は、石崎の言葉には反応せず、夜空を見上げたままで、独り言のように言葉を発した。

「今晩は、晴れているのか、よく星が見える。この夜空の何万年も何億年も変わらずに輝く星を見ていると、私の人生はあまりに短いと感じる。しかもその短い人生は、石崎君の言う〝戦争と革命の時代〟に翻弄され続け、かろうじて歴史のひとこまを一瞬だけ担ったに過ぎないように思えてくる。草影の人生は、さらに短かった。しかし草影だけは、戦前の制約の多い、生きづらい時代を正面から受けとめて戦った。草影は、その勇気ある戦いを完遂することで、時代の制約を乗り越えることができた数少ない同時代者だったのかもしれない」

その言葉に、石崎には閃くものがあった。

「ひょっとすると草影さんは、〝戦争と革命の時代〟の壮大な仮面劇の舞台の上で、表の仮面も、その下の情報将校の仮面も、かなぐり捨てて、ホンモノの顔で、誠意をもって人生を燃焼し尽くした唯一の人物だったのかもしれませんね」

こう言うと、虎岩は石崎を正面から見据え大きく頷いていた。

そのあと二人は別れの挨拶を交わすと、駅構内をそれぞれ異なる方向に歩き去った。

全てを語り終えた二人は、それ以降、二度と会うことはなかった。


（完）

あとがき

筆者は、人類が創ってきた情報ネットワーク社会の歴史分析を、長年のライフワークとしてきた。そうした歴史分析を継続することで、洋の東西を問わず、戦争の時代ほど、正規軍による戦いの陰で、それを増幅するように〝見えない情報戦・謀略戦〟が、仮面をかぶった戦士たちによって熾烈に戦われてきたことが、断片的ではあるが次第に明らかになってきた。

その〝見えない戦争〟の担い手は、欧米の歴史においてはスパイと呼ばれている。

一方、日本の歴史において、この〝見えない戦争〟を担ってきたのは、言うまでもなく忍者である。日本の歴史において忍者は古代から活動しており、二〇世紀前半の昭和の〝見えない戦争〟においてさえも、その主要な担い手である陸軍中野学校の情報戦士たちは、長い歴史を持つ忍者から多くのことを学んでいた。

『忍者の系譜』は、絶えることなく引き継がれていたのである。

筆者は昨年、『戦国の情報ネットワーク――大名・民衆・忍者がつくる中心なき分権社会』（コモンズ）という歴史書を上梓したが、その中で情報収集・伝達さらには謀略戦を担った忍者の戦いを、古文書にまで遡って調査し、きめ細かく分析した。

こうした地道な調査を重ねるうちに、これまでにない新たな興味深いテーマが浮かび上がってきた。

それは、仮面をかぶった忍者たちが、その時代や社会をどのように見ていたのか、さらには極限状況に陥ったときの動揺を克服するために、何を支えに戦ったのか、その彼らの内面心理を、彼らの側に立って解明したいというテーマであった。このテーマを追究すればするほど、自分自身が忍者たちに感情移入するようになっていき、いつしか彼らに共感し、仮面をかぶることでしか戦えなかった彼らの悲しみがひしひしと伝わるようになってきた。

そして何よりも切ない気持ちにさせられたのは、彼ら忍者たちが、その生涯を通じて、決して報われることがなかったことである。

戦国の忍者たちは、新世代に何も語らず年老いていくか、自分の名前さえ名乗ることもせず、処刑され、戦死していったのである。

昭和の忍者たちも同様に、歴史に名前を残すことはなかった。そして何人もの情報戦士たちが、自分の名前も捨てさせられ、故国を遠く離れた外地で死んでいったのである。

私は、歴史の闇に埋もれてしまった彼ら忍者たちの生きざまを知れば知るほど、その活動の全体像を、彼らの内面心理を起点に描いておきたい、という強い衝動を抑えることができなくなっていた。そして、その強い衝動を文章化しようとすると、歴史研究書の範囲をはるかに逸脱し、どうしても歴史小説というカタチをとらざるをえないことも、わかってきた。

その歴史小説は、壮大な歴史劇でありながら、役者たちの内面心理を反映するかのように、舞台の背景は黒く塗りつぶされ、どこまでが真実の会話なのかわからない謎解きのような仮面劇として書かざるをえなかった。しかも舞台に登場する仮面をかぶった役者たちに、華やかなスポットライトがあたることは決してなかった。たとえ仮面劇の成功者であっても例外とはなりえなかった。

日露戦争を成功に導いた明石元二郎大佐も、アラブ軍を率いて難攻不落のアカバ港を攻略しダマスカスを占領した「アラビアのロレンス」でさえも、その最後の舞台は、かつての自らの栄光の全容を誰にも語ることもできない孤独の中で、幕を閉じざるをえなかったのである。

その仮面劇の役者たちの中で、本書の主人公である草影史朗は、ひときわ異彩を放っていた。草影史朗は、陸軍中野学校の初代所長である秋草俊をモデルとしている。筆者が秋草俊に着目したのは、終戦時に部下を救うために最後まで特務機関長としてハルビンにとどまり、指導者としての責任をまっとうしたからである。しかも彼自身は、情報将校には全く見えなかったという点で、人を引きつけずにおかない奥の深い魅力的な人物だった。

そういうミステリアスな人物像に魅了され、彼を主人公にしたのだが、もちろん草影史朗は秋草俊ではなく、筆者の創作した人物である。

同様に中野学校の創設者である虎岩真悟は岩畔豪雄、福西哲夫は福本亀治をモデルとしている。確かに筆者は、三人の創設者を仮名とし、その人物像を創作したが、その一方で、なるべく史実に沿った歴史小説にしようと試みた。

特に彼ら三人の創設者が、他のスパイ組織や忍者組織の指導者よりも格段に優れ、画期的なコンセプト〝謀略は誠なり〟を、中野学校の基本精神に据えた史実を強調した。加えてインテリジェンス能力を持った自律的な情報戦士を養成すべく、自由な校風を創りあげていったことも、史実に基づき、詳細に書いた。

このように書くと、あるいは「中野学校の実像を描いていない」という反論があるかもしれない。

なぜなら戦争末期の中野学校は、小野田寛郎少尉のような遊撃戦士の養成校としての役割も担っていたし、国体学の講義もあったからである。そういう意味では、本小説は、設立当初の中野学校の先進性にフォーカスして描いたと解釈していただきたい。

また主要な登場人物である石崎功は、満鉄調査部の複数の実在の人物（＝石堂精倫・宮崎正義）をベースに筆者が創りあげた。同様に富原中将や郷土史家の根津甚七老人も、複数のモデルはいるが、筆者の創りあげた人物である。

時代をさかのぼって、戦国の忍者RとS、さらにはKもMも、複数の忍者を複合化して筆者が創りあげた小説上の忍者であり、特定化できる忍者はいない。

戦国の忍者の名称を、英語のイニシャルとした理由は二つある。

第一の理由は、日本語の名称を付けることで、史実に縛られ過ぎて、想像力の発揮する余地を狭めてしまうからである。加えて日本語の名称を付けることで、根拠のないリアリティを持つことによる誤解を避けたかったからである。

第二の理由は、仮面をかぶって戦うという戦国の忍者たちの匿名性を、抽象化し普遍化する表現形式としては、英語のイニシャルが適合している、と判断したためである。

しかしその一方で、「忍者の手記」は、なるべく史実に基づいて著す努力をしている。「忍者の手記」に登場する出浦対馬守は実在の人物であり、歴史上でも、武田忍者の頭領から真田忍者の頭領となり、幸村の兄である真田信幸に仕えた。Wも実在の忍者であり、割田下総守という名称で、盗みを働き処刑されている。

「手記一」の棒道や狼煙のネットワークは実在したし、「手記二」の加賀に通じる「隠れ道」も武田信玄の指示で実際に造られていた。また武田氏滅亡の時期に、浅間山が噴火していたという記録があり、このことは「手記三」に書いた。

そして「手記四」では、大坂夏の陣で真田軍が仕掛けた地雷火が、落城の日に大爆発したという記録を引用した。爆発させたのは、豊臣方の毛利勝永だと言われているが、実際に地雷火を仕掛けたのは、Mのような火術が得意な真田忍者と推定して間違いないだろう。

さらに徳川家康の参謀役だった本多正信が、若き日に熱心な一向宗徒だったことも史実に基づいている。


本小説に登場する仮名の人物と実名の人物の会話は「そうした会話があったのではないか」という筆者の創作である。

ただし、実名で登場する日露戦争における明石元二郎大佐の謀略戦、昭和の陸軍将官である阿南惟幾・石原莞爾・永田鉄山・樋口季一郎の行動の軌跡は、史実に基づいている。

石原莞爾や永田鉄山は、朝鮮は独立すべきだと主張していた。

樋口季一郎は、ユダヤ人難民を救ったことから、戦後イスラエルの「黄金の碑」に「偉大なる人道主義者ゼネラル・ヒグチ」と刻印され永く顕彰されることになった。

海軍の山本五十六は、日米の経済格差からアメリカとの戦争に反対し、海軍兵学校の井上成美校長が英語教育廃止論に反対し、英語教育を継続させたのも事実である。

こうした陸軍や海軍の良識派が、多数派になっていれば、あるいはグランドデザインも戦略もない無謀な太平洋戦争に突き進むことを阻止しえたのかもしれないと思うのは、筆者だけではないだろう。

さらに史実に沿うための努力として、戦争中に商社マンとして中国に勤務し、現地招集された父の体験談を、参考にした。

満州に向かう客船のレストランで、陸軍将校が大変に威張っていたこと。

大連港で働く多数の苦力たちの貧しい姿に衝撃を受けたこと。

軍隊入隊後、黄河のほとりの最前線の砦に駐屯する連隊に配属になり、八路軍（中国紅軍）と戦ったこと。

彼らは、ゲリラ戦を得意とし、昼間は周辺の村から撤退しているが、日が暮れると夜襲してくるため、闇夜に銃弾が飛び交い、死の恐怖を感じたこと。

その後、関東軍に配置変えとなった連隊の終戦からソ連軍の捕虜になるまでの混乱と、通訳として、丸腰の状態で対外折衝させられたときの屈辱と恐怖感……。

等々、父から聞いたことを幾つかのシーンにとりいれた。

父は、筆者が三一歳のときに亡くなった。筆者は「戦争を知らない世代」として、戦中派で厳格だった父に反発し、あまり戦争中の体験談を聞かなかったことを、今になって、とても後悔している。

尚、細部もなるべく史実に沿うようにこだわった。

大連のヤマトホテルをはじめとする満州の建物や都市の景観は、詳細に調査し、小説の中で再現している。ただし、阿片王の経営する日本料理屋は、筆者の創作である。しかしこの料理屋で草影と石崎が飲む広島県呉の酒「千福」は、海軍の酒と言われており、当時は満州にも支店があり購入できた。

そして草影・虎岩・福西が食べたカリーは、新宿中村屋のカリーである。またエピローグで虎岩と石崎が会話するカレー料理店は、ナイルレストランであり、両店共に評判のよい料理店として現存している。


本書は筆者にとって、初めての歴史小説への挑戦である。

その意味でも本書は、多くの方々のアドバイスと協力がなければ、世に出すことはできなかった。

特に初稿の段階で、「小説にしたらどうか」とアドバイスしていただいた金田功さん、初稿の段階で論評していただいた宮崎徹さん、日本陸軍の軍事戦やイギリスのＭＩ５の秘密文書の存在を教えていただいた島田潤さんには大変にお世話になった。

その後に小説化して以降、コメントをいただいた歴史家の河田宏さん、さらには小笠原義成さん、岡本俊一さん、近藤彰さんの励ましがなければ、本書は完成できなかった。

七人の皆さんには、心から敬意を表すると共に、感謝申し上げたい。

最後に、歴史小説に関しては全くの新人の書いた本書を出版いただいた株式会社青月社社長の望月勝さんのご決断と、きめ細かくサポートいただいた企画編集部の小松久人さんに、心から感謝の意を表したい。

二〇一六年六月　　蒲生　猛

参考資料

文献

(1)陸軍中野学校関連

畠山清行(保坂正康・編)『秘録 陸軍中野学校』(新潮文庫) 新潮社 平成15年
斉藤充功『陸軍中野学校 情報戦士たちの肖像』(平凡社新書) 平凡社 平成18年
楳本捨三『日本の謀略 明石元二郎から陸軍中野学校まで』(光文社NF文庫) 光文社 平成22年
斉藤充功『陸軍中野学校極秘計画 新資料で明かされた真実』(学研新書) 学研パブリッシング 平成23年
斎藤充功、歯黒猛夫『陸軍中野学校秘史』(DIA COLLECTION) ダイヤプレス 平成25年
斉藤充功『証言 陸軍中野学校 卒業生たちの追想』 バジリコ 平成25年
加藤正夫『陸軍中野学校 秘密戦士の実態』(光文社NF文庫) 光文社 平成26年

(2)満州・満鉄関連

山田豪一『満鉄調査部 栄光と挫折の四十年』(日経新書) 日本経済新聞社 昭和52年
五味川純平『人間の条件(全6巻)』(文春文庫) 文藝春秋 昭和54年
西原征夫『全記録ハルビン特務機関 関東軍情報部の軌跡』 毎日新聞出版 昭和55年
児島 襄『満州帝国(全3巻)』(文春文庫) 文藝春秋 昭和56年
草柳大蔵『実録 満鉄調査部(全2巻)』(朝日文庫) 朝日新聞社、昭和58年
清岡卓行『アカシヤの大連』(講談社文芸文庫) 講談社 昭和63年
西澤泰彦『図説 満鉄「満洲」の巨人』(ふくろうの本) 河出書房新社 平成12年
竹田正直『酷寒シベリヤ抑留記 黒パン三五〇グラムの青春』(光文社NF文庫) 光文社 平成13年

河田宏『満州建国大学物語　時代を引き受けようとした若者たち』　原書房　平成14年
小林英夫『満鉄調査部「元祖シンクタンク」の誕生と崩壊』（平凡社新書）　平凡社　平成17年
佐野眞一『阿片王　満州の夜と霧』（新潮文庫）　新潮社　平成20年
平塚柾緒（太平洋戦争研究会・編）『図説 写真で見る満州全史』　河出書房新社　平成22年
佐野眞一『甘粕正彦　乱心の曠野』（新潮文庫）　新潮社　平成22年
安冨歩『満州暴走 隠された構造』（角川新書）　角川学芸出版　平成27年

(3)旧日本軍関連

児島襄『参謀（上）』（文春文庫）　文藝春秋　昭和50年
保阪正康『瀬島龍三　参謀の昭和史』（文春文庫）　文藝春秋　平成3年
戸部良一、寺本義也、鎌田伸一、杉之尾孝生、村井友秀、野中郁次郎『失敗の本質』（中公文庫）中央公論社 平成3年
阿川弘之『井上成美』（新潮文庫）　新潮社　平成4年
藤本治毅『新装版　石原莞爾』　時事通信社　平成7年
堀栄三『大本営参謀の情報戦記　情報なき国家の悲劇』（文春文庫）文藝春秋　平成8年
長谷川慶太郎、近代戦史研究会・編集『情報戦の敗北　なぜ日本は太平洋戦争に敗れたのか』（ＰＨＰ文庫）ＰＨＰ研究所　平成9年
福田和也『地ひらく　石原莞爾と昭和の夢』（文春文庫）　文藝春秋　平成13年
保阪正康『東條英機と天皇の時代』（ちくま文庫）　筑摩書房　平成17年
小谷賢『日本軍のインテリジェンス』（講談社選書メチエ）　講談社　平成19年
半藤一利『昭和の名将と愚将』（文春新書）　文藝春秋　平成20年
野中郁次郎、戸部良一、鎌田伸一、寺本義也、杉之尾宜生、村井友秀『戦略の本質』（日経ビジネス文庫）

日本経済新聞出版社　平成20年
山崎豊子『不毛地帯（1）』（新潮文庫）　新潮社　平成21年
保坂正康『陸軍良識派の研究　見落とされた昭和人物伝』（光文社NF文庫）　光文社　平成25年
岩畔豪雄『昭和陸軍謀略秘史』　日本経済新聞出版社　平成27年

(4)ゾルゲ事件関連

下斗米 伸夫、NHK取材班・編集『国際スパイゾルゲの真実』（角川文庫）　角川書店　平成7年
リヒアルト・ゾルゲ『ゾルゲ事件 獄中手記』（岩波現代文庫）　岩波書店　平成15年

(5)昭和史全般

半藤一利『昭和史 1926-1945』（平凡社ライブラリー）　平凡社　平成21年
山口昌男『「挫折」の昭和史（下）』（岩波現代文庫）岩波書店　平成17年
松本清張『昭和史発掘（7）（8）（9）』（文春文庫）　文藝春秋　昭和53年
松本清張『日本の黒い霧（上）』（文春文庫）　文藝春秋　平成16年
加藤陽子『それでも、日本人は「戦争」を選んだ』　朝日出版社　平成21年

(6)その他

ウィットフォーゲル（平野義太郎、宇佐美誠次郎・翻訳）『支那社会の科学的研究』（岩波新書）　岩波書店 昭和14年
中野好夫『アラビアのロレンス』（岩波新書）　岩波書店　昭和15年
E・H・カー（清水幾太郎・翻訳）『歴史とは何か』（岩波新書）　岩波書店　昭和37年
ハンナ・アーレント『全体主義の起原（全3巻）』　みすず書房　昭和47～49年
湯浅赳夫『革命の社会学』　田畑書店　昭和50年
魯 迅（竹内 好・翻訳）『阿Q正伝・狂人日記 他十二篇（吶喊）』（岩波文庫）　岩波書店　昭和50年

湯浅赳夫『第三世界の経済構造』　新評論　昭和51年
金子大栄・校注『歎異抄』（岩波文庫）　岩波書店　昭和56年
A・M・ナイル（河合 伸・翻訳）『知られざるインド独立闘争』　風濤社　昭和58年
E・H・カー（塩川伸明・翻訳）『ロシア革命 レーニンからスターリンへ、１９１７—１９２９年』（岩波現代文庫）
　岩波書店　平成12年
拙著『戦国の情報ネットワーク』　コモンズ　平成27年

新聞記事

「インド国民軍創設の背景に日本の第五列組織『ＫＡＭＥ』」『産経新聞』２０１５年３月１日

ウェブサイト

橋本 恵「イワクロ．COM ～かくして日米は戦争に突入した～」（http://www.iwakuro.com/）
※２０１６年６月６日閲覧

戦国の社会論、忍者の活躍と古文書については、拙著『戦国の情報ネットワーク』を参照されたい。

◉著者プロフィール
蒲生 猛（がもう・たけし）

1952年、東京都生まれ。早稲田大学理工学部卒業後、1975年に大手IT企業に入社。以後、営業・企画・マーケティング部門で勤務するかたわら、経済分析研究会のメンバーとして、情報経済論・情報化社会論を担当。研究・執筆活動を行う。2015年からはITの専門学校で教鞭を取り、日本・アジア・アフリカの学生たちの指導にあたっている。

著書
『第４次情報革命と新しいネット社会』　コモンズ　2014年
『戦国の情報ネットワーク――大名・民衆・忍者がつくる中心なき分権社会』
　コモンズ　2015年
共著
『産業空洞化はどこまで進むか』　日本評論社　2003年
主な論文
「80年代情報革命の社会的意味」『経済評論』1982年3月号
「情報化の進展とコンピュータ産業」『産業年報』1997年版
「情報革命がもたらす新しい社会」『現代の理論』2011年秋号

真田忍者の系譜　中野学校 情報戦士たちの挽歌

発行日　2016年 6月 29日　第１刷

定　価　本体1500円＋税
著　者　蒲生 猛
発　行　株式会社 青月社
〒101-0032
東京都千代田区岩本町3-2-1 共同ビル8Ｆ
TEL 03-6679-3496　FAX 03-5833-8664

印刷・製本　シナノ印刷株式会社

ISBN 978-4-8109-1301-9